内蒙古社会科学基金2022年度后期资助项目

陈瑞娟 著

北宋乐府诗研究

武汉大学出版社
WUHAN UNIVERSITY PRESS

图书在版编目(CIP)数据

北宋乐府诗研究／陈瑞娟著. -- 武汉 : 武汉大学出版社, 2025.1
(2025.5 重印). -- ISBN 978-7-307-24619-5

Ⅰ. I207.227.441
中国国家版本馆 CIP 数据核字第 2024NS5373 号

责任编辑:朱凌云　　　责任校对:汪欣怡　　　版式设计:马　佳

出版发行:**武汉大学出版社**　(430072　武昌　珞珈山)
(电子邮箱: cbs22@whu.edu.cn　网址: www.wdp.com.cn)
印刷:武汉邮科印务有限公司
开本:720×1000　1/16　印张:13.5　字数:180 千字　插页:1
版次:2025 年 1 月第 1 版　　2025 年 5 月第 2 次印刷
ISBN 978-7-307-24619-5　　定价:69.00 元

内 容 摘 要

　　目前有关乐府诗的研究成果几乎都集中在汉魏至唐代的乐府诗上，有关北宋及以后的乐府诗研究鲜有学人问津。北宋乐府诗的创作具有一定的规模，题材丰富、风格多样，亦不乏名篇佳作。本书将北宋乐府诗作为研究对象，研究该期的乐府诗人及其作品，梳理北宋乐府诗的创作情况，并结合宋人对乐府诗的理论总结，在分析北宋乐府诗与前代乐府诗的承传关系的基础上，揭示北宋乐府诗的独特之处，合理评价其在整个乐府诗史上的价值和地位。

　　北宋文人创作乐府诗歌的过程中，其创作理论与创作实践关系密切，把握宋人的乐府诗观有助于深入理解北宋乐府诗，故本书首先探讨宋人的乐府诗观。从理论的角度，通过分析宋代总集、别集等文献编录乐府诗的情况，以及宋人关于乐府诗的言论，并与唐代文人的乐府诗观进行比较，总结出宋人的乐府诗观。其次，北宋乐府诗人众多，在不同的历史时期呈现出阶段性特征，因此根据乐府诗创作风格的变化，将北宋乐府诗创作分为四个时期，并分析各个时期的创作风貌。再次，北宋乐府诗的理论与实践会相互影响，有相合之处，也有背离的现象，通过分析出现这些现象的深层原因，并与前代乐府诗进行比较，据此归纳总结出北宋乐府诗的总体创作特征。

　　北宋文人并不热衷于创作乐府诗，也没有出现如中唐新乐府那样有明确理论指导的群体性创作。他们在追摹前代乐府之外，尝试新变，融入新的元素，在诗体、题材内容、语言风格、创作风气等方面开拓出北宋乐府诗独有的面貌。

在乐府诗创作理论方面，北宋文人的乐府诗观对前代有承传，亦有发展。首先，北宋文人认同乐府诗要承担观世风、刺时政的功能。他们对文人拟乐府概念的理解变得宽泛了，将唐宋新题乐府和前代"未被于声"的杂歌都归入乐府诗。他们在观念中不赞同拟古乐府脱离古辞题意，提出要回归古题本义的改进途径，这一思想从北宋后期开始表现得愈加明显。与此同时，他们也提出一些关于乐府诗的独特见解，具体如下：第一，北宋文人比唐人更为强烈地意识到乐府诗这一诗体的特殊性，他们具有乐府源流意识，能从诗史的角度看待乐府的承传流变。第二，唐宋文人对新题乐府的概念界定不同，唐代元白新题乐府要求题、义、词皆新创，而宋人新题乐府的创作理论中只是强调题与词要新，对"义"没有特别的要求，即是说新题乐府也可以取材于古乐府，对作品的思想内容也不特别强调讽谕性。第三，宋人认为拟古乐府的创作要围绕古辞题意，但没有提出类似唐人"寓意古题，刺美见事"的革新主张。第四，唐人对乐府诗的评价多着眼于思想情感内涵、教化功能，而很少涉及艺术表现方面，宋人则特别关注乐府诗本身的艺术水准如何。

在创作实践中，北宋古题乐府以因袭古义的作品居多，有时甚至刻板地尊崇古辞本事、本义。崇尚古辞旧义的特征贯穿于整个北宋乐府诗的创作实践中，但呈现出越来越衰微的趋势，尤其北宋后期表现得愈加明显，即是说文人借古题寓以新意的创作方式开始变得相对频繁了。诗人不满足于因袭古辞旧义的模式，表现个体情怀、人生哲理、政治观念等内容的作品呈上升趋势。在创作实践中尚古辞旧义的特征呈递减趋势，而相关的理论主张却越来越强化对古辞旧义的复归，拟古题乐府诗的创作与实践在北宋呈现了由基本相合到逐步分离的发展趋势。这种对古辞旧义的复归观念源于文人的崇古意识，回归古辞本事本义，是为了"补于世教"。

与古题乐府不同，北宋文人有关新题乐府的理论主张与创作实践是一致的。北宋文人对新题乐府的理解更为成熟，新题乐府诗体真正建立。人们在观念上把新题乐府并入乐府诗的传统中，将其看作是乐府诗在宋代的一种延续。北宋文人以古乐府的特质来要求新题乐府，具体表现在新题乐府诗的题目、题材、体制、功能等方面都向古乐府靠拢。他们对乐府"新题"的认定，除了时间上指唐宋产生的乐府题目，还要求借鉴古乐府的命题方式，在这点上宋人比唐人表现得更为自觉。北宋新题乐府诗与中唐元白新题乐府最为明显的区别是所表现的题材范围扩大。北宋文人并未主张新题乐府诗的题材内容必须是新鲜的，可以写当下事，也可以重现古乐府的题材内容，而不必拘于单一的时政题材。北宋文人对乐府新题和古题的创作形成一些特有的创作规范，就题材而言，表现为时政民生题材几乎全部通过自拟新题来写，不再借古题来表现。因此，可以说新题乐府的创作在北宋变得更为自觉、成熟。北宋文人没有那么急切的政治功利目的，所以多从诗歌创作的角度来思考作品，对新题乐府的态度更随意一些，不强化它的思想内容。他们把唐人贴在新题乐府头上的"讽谕"标签揭了下来，那种强烈的时代和个人色彩淡化了，不再成为某一时期、某些诗歌的代名词。新题乐府诗在北宋文人笔下彻底定型，这有利于新题乐府的推广。

哲理性题材是北宋乐府诗在题材方面最为显著的开拓，大量以物、人、事为譬喻的乐府诗涌现，诗人将深刻的道理或对现实社会的批评寄寓其中。北宋乐府诗中的议论成分增加，诗人在作品中剖析时政，提出对策建议，立论精辟。这些议论不是泛泛而谈，也非单纯的大声疾呼、号召声讨，而是基于对现实问题有了深刻认识之后的言谈，这与作者本人的思想水平、政治意识有关，在这一点上北宋乐府诗超越了同类型的乐府诗，也别于唐代乐府诗。

受北宋诗坛唱和之风和求新变的诗风影响，北宋乐府诗人常以唱和乐府诗的形式抒情达意。乐府诗唱和者的关系较为紧密，唱和的诗题广、数量多，古题新题兼备，并且有依韵、次韵等不同的唱和方式。和诗的内容围绕原诗展开，或赋题、或内容与原诗相关，但却是和诗而非拟作，和而不同。唱和乐府诗有利于深度开掘作品的主题内涵，提高创作技巧。从乐府诗题的角度看，唐宋文人的乐府新题只有通过不断地唱和、拟作，才有可能成为传统题目，所以文人唱和乐府诗有利于丰富、确立乐府诗题。唱和乐府诗中出现了依韵、次韵等唱和方式，突破了前代只和意而不刻意和韵的做法，这种新的创作方式，进一步强化了北宋乐府诗的文人色彩。

目　录

第1章 北宋文人乐府诗观的演进

乐府诗观与乐府诗的创作关系密切，把握宋人的乐府诗观有助于深入理解宋代乐府诗。宋代总集和别集中收录了大量的乐府诗，这些典籍对乐府诗的择录特点就带有文学批评的意义，分析其编录乐府诗的特点，可以在一定程度上看出宋人的乐府诗观。本书结合宋代总集、别集等文献编录乐府诗的情况，以及宋人关于乐府诗的言论，从中分析这些文献中所折射出的乐府诗观。鉴于一种诗学观念的变化是缓慢的，北宋乐府诗创作深受唐代乐府诗影响，且两宋的乐府诗创作相承相关，如两宋之交文人的乐府诗观深刻影响了南宋乐府诗坛，南宋文人对两宋乐府诗创作又有理论总结，所以本书试图将北宋乐府诗创作放入整个宋代的乐府诗观中予以观照，并向前追溯唐人的乐府诗观，通过比较二者的异同，以便更好地厘清宋人的乐府诗观。

1.1 唐代文人的乐府诗观

在乐府诗理论和创作方面，唐人是积极的总结者和践行者。唐人对乐府的总结：一是对历代乐府创作成就的整理，如《艺文类聚》"乐部"之"乐府"，专门收录唐前乐府诗，吴兢《乐府古题要解》、郗昂《乐府古今题解》①等解题

---

① 三卷，一作王昌龄。

类典籍，其中融入了唐人对乐府诗创作的反思；二是在实践的基础上，唐人有关乐府的理论主张，如元稹《乐府古题序》、白居易《新乐府序》等，这种总结、反思的意识在唐人身上表现得十分明显，而且实践与理论相伴随。

唐乐府是乐府诗史上的重要阶段，在唐人别集的编录中，也可看出唐人认为乐府诗有着特殊的传统和文学风格，不同于一般的诗歌。《文选》《江文通集》中"诗"与"乐府"并列，但都并入一卷。关于乐府与诗区别开来的原因，明代徐祯卿《谈艺录》中提及乐府与其他诗区别开来的原因："乐府往往叙事，故与诗殊。盖叙事辞缓，则冗不精。"[1]在部分唐人别集中，延续了《文选》等前代诗文集的传统，将乐府诗单独编排，认为乐府诗不同于一般的诗歌，如卢照邻撰《卢升之集》、张籍《张司业诗集》中卷一"七古"都是乐府诗，卷七"拾遗"集中收录乐府诗，且明确标明为乐府。[2] 王建的《王司马集》中乐府诗集中在卷二。元稹的《元氏长庆集》甚至细分为古乐府和新乐府两类。

1.1.1　唐人对乐府诗价值与功能的认定

唐人从礼乐教化的角度定位乐府诗的价值。卢照邻在《乐府杂诗序》中说："是以叔誉闻诗，验同盟之成败；延陵听乐，知列国之典彝。王泽竭而颂声寝，伯功衰而诗道缺。"[3]乐府被赋予了折射国家治乱兴衰的意义，秉承了以诗乐观时政兴衰的传统。

中唐文人又将这一观念深化、具体化，强化了乐府诗的讽谕功能，元稹甚至将乐府诗并入风雅的传统中，认为乐府"不于汉魏而后始"[4]，将乐府的源头追溯至汉代以前，为乐府诗建立了一个更久远、更正统的

---

① （清）何文焕：《历代诗话》，北京：中华书局，1981 年，第 769 页。
② 四部丛刊景明本，张籍生前未编刊成集，后由张洎辑录。
③ （唐）卢照邻著，李云逸校注：《卢照邻集校注》，北京：中华书局，1998 年，第 335 页。
④ （唐）元稹著，冀勤点校：《元稹集》，北京：中华书局，2010 年，第 292 页。

源头，这无疑增加了乐府雅正的意味。这样就不难理解元稹后文所说"况自《风》《雅》，至于乐流，莫非讽兴当时之事"①，最终他将乐府并入自《诗经》以来的风雅传统中，明确乐府诗具有讽兴时事的功能。元稹建构乐府诗史的目的是为诗学思想服务的。宋代郭茂倩也是如此，《乐府诗集》在"琴曲歌辞""杂歌谣辞"等类别中选录了一些汉代以前的诗歌，就是延续了元稹的乐府诗观。

白居易更是明确提出乐府诗的创作要求和评价标准，他要求乐府诗有益于教化，要有为而作。他秉持诗歌"补察时政""泄导人情"②的政教观，以诗之六义作为标准评价前人诗歌，并提出"文章合为时而著，歌诗合为事而作"③的主张。白居易创作《秦中吟》《新乐府》等讽谕诗的缘由是要以诗为谏纸："启奏之外，有可以救济人病，裨补时阙，而难于指言者，辄咏歌之，欲稍稍递进闻于上。"④他评价张籍古乐府："为诗意如何？六义互铺陈。风雅比兴外，未尝著空文。……上可裨教化，舒之济万民。下可理情性，卷之善一身。"⑤这些言论都强化了乐府诗的讽刺劝教功能。

正是源于这一认识，在创作中，白居易感愤而作乐府诗。他在《寄唐生》中有言："不能发声哭，转作乐府诗。篇篇无空文，句句必尽规；功高《虞人箴》，痛甚骚人辞。"⑥在这里，诗人没有将乐府诗的文学性放

① （唐）元稹著，冀勤点校：《元稹集》，北京：中华书局，2010年，第292页。
② （唐）白居易著，谢思炜校注：《与元九书》，《白居易文集校注》，北京：中华书局，2011年，第322页。
③ （唐）白居易著，谢思炜校注：《与元九书》，《白居易文集校注》，北京：中华书局，2011年，第324页。
④ （唐）白居易著，谢思炜校注：《与元九书》，《白居易文集校注》，北京：中华书局，2011年，第324页。
⑤ （唐）白居易著，朱金城笺校：《白居易集笺校》，上海：上海古籍出版社，1988年，第5页。
⑥ （唐）白居易著，朱金城笺校：《白居易集笺校》，上海：上海古籍出版社，1988年，第43页。

在第一位，"不为文而作也"①，"非求宫律高，不务文字奇"②，满腔真情投注在"惟歌生民病，愿得天子知"③。诗人借乐府诗发泄郁郁之情，诗中情感激切，故而元稹评价白居易"讽谕之诗长于激"④，白居易也自评讽谕诗"意激而言质"⑤，这种字字句句必尽规劝的想法，在某种程度上会导致对乐府诗艺术性的有意忽略。

总而言之，唐代文人将乐府诗的创作传统上溯至汉代以前，冠以《诗经》后继者的称号，赋予乐府诗雅正的地位，提高了乐府诗的地位。唐代文人除了秉承汉魏乐府"感于哀乐"的传统，还特别强化了乐府诗采诗观风、美刺教化的功用。

1.1.2 批驳与反思晋至南北朝拟古乐府

从初唐开始，对晋至南北朝文人拟古乐府的批驳声不断，初盛唐文人尤为警醒这一问题。卢照邻《乐府杂诗序》中对西晋至南朝以来拟古乐府缺乏创新的现象，予以否定。"落梅芳树，共体千篇；陇水巫山，殊名一意。亦犹负日于珍狐之下，沉萤于烛龙之前。辛苦逐影，更似悲狂；罕见凿空，曾未先觉。潘、陆、颜、谢，蹈迷津而不归；任、沈、江、刘，来乱辙而弥远。"⑥西晋以后的文人拟古题乐府多千篇一律，少有开创之作。对于潘岳、颜延之、任昉等人的这种创作风气，卢照邻并不赞同，他认为与汉魏之作相比，优劣悬殊，"亦犹负日于珍狐之下，

---

① （唐）白居易著，朱金城笺校：《白居易集笺校》，上海：上海古籍出版社，1988 年，第 136 页。

② （唐）白居易著，朱金城笺校：《白居易集笺校》，上海：上海古籍出版社，1988 年，第 43 页。

③ （唐）白居易著，朱金城笺校：《白居易集笺校》，上海：上海古籍出版社，1988 年，第 43 页。

④ （唐）元稹著，冀勤点校：《白氏长庆集序》，《元稹集》，北京：中华书局，2010 年，第 642 页。

⑤ （唐）白居易著，谢思炜校注：《与元九书》，《白居易文集校注》，北京：中华书局，2011 年，第 327 页。

⑥ （唐）卢照邻著，李云逸校注：《卢照邻集校注》，北京：中华书局，1998 年，第 339 页。

沉萤于烛龙之前"，但卢照邻还没有指出应该如何"凿空"，回归正途。其后的吴兢、元稹也认同这种看法，吴兢《乐府古题要解》序："历代文士，篇咏实繁。或不睹于本章，便断题取义。赠夫利涉，则述《公无渡河》；庆彼载诞，乃引《乌生八九子》；赋雉斑者，但美绣颈锦臆；歌天马者，唯叙骄驰乱蹋。"①

吴兢《乐府古题要解》对唐代及以后的乐府发展影响较大，他的乐府诗观在初盛唐时期也极具代表性。具体如下：

其一，关注古题乐府。吴兢生活的时期人们已经有了乐府古题、新题的意识②，他的《乐府古题要解》专论古题，部分原因是因为初盛唐新题乐府的创作相对古题而言数量较少，还没有形成一定创作风气，时人创作乐府诗的风格、内容受古辞影响较大，所以吴兢只关注古题。这从唐代其他乐府题解类书籍中也可以看出唐人解读乐府古题的热情，如郗昂《乐府古今题解》、沈建《乐府广题》、刘餗《乐府古题解》。在实际的创作中，初盛唐拟古乐府盛行，以《乐府诗集》为例，除去郊庙歌辞、燕射歌辞，所拟汉魏六朝古题的数量约占初盛唐乐府诗的90%，其中汉魏乐府古题又占80%。

其二，以汉魏乐府为正宗，否定南朝乐府的创作方式。《乐府古题要解》序中称"乐府之兴，肇于汉魏"③，除了追溯乐府的起源之外，还流露出以汉魏乐府为正宗的意味。南朝文人乐府盛行赋题法④的创作方式，这种创作有时是故意忽视古辞本事、本义的，从乐府发展角度看，

① 丁福保：《历代诗话续编》，北京：中华书局，2006年，第24页。

② 现存文献中出现"新乐府"之名是在中唐，如：1. 令狐楚《御览诗》中录有马逢《新乐府》，马逢为唐朝贞元、元和年间诗人。该诗写宫廷生活，《乐府诗集》录有顾况《乐府》，顾况诗前半部分同马逢诗，所以此处的"新乐府"其实相当于古题《乐府》，与元白的新乐府截然不同。《元稹集》卷十一《送东川马逢侍御史回廿韵》："旋吟《新乐府》，便续古《离骚》。"2. 李绅、元白等人的言论及创作中。3. 唐代赵璘《因话录》卷三："李贺能为新乐府。"

③ 丁福保：《历代诗话续编》，北京：中华书局，2006年，第24页。

④ 钱志熙：《齐梁拟乐府诗赋题法初探——兼论乐府诗写作方法之流变》，载《北京大学学报》(哲学社会科学版)1995年第4期。文中解释"赋题"之意，即严格地由题面着笔，按着题面所提示的内容倾向运思庀材。

其实是一种新的审美范式，有其文学价值。吴兢反对这种仅仅铺叙题目的做法，如《鸡鸣》《乌生八九子》，《乐府古题要解》指出："若梁刘孝威《鸡鸣篇》，但咏鸡而已。"①"若梁刘孝威'城上乌，一年生九雏'，但咏乌而已，不言本事。"②这类乐府诗风格上受同期绮丽雕琢文风的影响，所以吴兢如此反对南朝这类乐府诗，其实还是延续了唐初文人对齐梁浮艳文风的批评态度。

其三，古题乐府的创作应追溯古题本事、本义。吴兢特别重视依据本事来解释古题，正如郑樵所言"吴兢之徒，以事解目"③，虽然郑樵是从批驳的角度提出这一说法，但也恰恰点明了吴兢的乐府思想。这与他是一位历史学家有关系，与本辞相比，本事是最原始的素材来源，重史实的史学观念使他不满于肆意脱离古辞本事、本辞的创作方式。《乐府古题要解》序中明确指出汉魏以降，文人拟作古题乐府时"或不睹于本章，便断题取义"④，断题取义的做法在南朝乐府中十分突出，而且这种风气愈演愈烈，"递相祖习，积用为常，欲令后生，何以取正？"⑤所以编写《乐府古题要解》的目的便是纠正这种创作风气。因此，书中详述了古题乐府的多方面内容，包括古辞本事、本义、拟作与古辞关系，并引述古辞原文。针对后世断题取义地拟古乐府的做法，吴兢在书中重点阐明古辞本义，分析拟作的创作情况。

吴兢《乐府古题要解》、沈建《乐府广题》等乐府题解类书籍都为唐人创作乐府诗等诗歌提供了艺术营养，在一定程度上影响了唐代乐府诗的创作，如有文献记载唐人阅读乐府研究专著，"（张）祜元和中作宫体诗，词曲艳发，当时轻薄之流重其才，合譟得誉。及老大，稍窥建安风格，

---

① 丁福保：《历代诗话续编》，北京：中华书局，2006 年，第 26 页。
② 丁福保：《历代诗话续编》，北京：中华书局，2006 年，第 26 页。
③ （宋）郑樵：《通志·乐略第一》卷四十九，北京：中华书局，1987 年，第 626 页。
④ 丁福保：《历代诗话续编》，北京：中华书局，2006 年，第 24 页。
⑤ 丁福保：《历代诗话续编》，北京：中华书局，2006 年，第 24 页。

诵乐府录①，知作者本意，讲讽怨谲诗，与六义相左右。"②此处"乐府录"可能特指《古今乐录》，也可能泛指这类典籍，这则材料一方面说明唐人确实有研读"乐府录"这些典籍的习惯，另一方面也看出诗人通过阅读这类典籍，了解乐府古辞本义，进而改变了创作风格。在中晚唐诗人中，张祜的乐府诗创作也是颇有成就的，上面这则材料也可表明乐府解题类书籍与中晚唐乐府之间的联系。

初盛唐文人拟古乐府蔚然成风，多数内容围绕古辞题旨，改变了南朝文人拟作时脱离古辞本事、本义的做法，吴兢在《乐府古题要解》中表露出的乐府诗观与当时的创作风气是一致的。如李白多写古题乐府，所拟作古题涵盖汉魏六朝乐府，拟古而不袭古，在古辞古义的基础上生发新意，想象奇落，且打破南朝文人以齐言的流行体写古乐府的形式，改为自由体，纵意自如，体现出恢复古道的意识。吴兢主要不满南朝文人的创作方式，而改变的途径就是认真研读古辞，全面领悟古辞题意。卢照邻与吴兢一样都对南朝文人拟古乐府的创作情况不满，分别指出其中缺乏创新和脱离古辞的问题，但卢照邻没有指明回归正途之路，吴兢则指出拟古乐府的创作途径——回归古辞古题，取法汉魏乐府。对于拟古乐府缺乏新意的问题，是到了中唐文人那里才提出明确的变革主张。

1.1.3 以革新为核心观念的中唐乐府

在中唐文人的乐府创作和言论中，"新"字出现的频率最高、最为活跃，如何创新乐府诗是中唐文人不懈探索的问题。乐府发展至中唐，文人所观照的乐府诗史，既有唐前的古乐府，也包含初盛唐之作，所以他们要反思的对象不仅仅是前朝乐府，自然也囊括初盛唐甚至同时期的作品。中唐乐府风格多样，有不同的创作倾向，其中以元稹、白居易为中

---

① 应指陈释智匠《古今乐录》。元稹《乐府古题序》也提到"纂撰者由诗而下十七名，尽编为《乐录》。

② 皮日休：《论白居易荐徐凝屈张祜》，《皮子文薮》附录一，上海：上海古籍出版社，1981年，第240页。

心的创作群体有着明确的理论主张、大规模的创作实践，成绩斐然。不论是新题乐府，还是拟古乐府，若能有所创新，具有新的审美体验，便值得肯定，因而元稹、白居易等人提倡新题乐府之余，也赞赏有所革新的拟古乐府。他们通常从题、义、词三方面寻求突破，因为要凸显乐府诗的某些功用，所以在题材内容、风格体裁方面又有明显的倾向性，下文以元稹和白居易的乐府诗观为例。

《元氏长庆集》有四卷诗标明"乐府"，与古诗、古体诗、挽歌、伤悼诗、律诗并列——乐府作为诗之一类的观念相当明确。元稹在《乐府古题序》中阐述了自己的乐府诗观，具体如下：

第一，反对毫无新意的拟古乐府，要求义或词方面有所突破。"沿袭古题，唱和重复，于文或有短长，于义咸为赘剩"，从初唐开始，文人便一直反思这个问题，如何改变千篇一律的拟古乐府面貌，初盛唐文人以回归古辞为路径，中唐文人则走跳出古辞的路子。元稹根据创作实践，提出拟古题乐府的具体创作方式，如"虽用古题，全无古义""颇同古义，全创新词"，以此来打破重复无新意的弊病。元稹认为的创新包括内容或语言风格上的突破，他赞赏"寓意古题，刺美见事""引古以讽"的做法。元稹本人也在创作中践行这些主张，陈寅恪评价元稹："古题乐府，或题古而词意俱新，或意新而题词俱古。"[1]

第二，推崇新题、新义、新词的乐府诗，赞赏病时之作，发挥乐府谤议时政的功能。在赞赏有所创新的拟古乐府的基础上，元稹更加倡导新题、新义、新词的乐府诗。杜甫有《悲陈陶》等"即事名篇，无复依傍"之作，元稹、白居易、李绅等人见到这类乐府诗后，"谓是为当，遂不复拟赋古题"。杜甫通过自命新题的创作方法，为中唐乐府确立了典范，其创作实践也开启了乐府诗表现时事的新方向，他赞赏元结的《春陵行》"忧黎庶"[2]，有汉乐府的写实精神，这也表露出他的诗学主张。元稹赞

---

[1]　陈寅恪：《元白诗笺证稿》，北京：生活·读书·新知三联书社，2009 年，第 311 页。
[2]　(清)仇兆鳌详注：《杜诗详注》卷一九，北京：中华书局，1979 年，第 1692 页。

赏李绅的新题乐府，关键在于这类诗"雅有所谓，不虚为文"①，有真切的内容，传承风雅精神，因此特别唱和其中"病时之尤急者"②，效仿古人"士议而庶人谤"③的议论时政精神，"直其辞以示后"④，并以直白的言辞道出。

元稹以具体的范例和创作方式来表明如何创新乐府诗，与之不同，白居易以《诗经》为圭臬来革新乐府诗。白居易创作新乐府不以汉魏乐府为标准，而是直追《诗经》，要写出像《诗经》那样的新乐府。之所以忽略汉魏乐府，这与白居易的政治主张有一定关系，在政治上他倡导"继周"⑤，通过礼乐继承周朝之道⑥，就要继承周朝的采诗观风的制度，在《采诗官》中也说："周灭秦兴至隋氏，十代采诗官不置。"而《诗经》便是采诗制度下孕育的经典之作。白居易尊崇六经："人之文六经首之。就六经言，《诗》又首之。"⑦《新乐府》五十首总序中称："首句标其目，卒章显其志，《诗》三百之义也。"⑧这组新乐府诗形式结构上"乃一部唐代诗经"⑨。首先，白居易把李绅的 20 首新题乐府扩展为 50 首，是唐代文人乐府中规模最大的组诗，从数量上尽可能向《诗》三百靠拢；其次，50

① （唐）元稹著，冀勤点校：《和李校书新题乐府十二首序》，《元稹集》，北京：中华书局，2010 年，第 319 页。

② （唐）元稹著，冀勤点校：《和李校书新题乐府十二首序》，《元稹集》，北京：中华书局，2010 年，第 319 页。

③ （唐）元稹著，冀勤点校：《和李校书新题乐府十二首序》，《元稹集》，北京：中华书局，2010 年，第 319 页。

④ （唐）元稹著，冀勤点校：《和李校书新题乐府十二首序》，《元稹集》，北京：中华书局，2010 年，第 319 页。

⑤ （唐）白居易著，谢思炜校注：《策林十五·忠敬质文损益》，《白居易文集校注》，北京：中华书局，2011 年，第 1392 页。

⑥ （唐）白居易著，谢思炜校注：《策林六十二·议礼乐》，《白居易文集校注》，北京：中华书局，2011 年，第 1573 页。

⑦ （唐）白居易著，谢思炜校注：《与元九书》，《白居易文集校注》，北京：中华书局，2011 年，第 322 页。

⑧ （唐）白居易著，朱金城笺校：《新乐府序》，《白居易集笺校》，上海：上海古籍出版社，1988 年，第 136 页。

⑨ 陈寅恪：《元白诗笺证稿》，北京：生活·读书·新知三联书社，2009 年，第 124 页。

首诗有总序，相当于《毛诗》之大序，每首诗又有序言，仿照《毛诗》之小序，每首诗首句即为题名，效仿《诗经》取题的体例。此外，白居易为了实现"为君、为臣、为民、为物、为事而作"①的目的，在借鉴《诗经》的基础上，又有所改进，如每首诗卒章显志，强化诗歌的讽谏性质，而且不再保持温柔敦厚的诗教面孔，语言"质而径""直而切"，更多运用赋的手法。

白居易的新乐府在理论上是跨越了前代的乐府诗，直接上溯《诗经》，同时唱和新题乐府的元稹虽然也将乐府诗归入风雅的传统，但他的十二首同题新乐府形式上没有模仿《诗经》，每首诗首句不是题目，也不是每首诗都有小序，他的新乐府诗没有刻意要在形式上也全盘模仿《诗经》。他仅是将乐府诗的滥觞上推至春秋，并没有要以孔子、伯牙等人之作为创作标准，白居易则相反，他的理论无关乐府诗的源流，只是从创作的角度追溯《诗经》。白居易高举《诗经》传统的大旗，实则以时人如杜甫的乐府诗为模板，陈寅恪先生曾言："二公新乐府之作，乃以古昔采诗观风之传统理论为抽象之鹄的，而以唐代杜甫即事命题之乐府，如《兵车行》者，为其具体之楷模。"②"元白二公俱推崇少陵之诗，则新乐府之体，实为摹拟杜公乐府之作品。"③

中晚唐元结等诗人的部分乐府诗也有意识追摹《诗经》。如元结的《补乐歌十首》是补"六代之乐"，内容上重讽谕、政教，通过称颂上古帝王之德来表明他的政治理想，诗歌模仿《诗经》的四言古体，有总序、小序。顾况的《上古之什补亡训传十三章》未收入郭茂倩的《乐府诗集》，但它们也应算作新题乐府诗。《上古之什补亡训传十三章》的内容和形式都模仿《诗经》，运用《诗经》的四言，取首句为题，诗题下有说明文意的小序，真可谓古意十足。晚唐则有皮日休《补九夏歌九首》，效仿元结补作

①　（唐）白居易著，朱金城笺校：《新乐府序》，《白居易集笺校》，上海：上海古籍出版社，1988 年，第 136 页。

②　陈寅恪：《元白诗笺证稿》，北京：生活·读书·新知三联书社，2009 年，第 123 页。

③　陈寅恪：《元白诗笺证稿》，北京：生活·读书·新知三联书社，2009 年，第 122 页。

三代乐歌的做法，又以儒家的诗教观来阐释乐府诗传统，"乐府，盖古圣王采天下之诗，欲以知国之利病，民之休戚者也"①，其所作《正乐府十篇》与元白新乐府一脉相承。

1.1.4 乐府诗的文体学意味加强

由汉至唐，乐府诗积累了丰富的创作经验，唐人从文体学角度总结不同乐府类型的创作特点，既可以指导实践，又体现时人对乐府的认识。

元稹在《乐府古题序》中提到乐府题名类别与内容之间的关联，并根据题名分类、归纳特点。

> 诗之流为二十四名：赋、颂、铭、赞、文、诔、箴、诗、行、咏、吟、题、怨、叹、章、篇、操、引、谣、讴、歌、曲、词、调，皆诗人六义之余，而作者之旨。由操而下八名，皆起于郊祭、军宾、吉凶、苦乐之际。在音声者，因声以度词，审调以节唱，句度短长之数，声韵平上之差，莫不由之准度。而又别其在琴瑟者为操引，采民氓者为讴谣，备曲度者，总得谓之歌曲词调，皆斯由乐以定词，非选调以配乐也。由诗而下九名，皆属事而作，虽题号不同，而悉谓之为诗可也。后之审乐者，往往采取其词，度为歌曲，盖选词以配乐，非由乐以定词也。②

首先，根据乐与词的关系将诗歌分为两大类，操以下八个题名属于由乐以定词，诗以下九个题名为选词以配乐。其次，比较这两大类的起源、特点，前者源于郊祭、军宾等仪式场合，词是为音乐服务的，故词句长短取决于声调，同时不同的题名意味着演奏乐器、音乐属性的差

---

① （唐）皮日休：《皮子文薮》卷十，上海：上海古籍出版社，1981年，第107页。
② （唐）元稹著，冀勤点校：《元稹集》，北京：中华书局，2010年，第291页。

异；后者"属事而作"，最初只是诗而已。

元稹追溯了乐府的最初形态，以及词与乐的关系，是想说明"后之文人，达乐者少，不复如是配别"。后世文人已经无法做到词、乐、题名的准确匹配，说明中唐时期乐府诗人已经在有意识地辨识不同乐府题名所包含的内容、形式等特点，持有一种从创作的角度来研究乐府诗的态度。从初唐至中唐，文人拟古乐府时逐渐形成了一些固定的创作习惯，不同题目类别的乐府诗有着特定的内容范畴、语言风格、体裁特征等，如以歌、行、篇、引等为题的乐府诗有了大致明确的分工。这种现象是在创作实践中自发形成的，元稹是首次自觉地作了理论总结。

乐府脱离了音乐，要想保持乐府的特性，只能通过总结、模仿不同歌辞性题名乐府诗的文本特征来实现，这种文本特征表现为题材内容、语言风格、表达方式等。

1.1.5　乐府诗概念扩大化

唐人称为乐府的诗歌，范畴变得宽泛，表现为两个方面：其一，对本朝新题乐府的认可；其二，将前代"未被于声"的杂歌也归入乐府。

李绅、元稹的言论中最早提到"新题乐府""乐府新题"的概念："予友李公垂贶予《乐府新题》二十首，雅有所谓，不虚为文。"①元稹所和李绅的新题乐府在内容上是有限定的，都具有讽谏性质。元稹在《乐府古题序》中言："近代唯诗人杜甫《悲陈陶》《哀江头》《兵车》《丽人》等，凡所歌行，率皆即事名篇，无复倚傍。"这里元稹虽然没有明确说明新题乐府内容上的特点，但所列举的杜甫几首诗的共同特点就是针砭时政，借此可以总结元稹所赞许的新题乐府的特征：因事名篇、自创新题；有实际内容，最好是"病时"；不入乐。

"新乐府"之名源自白居易，他在《与元九书》中说："自拾遗来，凡

---

① （唐）元稹著，冀勤点校：《和李校书新题乐府十二首序》，《元稹集》，北京：中华书局，2010 年，第 319 页。

所遇所感，关于美刺兴比者，又自武德讫元和因事立题，题为《新乐府》。"白居易以其创作实践表明了新乐府的最突出的特征：因事立题、讽谕比兴。除了题目、内容上的要求外，白居易还指出他的新乐府兼具"词质而径""言直而切""体顺而肆"的形式体制特征。对新乐府而言，新题是必要的，但不能涵盖这类诗的全部特征，这也许就是白居易不以"新题乐府"命名这组诗的原因，而刻意去掉一"题"字，以别于一般的新题类乐府，提醒世人关注这类乐府诗题目以外的其他特征，这一概念带有开拓新的创作风范的意味。

如果说唐人从理论和创作中认可新题乐府，与唐人的新创意识有关，那么，将未见于唐前乐府类典籍中的杂歌也视为乐府，则可能与唐人将乐府诗史的起点追溯至汉代以前有关。以中唐沈建的《乐府广题》为例，该书成书晚于吴兢的《乐府古题要解》，根据佚文可以推测该书收录古辞，解释古题的本事、古辞本义、后世拟作等，性质与《乐府古题要解》基本相同。《乐府诗集》保存了《乐府广题》的部分佚文。有时，同一个曲题，《乐府诗集》会有所侧重地同时引录二书中的题解，或者《乐府古题要解》解释不详的古题，完全采用《乐府广题》的解释，又可见出二书的承传关系。

沈建《乐府广题》收录、解释杂歌类乐府诗，扩大了乐府诗的范畴。郭茂倩《乐府诗集·杂歌谣辞》中的题解几乎是出自正史（且不含正史乐志），其他大类序解中经常出现的正史乐志、乐录、题解类典籍如《古今乐录》《乐府古题要解》《元嘉三年正声技录》等均没有出现，这从另一个角度也说明杂歌谣辞不见于这些典籍，不被认为是传统的乐府诗，郭茂倩将乐府诗的范畴扩大化了。这种扩大化的乐府诗观并不是突然出现的，是在中唐出现端倪的。《乐府诗集》摘引了《乐府广题》中对《苏小小歌》《敕勒歌》等六首诗的题解，这六首诗都收入《乐府诗集·杂歌谣辞》中，由此可见，从中唐开始，人们开始逐步接受那些流传久远的杂歌，认为它们也是"未被于声"的乐府。无论是唐人最先提出的新题乐府，还是重新发掘的杂歌辞，这两类乐府辞都被收入宋代郭茂倩的《乐府诗集》中，说明宋人也接受了唐人的这些观念。

无论是乐府诗的理论总结上，还是创作实践中，唐人都表现出相当的自觉性。唐人意识到乐府诗创新的特殊性，将其视作纯文学作品。唐人乐府诗继承汉魏乐府"感于哀乐，缘事而发"的传统，中唐的元白等人在理论和创作中强化了乐府诗讽兴、教化、"惟歌生民病"的功能。拟古乐府是传统乐府诗创作的大类，唐人此类作品居多。从唐初开始，文人便批驳南朝乐府断题取义、脱离古辞、"唱和重复"的弊病，思考如何焕发拟古乐府新的生命力。在具体如何改进拟古乐府的路径上，吴兢、元稹等人纷纷提出"药方"，或是回归古辞古题，或是"寓意古题，刺美见事"，在此基础上催生了中唐文人新乐府的创作理论，从题、义、词等多角度寻求突破，取法《诗经》、汉魏乐府的精粹，以跳出古辞的藩篱。相较之下，初盛唐文人的态度趋于保守，缺乏中唐文人的创新勇气。

1.2　宋代文人的乐府诗观

宋代文人根据自己对乐府诗性质的理解，形成了一些创作规范，以保证乐府的独立性和诗体特征，这些规范在宋代不同的历史时期又是变化发展的，故此下文根据宋代乐府诗创作思想的变化，分为四个阶段予以论述。

1.2.1　北宋初期：崇尚古题乐府

1.2.1.1　视古题乐府为"正宗"

《文苑英华》为宋太宗太平兴国七年（982）李昉、徐铉等奉敕所编，选录作品在时间上承接《文选》，起于梁末，终于唐五代，只有极少数魏晋时期作品。该书所收乐府诗的数量远远超过《文选》和《玉台新咏》中的乐府诗数量，涉及近 300 位诗人的 1000 多首乐府诗，其中选录南朝梁陈和唐代的乐府诗数量约占十分之九。[①] 该书将乐府诗作为"诗"下的一个小类予以单独编选，这种编排体例与《文选》稍有不同。《文选》将"乐府"与"诗"并列，是基于当时乐府诗与音乐紧密结合的缘故。宋代古乐府几乎已不入乐，《文苑英华》的编者改用这种编排方式，是对乐府诗本身具有的传统和独特性的认同。

《文苑英华》"乐府"类只录诗题、作者和诗歌内容，诗题题面意思、内容相近者依次编在一起。"乐府"类所选乐府诗，内容多数与古题、古辞有关联，多是由传统的乐府题材生发，即使涉及社会问题，也多是泛泛而言，不是针对某一具体事件而发。所录乐府题为 202 个，这些乐府诗题主要由三部分组成：一是汉魏古题，如《短歌行》《煌煌京洛行》等；二是由古题、古辞演变而来的题目，如《白纻歌》等；三是唐人自创的新题，如《仄逼行》《忆昔行》等，其中又以前两类为主。大部分古题乐府被收入"乐府"类，少数古题乐府收入"歌行"类，个别情况下一首古题乐府兼入"歌行"类中，如韦应物的《长安道》。

之所以如此重视古乐府，与古乐府可以考察时政的功用有一定关联。杨徽之是诗歌编选的主要负责人，他以六义论诗，以风雅作为诗歌的评判标准，"非风雅之言，未尝取也"[②]。除了杨徽之外，编者还有李昉、徐铉等文士，徐铉重视诗歌的政教作用，认为"诗之旨远矣，诗之用大矣。先王所以通政教、察风俗，故有采诗之官、陈诗之职，物情上达，王泽下流"[③]。这段话重申了乐府诗观风俗、察时政的功用。古乐府有着补察时政、泄导人情的功用，所以历代受到推崇，宋初文人也承袭这一观念，因而在编辑《文苑英华》时多选录古题乐府。

《文苑英华》收录乐府诗以古题乐府为主，认为古乐府是乐府之"正宗"，不重视中唐新题乐府，绝大多数表现时政内容的新题乐府归入"歌

---

① 具体数据参见附录表格 1：《文苑英华》中乐府诗的分布情况。
② （宋）杨亿：《武夷新集》卷一一，福州：福建人民出版社，2007 年，第 181 页。
③ （宋）徐铉：《徐骑省集》，上海：商务印书馆，1937 年，第 86 页。

行"类。收入"歌行"的乐府诗近 40 首，数量并不多，但其中 32 首是新乐府辞，且多数是中唐白居易等人反映时政民生内容的新乐府。以杜甫为例，他的乐府入选 24 首，其中 16 首归入"乐府"类，如《少年行》《塞下曲》《苦战行》等，然而最能体现杜甫忧国忧民情怀的新题乐府却全部归入"歌行"，如《兵车行》《负薪行》，这说明编者并不认为这类"即事名篇"的新题乐府属于乐府诗。① 这种观念也体现在对待中唐新乐府的中坚人物——元稹和白居易的态度上，"乐府"类不收录元稹的乐府诗，却收录白居易《长安道》《对酒》等 9 首古题乐府，而白居易自命名的 50 首"新乐府"中有 21 首被收入"歌行"，如《七德舞》《琵琶引》等。

宋初文人对中唐新题乐府的关注度并不高，对中唐新题乐府的选录也不是从乐府的角度考虑的，而是由于它们鲜明地体现出歌行的特征。中唐新题乐府不符合宋初文人的创作需求，导致编者选录新题乐府诗较少。《文苑英华》收录白居易的诗歌最多，乐府诗却仅有 30 首，其中虽然包含了白居易自己很看重的讽谕诗，却全部归入"歌行"类中，反而是白居易不看重的律诗收录近 190 首，这种现象与宋初诗风是一致的。晚唐诗坛推崇白体，《文苑英华》正是在这样的文学环境中编纂而成，"国初沿袭五代之余，士大夫皆宗白乐天诗"②。文人所欣赏的是白居易唱和消遣之作，所以《文苑英华》的编纂者对白居易的杂律诗等更感兴趣，而新题乐府不符合这种创作需求，所以选录较少。

由此可见，宋初文人并不认同中唐新乐府倡议者的观点，那些自创新题、指刺时弊的新题乐府缺乏古乐府的朴厚之美，显得生疏，于是宋初诗人转向传统的古乐府或者模拟古辞而作的乐府诗，这些才是他们所认为的正宗的乐府诗。

---

① 　具体数据参见附录表格 2：《文苑英华》选录唐代乐府诗创作成就较高的几位诗人的作品情况。

② 　郭绍虞：《宋诗话辑佚》，北京：中华书局，1980 年，第 398 页。

1.2.1.2 兼容并蓄的新倾向

姚铉编纂的《唐文粹》成书于大中祥符四年（1011），起始时间比《文苑英华》晚了近20年，在《唐文粹》序中姚铉称该书"纂唐贤文章之英粹者"①。面对众多的唐人文集，姚铉并不满意，认为"率多声律，鲜及古道"。因此，姚铉在编选时有着明确的标准："止以古雅为命，不以雕篆为工，故侈言曼词率皆不取。"即诗文要古朴雅致、不事雕琢。书成之后就获得好评，"用意精博，世尤重之"。《唐文粹》虽晚于《文苑英华》，但在后世的影响却大于《文苑英华》，清王士禛说："《文选》而下，惟姚铉《唐文粹》卓然可观，非他选所及，其录诗皆乐府古调，不取近体，尤为有见。"②宋人编纂诗文集时，《唐文粹》也是重要的参考书籍，如周紫芝编辑《古今诸家乐府》时，就特别选用《唐文粹》。

书中"乐府辞"按照题材内容又分为功成作乐、幽怨、兴亡等小类，共152首，涉及112个题目，这些诗题中古题、新题兼具，其中新题乐府近30首，只占乐府诗总数的五分之一，大多数诗题还是古题，或在古题、古辞基础上稍加改造而来的诗题，与古辞关系密切，如《短歌行》《善哉行》等。③

虽然《唐文粹》仍以收录古题乐府为主，但编者对乐府古题和新题的择录具有包容性。"乐府"类选录的一百多个乐府诗题，与《文苑英华》对新题乐府的编排不同，这些诗题中古题、新题兼具，新题乐府的比例增大，说明编者对乐府诗的理解变得宽泛，视野扩及中唐新题乐府，并不局限于汉魏古题。

《唐文粹》中的新题乐府近30首，如鲍溶《长城作》、张籍《筑城词》、崔国辅《长信宫》。白居易有7首乐府诗入选，其中6首白居易自名为"新乐府"，全部归入"乐府"类。这表明两点：其一，姚铉认可中唐

---

① （宋）姚铉编：《唐文粹》，清文渊阁四库全书本。
② （清）王士禛：《香祖笔记》，上海：上海古籍出版社，1982年，第106页。
③ 参见附录材料1。

新乐府的乐府"身份"，这类切中时弊的诗歌符合汉魏乐府"感于哀乐，缘事而发"的传统；其二，姚铉对这类诗的态度也是审慎的，并非大肆推崇元白等人的新乐府。白居易 50 首新乐府只选录 6 首。除了这 6 首，真正针对现实问题而发的还有张籍《寄衣曲》、元稹《织女词》等，数量很少。《唐文粹》是私人编修，因而编选中反映出的乐府诗观更具有一贯性。与《文苑英华》的编者对新题乐府的忽视不同，姚铉已经开始认同中唐新题乐府的创作。

北宋真宗朝是宋人的乐府诗观由宋初到北宋中叶的转变时期，出现了兼蓄并包的新的乐府观念，这在当时文人的诗文言论中也略见端倪。如释智圆推崇白居易新乐府，曾作《读白乐天集》一诗，对白居易所作《新乐府》等讽谕诗予以高度评价，"謇謇贺雨诗，激切秦中吟。乐府五十章，谲谏何幽深"①，甚至认为这些诗作远远胜于李白、杜甫等人的诗歌。释智圆认为白居易的诗能广为流传，就在于做到了"句句归劝诫，首首成规箴"②。释智圆在乐府诗的创作中确实也吸收了白居易新乐府劝谏规讽的精神。同时期王禹偁的新题乐府也开始效法白居易，这些做法开启了宋代文人对白居易新乐府的接受与创作。

像释智圆这样肯定唐代新乐府的文人在宋初并不多见，中唐掀起的新乐府在五代并没有延续下去，宋朝建立之初依然如此。宋初文人确认古题乐府的经典价值，中唐新题乐府并没有得到他们的普遍认同，直到真宗朝，杜甫、白居易新题乐府的创作方式才稍稍得以回归，文人才开始接受中唐新乐府的创作。到了北宋中期以后，文人对乐府诗的理解趋于稳定，认可唐代的新题乐府，新题乐府在创作数量上也有较大增加。

北宋太祖至真宗朝，《文苑英华》和《唐文粹》都将乐府作为诗之一类予以编选，将乐府诗视为纯文学创作，既有对前代诗文集编纂传统的延续，也说明宋人认可乐府辞的文学性，以及它独特的诗歌特质。两部总

---

① 傅璇琮等主编：《全宋诗》，北京：北京大学出版社，1991 年，第 1559 页。
② 傅璇琮等主编：《全宋诗》，北京：北京大学出版社，1991 年，第 1559 页。

集都以古题乐府为重，表明宋初文人在观念上偏重古题乐府，在创作实践中也是如此，中唐掀起的新乐府并没有得到宋初文人的普遍认同。与此同时，从《文苑英华》到《唐文粹》能看出北宋建立初至真宗朝文人的乐府观念在悄然发生变化。《唐文粹》选录新题乐府的比例增大，说明至迟从真宗朝开始，宋人开始慢慢接受新题乐府，这种乐府诗观在北宋中叶以后才彻底有所改观，《唐文粹》恰好处于这一过渡阶段。

1.2.2 北宋中叶：对乐府诗的理性思考

宋代乐府类典籍近 16 种 191 卷①，《乐府诗集》不仅是宋代此类典籍中的佼佼者，也是历代乐府歌辞集的集大成者。从选录乐府诗的《文苑英华》和《唐文粹》，到专集《乐府诗集》的出现，这本身就是观念上和实践中的巨大突破。郭茂倩约生于仁宗庆历初年（1041），元祐之后编《乐府诗集》，因此该书的编纂在一定程度上折射了北宋中叶文人的乐府诗观。

1.2.2.1 具有乐府诗史观

《乐府诗集》专门编选乐府诗，表明郭茂倩意识到乐府诗创作的传承性与特殊性。在作品的编选方面，郭茂倩具有乐府源流意识，这表现为两方面：首先，时间顺序。郭茂倩总体上是以时间为序编排 12 类，汉郊祀歌为全书开篇，唐新乐府辞为终结。每一大类下的作品也尽量按照朝代先后编排，对于大类下的各个小类也会依先后次序编排，如清商曲辞下分为吴声歌曲、西曲歌、江南弄，就是依据这三类产生的年代为序。同题下的多首作品，也以作者生活年代先后排列。其次，考述源流。郭茂倩注意梳理乐府诗题、辞的流变轨迹，"每题以古辞居前，拟作居后，使同一曲调，而诸格毕备"②。有时古题与派生的题目仅一字之

---

① 统计数据引自喻意志：《〈乐府诗集〉成书研究》，上海师范大学博士学位论文，2002年，第 64 页。

② （清）纪昀等：《四库全书总目》，清文渊阁四库全书本。

差，郭茂倩也将其认定为两题，如陆机的《东武吟行》和李白的《东武吟》，并未放在一个题目下收录。即使是唐世新歌——"新乐府辞"编排时也将题材、题目相近者编排一处，出自同一诗人的作品也尽量编排在一起。

通过作品的编排，以及题解、序言中对曲题流变的阐释，这样就客观、清晰地梳理出乐府诗的流变过程，故而后世称："欲知乐府源流，非检郭茂倩乐府不可。"①12 大类囊括了乐府诗流传与发展中的各个种类，具有承前启后的作用。《乐府诗集》的分类方法对后世乐府类诗集的影响很大，元代左克明《古乐府》、明代梅鼎祚《古乐苑》、明代徐献忠《乐府原》等，都吸取郭茂倩的分类法。《乐府诗集》的出现，表明北宋文人已经具有乐府诗史观，能从诗史的角度看待乐府的承传流变，有助于宋人更好地汲取历代乐府精华。

1.2.2.2 关注古乐府本事本义

郭茂倩注重辨析古乐府本事本义，《乐府诗集》中的序言和题解对歌辞、曲题的内容、源流等都有详尽精辟的论述，多引用古籍，包括已失传的《古今乐录》等。如古题《猛虎行》题解中首先录入古辞，并引《古今乐录》对佚文的记载："《猛虎行》，王僧虔《技录》曰：'荀录所载，明帝《双桐》一篇，今不传。'"②引用《乐府解题》对后世拟作的释意："晋陆机云'渴不饮盗泉水'，言从远役，犹耿介，不以艰险改节也。"③有时在某些曲题的题解中说明古题与后世派生出的题目的关系，"鲍照作《白头吟》，白居易反其致，为《反白头吟》"④。

《乐府诗集》的编纂体现出沿流讨源的特征，清楚地呈现出乐府发展的全过程，为当代文人拟作乐府提供可资借鉴的范本。《乐府诗集》的编

---

① （清）赵执信撰：《声调谱》卷三，清文渊阁四库全书本。
② （宋）郭茂倩：《乐府诗集》，北京：中华书局，1979 年，第 462 页。
③ （宋）郭茂倩：《乐府诗集》，北京：中华书局，1979 年，第 462~463 页。
④ （宋）郭茂倩：《乐府诗集》，北京：中华书局，1979 年，第 603 页。

选颇为用心，除了上文所述外，"其古词多前列本词，后列入乐所改，得以考知孰为侧，孰为趋，孰为艳，孰为增字减字。其声词合写、不可训诂者，亦皆题下注明，尤可以药摹拟聱牙之弊"①。这样精审的编排法不单单是为了罗列作品，而是为了给学习创作乐府诗的文人提供准确的摹本，还可以改变一味机械地摹拟、拟作毫无新意的弊病。《乐府诗集》对时人的影响，或者说它折射出时人创作乐府的两种倾向：一是融会贯通历代乐府诗精华，而能有所创新、突破；二是拟乐府对原作亦步亦趋，既然有了明确、标准的取法对象，就可以准确地摹拟，这种观念常常见于北宋后期文人的诗论，即不赞同拟古乐府脱离古辞题意，并且这种创作方式在北宋后期和南宋都有所体现，如两宋之交的曹勋的古题乐府便是如此。

1.2.2.3　认同新题乐府的创作方式

中唐李绅、元稹的言论中最早提到"新题乐府""乐府新题"的概念："予友李公垂贶予《乐府新题》二十首，雅有所谓，不虚为文。予取其病时之尤急者，列而和之。"②元稹在《乐府古题序》中言："近代唯诗人杜甫《悲陈陶》《哀江头》《兵车》《丽人》等，凡所歌行，率皆即事名篇，无复倚傍。"③可以推断元稹认为新题乐府应是"即事名篇"的"病时"之作。"新乐府"之名源自白居易，"凡所遇所感，关于美刺兴比者，又自武德讫元和，因事立题，题为《新乐府》"④。白居易以其创作实践表明了新乐府最突出的特征：因事立题、讽谕比兴。

"新乐府辞"是郭茂倩《乐府诗集》中首创的一类，他认为："新乐府者，皆唐世之新歌也。以其辞实乐府，而未常被于声，故曰新乐府

---

① （清）永瑢撰：《四库全书总目》卷一百八十七，清乾隆武英殿刻本。
② （唐）元稹著，冀勤校点：《元稹集》，北京：中华书局，2010年，第319页。
③ （唐）元稹著，冀勤校点：《元稹集》，北京：中华书局，2010年，第292页。
④ （唐）白居易著，朱金城笺校：《白居易集笺校》，上海：上海古籍出版社，1988年，第2794页。

也。"①郭茂倩所谓的"新乐府"具有以下特点：唐代产生的新题，题目不是由古题、古辞派生出来的；有辞无声。郭茂倩对新题乐府的界定不同于元稹和白居易。元稹曾和刘猛、李余《梦上天》等 19 首乐府诗，在他的诗文集中，这 19 首乐府诗依次排列，且与序中内容相对应，"昨梁州见进士刘猛、李余各赋古乐府诗数十首，其中一二十章，咸有新意，予因选而和之"②。元稹、刘猛、李余都认为这些诗题为古题，郭茂倩却将其中的《梦上天》等 11 首归入新乐府辞。二人的分歧在《田家词》③《捉捕歌》等"古义新词"类上。元稹认为有古义者应归属古乐府，郭茂倩则不以有无古义作为区分标准，他把"古义新词"类诗认定为新乐府。因此可以推断元稹和白居易对新乐府的界定要比郭茂倩更狭小，即包含新题、新义、新词三项要求。

虽然中唐时新题乐府的创作和理论都已经相当成熟，宋人在逐步认可中唐新题乐府的同时，他们所理解的新题乐府的概念外延却在慢慢扩大，《乐府诗集》对新乐府的编录便表明了这一点。《乐府诗集·新乐府辞》中收录的一些乐府诗明显不符合中唐元白对新乐府的界定，如李白《笑歌行》、王维《洛阳女儿行》等，从中也可看出郭茂倩认为早在中唐之前就已经出现了新乐府。这个"概念扩大化"的过程，不是一蹴而就的，早在北宋初期，田锡等人的新题乐府的题材内容就已不局限于"惟歌生民病"了。需要区别的是，初盛唐文人所写的新题乐府是"无意为之"，没有理论主张；而中唐文人是"有意为之"，有明确的规定性；北宋文人兼而统之，全部接受这两个阶段的新乐府。这种新乐府"概念扩大化"的现象，其实是宋人寻求乐府创作新突破的一种方式。

针对乐府诗创作，郭茂倩不囿于传统，将唐代新乐府辞与古乐府区别，单独予以分类编辑，共 11 卷，在 12 类中按卷数的多少排名第四，

---

① （宋）郭茂倩：《乐府诗集》，北京：中华书局，1979 年，第 1262 页。

② （唐）元稹著，冀勤校点：《元稹集》，北京：中华书局，2010 年，第 292 页。

③ 郭茂倩《乐府诗集》作《田家行》。

所占比重较大，白居易 50 首《新乐府》全部选录，还有元稹同题唱和的新题乐府等。在《乐府诗集》之前，宋初的两部重要文学总集《文苑英华》和《唐文粹》虽然也编录了少量唐人的新题乐府，但或者归入"歌行"类，或者与古题乐府混编，说明编者都没有意识到唐新乐府的独特之处。郭茂倩著录唐代新乐府辞，他能以发展的眼光看待这类新兴的作品。由此可见，北宋中期以后文人对乐府诗的理解趋于稳定，认可唐代的新题乐府，这种观念除了明显体现在《乐府诗集》中，于宋人别集中也有所表现，如文同、张耒等创作了大量的新题乐府。

总之，宋人对新题乐府的接受是一个渐进的过程。从宋初文人忽视中唐新题乐府，到真宗朝出现转变的趋势，文人逐渐接受、认可新题乐府的创作方式，在此过程中，北宋中叶是非常重要的阶段。这种对新题乐府的赞许态度一直持续到南宋，甚至在孝宗时期出现"压过"古题乐府的势头。

1.2.2.4 认可乐府诗的独特性

宋前的文学作品集中，《文选》和《江文通集》最初是将"诗"与"乐府"并列编排，唐代卢照邻、王建、元稹、白居易的别集中对于乐府诗集中编排，有的直接标明是乐府诗。宋人部分别集中也有将乐府诗单独收录的情况。与唐人相较，宋人按照这种体例所编的别集数量较多。

两宋有乐府诗创作的诗人的别集中，诗歌多数是按照古诗、律诗、绝句的方式划分类别，或者只是按照时间先后编纂。两宋所编部分唐宋别集中将乐府诗单独编排，如文同、张耒、周紫芝、曹勋、陆游、王铚、薛季宣、赵汝鐩和谢翱。这种情况在北宋中叶最为突出，直至南宋，仍不乏这种做法。其中文同、张耒、周紫芝和曹勋，他们都自觉创作乐府诗，而且他们的乐府诗创作无论是数量还是质量在宋代都是很突出的。张耒、曹勋别集中将诗歌细分为乐府、古诗、律诗、绝句几类，实际上都凸显了乐府诗不同于一般的诗歌的意义。甚至有的文人别集中将乐府与诗并列，如文同、薛季宣。宋人的词话著作也提到乐府与诗分为两类的情况，如王灼《碧鸡漫志》："士大夫又分诗与乐府作两科。"①明代徐祯卿《谈艺录》中提及乐府与其他诗区别开来的原因："乐府往往叙事，故与诗殊。盖叙事辞缓，则冗不精。"②就是认为乐府不等同于一般的诗。

另一种情况是，乐府诗没有单独编排，但大多数集中在某一类中或某几卷中，如张咏、陈襄、司马光、郭祥正，他们的乐府诗通常集中在"古诗"或"古风歌行"类中。宋文所编唐人诗文集中也有将乐府单独收录的情况，如曾巩等人曾编次《李太白文集》，其中 4 卷为乐府诗。宋敏求编《孟东野诗集》、辑补《刘宾客文集》，根据诗歌的内容、功能来区分乐府诗与其他诗歌。

北宋中叶，《乐府诗集》出现的意义不仅仅是乐府诗文本的刊刻与流传，更重要的是其中贯穿着编者对乐府诗的理性思考，既有对乐府诗追根溯源式的解读，又不乏对新的创作模式的评判，从中可以看出北宋中叶以后，文人汲汲探求古乐府的真实面貌，以及逐步接受中唐新乐府的过程。

1.2.3　北宋后期：对如何创作乐府诗的争议

1.2.3.1　拟古乐府要围绕古辞题意

文人拟古乐府是伴随乐府旧曲、古辞的散佚开始的，晋时已经十分明显，晋文人拟古乐府与古辞本事、本义总能保持一定关联，缺乏曹魏文人的敢于为新的精神，开始了乐府诗创作的因袭之风。到了南朝时期，文人拟古乐府又出现了新的变化，向古题本身讨内容，挖掘题目字面所蕴含的意思，由此生发出新的内容，名为拟古，实属创新。唐代文人重视古题乐府诗的创作，他们要求拟古乐府有创新，从"义""词"方面

---

① （宋）王灼：《碧鸡漫志》卷一，《中国文学参考资料小丛书》第一辑，上海：古典文学出版社，1957 年，第 51 页。

② （清）何文焕辑：《历代诗话》，北京：中华书局，1981 年，第 769 页。

摆脱古题本事、本意等所带来的束缚。北宋后期文人对乐府的讨论更多围绕如何创作乐府诗而展开，如乐府诗的语言风格等问题。北宋后期开始，文人不赞同拟古乐府脱离古辞题意，提出要回归古题本义的改进途径。

唐庚[①]认为后人拟作古乐府时常与古题本义不符："古乐府命题皆有主意，后之人用乐府为题者，直当代其人而措辞，如《公无渡河》须作妻止其夫之词，太白辈或失之，惟退之《琴操》得体。"[②]李白《公无渡河》是以旁观者口吻讲述"公"赴水之情境，从积极意义上说是跳出了古辞的藩篱，但唐庚以保守的态度否定这种做法。而韩愈的《琴操》从题旨、风格上都尽量向琴曲本事靠拢，依据古《琴操》创作，有古意，故此唐庚赞其"得体"。拟作乐府与古题本义相离的做法，蔡居厚认为始于南朝，"齐、梁以来，文士喜为乐府辞，然沿袭之久，往往失其命题本义，《乌将八九子》但咏乌，《雉朝飞》但咏雉，《鸡鸣高树巅》但咏鸡，大抵类此。而甚有并其题失之者，如《相府莲》讹为《想夫怜》，《杨婆儿》讹为《杨叛儿》之类是也。盖辞人例用事，语言不复详研考"[③]。他又从题意能够紧密相关的角度赞许杜甫新乐府的做法，"惟老杜《兵车行》《悲青坂》《无家别》等数篇，皆因事自出己意立题，略不更蹈前人陈迹，真豪杰也"[④]。

周紫芝进一步指出拟古乐府不可离古的意义所在，是为了"补于世教"。他在《古今诸家乐府序》中言："世之言乐府者，知其起于汉、魏，盛于晋、宋，成于唐，而不知其源实肇于虞舜之时。"[⑤]他认为乐府古题的起源很早，后人不知古题本事，所以误以为始于汉，将乐府的历史上溯到虞舜之时，其实也是为乐府的教化作用作铺垫，寻找理论支点。"后人之作，其不与古乐府题意相协者十八九，此盖不可得而考者，余

---

① 唐庚(1070—1120)，字子西，眉州(今属四川)人，有"小东坡"之称。
② (清)何文焕辑：《历代诗话》，北京：中华书局，1981 年，第 443 页。
③ (宋)胡仔：《苕溪渔隐丛话前集》卷一，北京：人民文学出版社，1962 年，第 5 页。
④ (宋)胡仔：《苕溪渔隐丛话前集》卷一，北京：人民文学出版社，1962 年，第 5 页。
⑤ (宋)周紫芝：《太仓稊米集》卷五十一，清文渊阁四库全书本。

不复论。独恨其历世既久，事失本真，至其弊也，则变为淫言，流为亵语，大抵以艳丽之词，更相祖述，致使父子兄弟不可同席而闻，无复有补于世教。"①在这段话中，他指出后人拟作乐府的两个弊端：一是脱离古题本事、本义；二是作艳丽之词，失去教化的功能。周紫芝指出后世大多数拟古乐府在题目和旨意两方面都与古辞不相吻合，对此他是持否定态度的。他认为古题本事、本义是保证乐府诗教化功能的关键，因而极其赞同吴兢重视乐府古题本事的做法。

这种乐府诗观也延续到南宋，如王楙就十分赞成唐庚的观点："如《汉铙歌十八曲》中，有《朱鹭》《艾如张》《巫山高》等词，后之作者，往往失其本意。"②他认为文人拟古乐府多与古题不吻合，甚至曲解题意，背离古辞本义。

北宋后期开始，文人在观念中对古题乐府的创作有了清晰的看法，为了纠正创作中的偏颇，他们认为拟古乐府应该围绕古辞本事、本义来写，在创作实践中也有着同样的自觉性。

1.2.3.2　追求"思深而语精"的艺术风格

宋代文人是在前人的基础上展开乐府创作的，与前代乐府有着必然的联系，尤其是唐代乐府与之关系最为紧密，一是时间上的接近，二是都以文人拟作为主，乐府成为纯文学创作。宋人注意取法唐乐府。在宋人的诗文集序或诗文中会提及唐代乐府诗人，关于李白、杜甫、白居易、张籍、李贺等人的乐府诗有诸多评论，如田锡在《贻陈季和书》一文中评论李白、白居易乐府："李太白天付俊才，豪侠吾道，观其乐府，得非专变于文欤？乐天有《长恨》词、《霓裳》曲、五十讽谏，出人意表，大儒端士谁敢非之？"③他认为李白乐府、白居易新乐府等作品是"文之

---

①　(宋)周紫芝：《太仓稊米集》卷五十一，清文渊阁四库全书本。
②　(宋)王楙著，郑明、王义耀校点：《野客丛书》卷十九，上海：上海古籍出版社，1991年，第 277 页。
③　(宋)田锡著，罗国威校点：《咸平集》，成都：巴蜀书社，2008 年，第 32~33 页。

变"的典型代表，赞赏这种敢于创新、突破常规的创作风范。黄庭坚更是称赞李白乐府可"与汉魏乐府争衡"①。

宋人在基本肯定唐代乐府的同时，也指出其中的不足，肯定中又有否定。在文学艺术性方面，宋人以自身的审批趣味予以评判，周紫芝《古今诸家乐府序》称："至唐而诸君子出，乃益可喜，余尝评诸家之作，以谓李太白最高而微短于韵，王建善讽而未能脱俗，孟东野近古而思浅，李长吉语奇而入怪，唯张文昌兼诸家之善，妙绝古今。"②他评价李白、王建等人乐府诗之优劣，指出王建、孟郊等人过分追求某种创作风格时难免出现浅、俗、怪的弊病，唯独对张籍的乐府诗褒奖有加。宋人有关唐乐府的言论，已经流露出他们对乐府诗创作风格的看法，即乐府诗要避免意繁语尽、失于浅近，理想的做法是"收敛其词，而少加含蓄"③，这方面的典范是张籍。

北宋文人推崇张籍的乐府诗，赞赏其"思深而语精"的创作风格。在唐代乐府诗人中，最为宋人推崇的乐府诗人既非泰斗级的李杜，也不是新乐府的极力践行者白乐天，而是张籍。张籍乐府在宋初三十年备受冷落，《文苑英华》收张籍诗歌120首，而乐府诗仅收录了3首。真宗时期张籍的乐府诗开始受到关注，《唐文粹》中张籍入选的乐府诗数量位居前列，而且涉及的题材范围广泛，元稹、白居易和杜甫的作品反而较少。到了宋代中叶以后，对张籍乐府到了推崇至极的境地。

在宋人的言论中，对张籍乐府诗的评点很多，而且评价极高。如：

> 苏州司业诗名老，乐府皆言妙入神。看似寻常最奇崛，成如容易却艰辛。(王安石《题张司业诗》)④

---

① （宋）黄庭坚著，郑永晓整理：《答黎晦叔》，《黄庭坚全集辑校编年》，南昌：江西人民出版社，2011年，第261页。

② （宋）周紫芝：《太仓稊米集》卷五十一，清文渊阁四库全书本。

③ 丁福保：《历代诗话续编》，北京：中华书局，2006年，第459页。

④ （宋）王安石：《临川先生文集》卷三十一，北京：中华书局，1959年，第341页。

张籍乐府词，清丽深婉，五言律诗亦平澹可爱。(刘攽《中山诗话》)①

唐人作乐府者甚多，当以张文昌为第一。(周紫芝《竹坡诗话》)②

张籍乐府诗最明显的风格特征是"思深而语精"，语言通俗而精炼，朴素的言语中却能给读者出其不意的震撼，意蕴无穷，这种朴厚的艺术效果是要百般苦思锤炼才能达到的，正所谓"奇语易，常语难，此诗中重关也"③。张籍乐府避免了为追求语言明白晓畅而失于浅俗直露的不足，做到了言有尽而意无穷，避免了白居易新乐府中出现的浅近问题。南宋文人接受了北宋后期文人对元白张王诗歌的评价，如"张司业诗与元白一律，专以道得人心中事为工，但白才多而意切，张思深而语精，元体轻而词躁尔。籍律诗虽有味而少文。远不逮李义山刘梦得杜牧之，然籍之乐府，诸人未必能也"④。"张籍王建之乐府，我所深取耳。"⑤

北宋后期的乐府诗人之所以追崇张王乐府"思深而语精"的创作风格，主要是与当时作诗讲究学问功力与自然天成相结合的创作观念有关。北宋后期至两宋之交诗坛受江西诗派影响，同时出现了种种弊病，为了纠正江西流弊，文人主张"反对语意浅陋或用功太过"⑥，如"作诗浅易鄙陋之气不除，大可恶"⑦，"元轻白俗，郊寒岛瘦，皆其病也""篇章以含蓄天成为上"⑧。吕本中⑨是这一时期重要的乐府诗人，他作诗主

①　(清)何文焕辑:《历代诗话》，北京：中华书局，1981年，第288页。

②　(清)何文焕辑:《历代诗话》，北京：中华书局，1981年，第354页。

③　(清)刘熙载:《艺概》卷二，上海：上海古籍出版社，1978年，第65页。

④　丁福保:《历代诗话续编》，北京：中华书局，1983年，第460页。

⑤　(清)何文焕辑:《历代诗话》，北京：中华书局，1981年，第697页。

⑥　张毅:《宋代文学思想史》，北京：中华书局，2006年，第138页。

⑦　(清)何文焕辑:《历代诗话》，北京：中华书局，1981年，第397页。

⑧　(清)何文焕辑:《历代诗话》，北京：中华书局，1981年，第455页。

⑨　吕本中(1084—1145)，字居仁，世称东莱先生，寿州(今安徽寿县)人。

张融合苏、黄，"近世欲学诗，则莫若先考江西诸派"①"自古以来语文章之妙，广备众体，出奇无穷者，唯东坡一人；极风雅之变，尽比兴之体，包括众作，本以新意者，唯豫章一人。此二人当永以为法"②。既要如山谷体讲究句法，又应有东坡诗的才情，所以过于浅白直露的元白新乐府或过分用典的诗风都不符合这种诗学主张。张王乐府具有"质而实绮，癯而实腴"的特点，恰与北宋追求平淡美的创作倾向一致，北宋诗人推崇的平淡与元白新乐府中的浅白直畅不同，是一种内蕴极为丰富的艺术境界。虽然北宋后期文人持有这样的乐府诗观，但在实际创作中，或者由于作者本人的才情、才力所限，或者受到古乐府传统语言风格的惯性影响，有时会走向元白新乐府的路子。

总之，宋人对唐代乐府基本持肯定的态度，认可中唐新乐府内容的讽谕性。宋代文人对唐乐府并不是一味地崇拜与全盘接受，而是有所选择。在乐府诗的艺术风格方面，北宋后期开始文人推许含蓄有余韵、深警而凝练的乐府诗风格。与此同时，文人反对拟古乐府脱离古辞题意，提出要回归古题本义的改进途径，目的还是为了维护乐府诗"补于世教"的性质。

1.2.4 南宋时期：对新题乐府及"声""义"的讨论

南宋在战乱中建立，丧失疆土成了文人士大夫的隐痛，加之国事渐趋衰颓，所以乐府诗中表现乱离、时政题材较多，杜甫的诗歌包括即事名篇、反映现实的新题乐府受到肯定，文人在观念中意识到"为时为事"的新题乐府诗的价值。与此同时，北宋后期开始的围绕拟古乐府应该如何创作的讨论仍在继续，南宋文人没有停留在恢复古辞题意的层面上，而是从古乐府的起源、原初功能这一角度来看待该问题，古乐府诗本为配乐而唱的曲辞，它最根本的特性是与"声"紧密结合的，而非后世仅仅

---

① 郭绍虞：《宋诗话辑佚》，北京：中华书局，1980 年，第 597 页。
② 郭绍虞：《宋诗话辑佚》，北京：中华书局，1980 年，第 604 页。

关注题意文辞，忽略其音乐特性。

1.2.4.1　偏重"为时为事"的新题乐府

上古采诗以观民风，汉乐府"感于哀乐，缘事而发"，从中可以知民之疾苦，两宋文人认同汉魏乐府体察民生疾苦的做法，认为乐府诗可以观世风、刺时政。如释契嵩《书李翰林集后》中言："余读《李翰林集》，见其乐府诗百余篇，其意尊国家，正人伦，卓然有周诗之风，非徒吟咏情性、咄呕苟自适而已。"①释契嵩对李白乐府诗的评价正是从"正人伦"的政教功用出发的。周紫芝认为拟古乐府应该发挥补救时政、教化世人的作用，因而反对那些流为亵语、"无复有补于世教"②的乐府诗。

南宋文人的乐府诗观中最大的特点是对新题乐府的偏好，吕祖谦所编《宋文鉴》中便流露出这种观念。《宋文鉴》是一部北宋诗文总集，基本按照赋、诗、骚、文的顺序排列，共分六十一门。《宋文鉴》编录"乐府歌行"两卷，共录 30 位诗人的 59 首诗。从诗歌类别来看，这 59 首作品中，乐府诗有 27 首，纯粹的歌行体 23 首，还有 9 首不属于这两类的诗歌。"乐府歌行"卷内作品基本上按照作家生活的历史阶段划分，收录的诗人主要集中在仁宗朝到哲宗朝，个别作家像郭祥正、贺铸跨到了徽宗朝，宋初仅收录四位诗人的四首诗。③

《宋文鉴》重视"为时为事"的新题乐府。该书所录乐府诗中，即事名篇的新题乐府 18 首，如《平南谣》《筑长堤》，古题乐府 9 首，新题乐府数量高于古题乐府。从宋初到南宋，《文苑英华》《唐文粹》《宋文鉴》这三部总集能看出宋人对新题乐府和古题乐府观念的变化。④《文苑英华》中收录的绝大部分是古题乐府，新题较少且未被视作是乐府诗；《唐文

---

① （宋）释契嵩著，林仲湘、邱小毛校注：《镡津文集校注》，成都：巴蜀书社，2014 年，第 310 页。

② （宋）周紫芝：《太仓稊米集》卷五十一，清文渊阁四库全书本。

③ 具体情况参见附录表格 3；《宋文鉴》"乐府歌行"类收录作品情况。

④ 三部总集的比较情况参见附录表格 4。

粹》除了仍延续古题为主的做法外，还收录少量新题乐府，其中个别为表现民生时政的作品；《宋文鉴》中新题乐府的数量第一次超过古题乐府，其中有13首新题乐府属于针砭时弊、心系民生疾苦的作品，如刘敞《荒田行》，占入选新题乐府的一半以上。毫无疑问，吕祖谦对这类新题乐府诗是极为用意的。《宋文鉴》中反映时政民生的乐府诗较多，这与他的编纂思想有关："取其辞理之醇有补治道者"①"约一代治体归之于道，而不以区区虚文为主"②。吕祖谦重视文学作品的思想内容和社会功用，认为"观书不可徒玩文采，要当如药方、酒法，求其君臣佐使互相克制，有以益吾身可也"③。吕祖谦曾感慨："后千余年乐府皆浅近，只是流连光景，闺门夫妇之意；无有及民忧、思大体者。"④他认为优秀的乐府诗不能是流连光景的浅俗之作，否则就背离了乐府忧民疾苦的传统，失去了乐府诗应有的价值。吕祖谦赞赏中唐新乐府诗人的做法，重视"惟歌生民病，愿得天子知"⑤的新题乐府，《宋文鉴》发扬了郭茂倩《乐府诗集》收录反映时政的新题乐府的做法，正如周必大在《宋文鉴》序中对所选作品的评价："古赋诗骚，则欲主文而谲谏。"⑥书成之后，因书中所选诗歌多含讥刺内容，吕祖谦因此受到指责，"继有近臣密启，云其所取之诗，多言田里疾苦，乃借旧作以刺今"⑦，但孝宗对此书十分满意，曾赞扬说："采取精详，有益治道。"⑧可以说，"有益治道"也是他

---

① （宋）吕祖谦：《宋文鉴》序，清文渊阁四库全书本。

② （宋）叶适：《皇朝文鉴》周必大序，《习学记言序目》卷四七，北京：中华书局，1977年，第695页。

③ （宋）吕祖谦：《丽泽论说集录》，《吕祖谦全集》，杭州：浙江古籍出版社，2008年，第260页。

④ （宋）吕祖谦：《吕氏家塾读诗记》，《吕祖谦全集》，杭州：浙江古籍出版社，2008年，第5页。

⑤ （唐）白居易著，朱金城笺校：《白居易集笺校》，上海：上海古籍出版社，1988年，第43页。

⑥ （宋）吕祖谦编，齐治平点校：《皇朝文鉴序》，《宋文鉴》，北京：中华书局，1992年，第2页。

⑦ （宋）陈振孙撰，徐小蛮、顾美华点校：《真斋书录解题》卷十五，上海：上海古籍出版社，1987年，第448页。

⑧ （元）脱脱：《宋史》卷二九六，北京：中华书局，1985年，第12874页。

多选具有讽谕性质的新题乐府诗的主要原因。

除了文学总集外，南宋文人的诗论中也评价唐代新题乐府，如林光朝《与黄少卿仲秉》一文中提道："若近世有《道州民》《杜陵叟》《远别离》《长相思》《贫女词》《征妇怨》《古薄命妾》，皆欲流入乐府。使妇人女子小夫贱隶悲愁恨叹之声，或偶然寓之一听耳。"①这段话中提到的乐府题多为唐宋新题。南宋何溪汶《竹庄诗话》卷六引用《蔡宽夫诗话》中的一段文字："惟老杜《兵车行》《悲青坂》《无家别》等数篇，皆因事自出己意立题，略不更蹈前人陈迹，真豪杰也。"②这段话肯定了杜甫即事名篇的新乐府创作方式，高度评价了中唐诗人用新题述新意的乐府诗。以上两则材料中提到的新题乐府都极具代表性，非常典型地体现了汉魏乐府哀民生的精神，表达了创作者对国家和百姓强烈的关切之情。

1.2.4.2　乐府诗"有声斯有义"

与吕祖谦对乐府思想内容的重视不同，南宋还有一个声音，即反对乐府诗创作过分执着于"义"。这就是郑樵在《通志·乐略》中提出的乐府"有声斯有义，与其达意不达声，无宁达声不达义"③。

郑樵在《乐府总序》中提到："乐以诗为本，诗以声为用，八音六律为之羽翼耳。仲尼编《诗》，为燕享祀之时用以歌，而非用以说义也。古之诗，今之辞曲也，若不能歌之，但能诵其文而说其义，可乎？"④郑樵认为《诗经》是"用以歌"，故以声为重。"继风、雅之作者，乐府也。"⑤乐府既然是风雅的后继，也应如此：

---

①　（宋）林光朝：《艾轩集》卷六，清文渊阁四库全书本。

②　（宋）何溪汶：《竹庄诗话》卷六，清文渊阁四库全书本。

③　（宋）郑樵著，王树民点校：《通志二十略》，乐略第一，北京：中华书局，1995 年，第 925 页。

④　（宋）郑樵著，王树民点校：《通志二十略》，乐略第一，北京：中华书局，1995 年，第 883 页。

⑤　（唐）元稹著，冀勤校点：《元稹集》，北京：中华书局，2010 年，第 292 页。

> 继三代之作者，乐府也。乐府之作，宛同风雅，但其声散佚无所纪系，所以不得嗣续风雅而为流通也。……今乐府之行于世者，章句虽存，声乐无用。崔豹之徒，以义说名，吴兢之徒，以事解目，盖声失则义起，其与齐、鲁、韩、毛之言《诗》，无以异也，乐府之道或几乎熄矣。①

这段话中明确批驳崔豹、吴兢以古辞本义、本事为先的做法，主张"诗在于声，不在于义"②的理念。郑樵重视乐府诗的声，所以分类编选乐府诗时多以"声"命名类别名，如"正声""遗声""祀飨正声""祀飨别声"。同时，他还注重乐之"正"，认为孔子编《诗经》是"为正乐也"③，所以把所编选的一部分作品直接称作"正声"。在"正声"类中，包括短箫铙歌、拂舞歌、鼓角横吹、相和、清商、琴操等，这些是最传统的古乐府诗。"正"体现出崇古的意味，重视古代诗乐的功用。

需要注意的是，郑樵并不反对关注乐府诗的文辞义理，例如他在《乐略》中具体编选乐府诗时，就借鉴了吴兢《乐府古题要解》的体例，诗前有序，解释名称、古今称说法。每个曲题下又有详细的题解，用来解释该曲题从古至今名称、内容的变化，也会引用古辞，解释本义，并引述吴兢《乐府古题要解》的观点。郑樵只是认为声比义更重要，"然使得其声，则义之同异又不足道也"④。因为汉武帝时采诗入乐，"莫不以声为主"⑤，而后人"泥于名义，是以失其传"⑥，所以他企图通过强调乐府

---

① （宋）郑樵著，王树民点校：《通志二十略》，乐略第一，北京：中华书局，1995 年，第 8 页。

② （宋）郑樵著，王树民点校：《通志二十略》，乐略第一，北京：中华书局，1995 年，第 884 页。

③ （宋）郑樵著，王树民点校：《通志二十略》，乐略第一，北京：中华书局，1995 年，第 887 页。

④ （宋）郑樵著，王树民点校：《通志二十略》，乐略第一，北京：中华书局，1995 年，第 7 页。

⑤ （宋）郑樵著，王树民点校：《通志二十略》，乐略第一，北京：中华书局，1995 年，第 888 页。

⑥ （宋）郑樵著，王树民点校：《通志二十略》，乐略第一，北京：中华书局，1995 年，第 888 页。

之"声"，纠正时人过分注重乐府的"名""义""事"，以恢复汉魏乐府传统。

南宋文人总集中对新题乐府的特别关注，表明文人再次意识到即事名篇新题乐府的巨大价值，有着古题乐府所不及的现实功用。与此同时，乐府诗名义之外的最古老的特质——"声"也被发掘出来，以此试图矫正对乐府诗"义"的过分偏重。

1.3　宋人对唐人乐府诗观的继承与发展

1.3.1　宋人对唐人乐府诗观的继承

第一，与唐人一样，宋人对文人拟乐府概念的理解变得宽泛了，即是说宋人称为乐府的诗歌范畴变大，表现为两个方面：其一，对本朝新题乐府的认可；其二，将前代"未被于声"的杂歌也归入乐府。从中唐开始，人们开始逐步接受那些流传久远的杂歌，认为它们也是"未被于声"的乐府。无论是唐人最先提出的新题乐府，还是重新发掘的杂歌辞，这两类乐府辞都被收入宋代郭茂倩的《乐府诗集》，说明宋人也接受了唐人的这些观念。

第二，宋人在观念中不赞同拟古乐府脱离古辞题意，提出要回归古题本义的改进途径，这一思想从北宋后期开始表现得愈加明显。这种创作观念在初盛唐时期曾一度出现，卢照邻与吴兢都对南朝文人拟古乐府的创作情况不满，分别指出其中缺乏创新和脱离古辞的问题，但卢照邻没有指明如何回归正途之路，吴兢则指出拟古乐府的创作途径——回归古辞古题，取法汉魏乐府。对于拟古乐府缺乏新意的问题，是到了中唐文人那里才提出明确的变革主张。宋代周紫芝指出后人拟作乐府的两个弊端：一是脱离古题本事、本义；二是作艳丽之词，失去教化的功能。周紫芝指出后世大多数拟古乐府在题目和旨意两方面都与古辞不相吻合，对此他是持否定态度的。他认为古题本事、本义是保证乐府诗教化功能的关键，因而极其赞同吴兢重视乐府古题本事的做法。

第三，认为乐府诗要承担观世风、刺时政的功能。上古采诗以观民风，汉乐府"感于哀乐，缘事而发"，从中可以知民之疾苦，宋人认同汉魏乐府体察民生疾苦的做法，认为乐府诗可以观世风、刺时政。

唐人从礼乐教化的角度定位乐府诗的价值。中唐文人又将这一观念深化、具体化，特别强调乐府诗讽谕时政的功能。唐代文人将乐府诗的创作传统上溯至汉代以前，冠以《诗经》后继者的称号，赋予乐府诗雅正的地位，提高了乐府诗的地位。唐代文人除了秉承汉魏乐府"感于哀乐"的传统，还特别强化了乐府诗采诗观风、美刺教化的功用。

这种观念也延续到宋代，宋人有时会在诗歌或诗序中表达希望作品能够播于乐府、上达圣听的心情。如王炎《冬雪行》序："甲寅岁虽小稔，县官和籴，米价遂增。两日雨雪，市中贫民有无炊烟者，艰籴反甚于去年之凶歉。父老辈遂具公牍赴诉于庭，因成《冬雪行》一篇。其辞如古乐府，其义则主文谲谏。"①张咏在《悼蜀》序言中，大胆说出："虽采诗之官阙之久矣，然歌咏讽刺，道不可寂然。某敢作《悼蜀古风诗》四十韵，书于视政之厅，有识君子，幸勿以狂瞽为罪！"②忠君爱民之意，见于言表。

乐府诗可以观世风民情，这种观念到了北宋后期更为强烈，如周紫芝生活在两宋之交，他认为拟古乐府应该发挥补救时政、教化世人的作用，因而反对那些流为亵语、"无复有补于世教"③的乐府诗。南宋文人也有类似的言论，林光朝《与黄少卿仲秉》："若近世有《道州民》《杜陵叟》《远别离》《长相思》《贫女词》《征妇怨》《古薄命妾》，皆欲流入乐府，

---

① 傅璇琮等主编：《全宋诗》卷二五六四，北京：北京大学出版社，1991年，第29766页。

② （宋）张咏著，张其凡整理：《张乖崖集》，北京：中华书局，2000年，第7页。

③ （宋）周紫芝：《太仓稊米集》卷五十一，清文渊阁四库全书本。

使妇人女子小夫贱隶悲愁恨叹之声，或偶然寓之一听耳。"①他认为唐代白居易、张籍等人的乐府诗也可以体察下层百姓的悲苦哀愁。郑樵有言："继三代之作者，乐府也。乐府之作，宛同《风》《雅》。"②古人在梳理诗史时，将乐府放在《诗经》之后，其实就是认为乐府是由《诗经》发展而来，将其归入正统诗歌中，因此它理所当然地要继承、发扬《诗经》的风雅精神。

宋人对前代乐府诗的评价，不单单欣赏其中展露的文学色彩，也强调这些乐府诗的功用性。如释契嵩《书李翰林集后》："余读《李翰林集》，见其乐府诗百余篇，其意尊国家，正人伦，卓然有周诗之风，非徒吟咏情性、咄呕苟自适而已。"③对李白的乐府诗的评价也是从其正人伦的政教功用出发。朱熹《答刘子澄》："古乐府及杜子美诗意思好，可取者多，令其喜讽咏，易入心，最为有益也。"④认为古乐府和杜甫诗有讽咏的功效，可以作为立言垂训的启蒙内容。但如果乐府诗徒具艺术形式的美好，而内容上却没有补救时政世风的作用，则无足道哉，如范晞文撰《对床夜语》："或问放翁（陆游）曰：'李贺乐府极今古之工，巨眼或未许之，何也？'翁云：'贺词如百家锦衲，五色炫耀，光夺眼目，使人不敢熟视，求其补于用，无有也。'"⑤南宋吕祖谦《吕氏家塾读诗记》："后千余年乐府皆浅近，只是流连光景，闺门夫妇之意；无有及民忧、思大体者。"⑥那些只是流连光景的浅俗之作，已经背离乐府忧民疾苦的传统，失去了乐府诗应有的价值。

---

①　（宋）林光朝：《艾轩集》卷六，清文渊阁四库全书本。
②　（宋）郑樵：《通志》卷四十九，北京：中华书局，1987 年，第 626 页。
③　（宋）释契嵩著，林仲湘、邱小毛校注：《镡津文集校注》，成都：巴蜀书社，2014 年，第 310 页。
④　（宋）朱熹著，郭齐、尹波点校：《朱熹集》，成都：四川教育出版社，1996 年，第1545 页。
⑤　丁福保：《历代诗话续编》，北京：中华书局，2006 年，第 422 页。
⑥　（宋）吕祖谦：《吕氏家塾读诗记》卷一，《吕祖谦全集》，杭州：浙江古籍出版社，2008 年，第 5 页。

1.3.2 宋人对唐人乐府诗观的发展

宋人的乐府诗观与唐人的不同之处可以从四个方面来归纳：对乐府诗这一特殊诗体的认知；宋人心目中什么是乐府诗，尤其是新题乐府诗的概念界定；从创作风格的角度看什么是好的乐府诗；乐府诗具体该怎么写。下文分别述之。

第一，宋人比唐人更为强烈地意识到乐府诗这一诗体的特殊性，并且具有乐府诗源流意识，能从诗史的角度看待乐府的承传流变。

宋人认为乐府诗是一类特殊的诗歌，在创作中应该保留乐府诗特有的诗体特征。这一点通过宋人编纂的各类作品集的编排体例可以看出。北宋太祖至真宗朝，《文苑英华》和《唐文粹》都将乐府作为诗之一类予以编选，将乐府诗视为纯文学创作，既有对前代诗文集编纂传统的延续，也说明宋人认可乐府辞的文学性，以及它独特的诗歌特质。宋前的文学作品集中，《文选》和《江文通集》最初是将"诗"与"乐府"并列编排，唐代卢照邻、王建、元稹、白居易的别集中乐府诗集中编排，有的直接标明是乐府诗。宋人部分的别集中也有将乐府诗单独收录的情况。与唐人相较，宋人按照这种体例所编的别集数量较多。说明宋人更为强烈地意识到乐府诗不同于一般的诗歌的意义。

宋人已经具有了相对成熟的乐府诗史观。北宋中叶，《乐府诗集》出现的意义不仅仅是乐府诗文本的刊刻与流传，更重要的是其中贯穿着编者对乐府诗的理性思考，既有对乐府诗追根溯源式的解读，又不乏对新的创作模式的评判，从中可以看出北宋中叶以后，文人汲汲探求古乐府的真实面貌，接受中唐新乐府。《乐府诗集》专门编选乐府诗，表明郭茂倩意识到乐府诗创作的传承性与特殊性。在作品的编选方面，郭茂倩具有乐府源流意识，这表现为两个方面：其一，时间顺序。其二，考述源流。通过作品的编排，以及题解、序言中对曲题流变的阐释，这样就客观、清晰地梳理出来乐府的流变过程，故而后世称："欲知乐府源流，非检郭茂倩乐府不可。"①《乐府诗集》的出现,表明北宋文人已经具有乐府诗史观,能从诗史的角度看待乐府的承传流变,有助于宋人更好地汲取历代乐府精华。

第二,唐宋文人对新题乐府的概念界定不同,唐代新题乐府要求题、义、词皆有新创,而宋人有关新题乐府的创作理论中只是强调题与词要新,对"义"没有特别的要求。

唐宋文人对新题乐府的界定不尽相同。唐代新题乐府的创作虽然早于李绅、元稹等中唐文人,但相关概念等理论最早见于中唐文人的言论中,唐人对新题乐府的概念内涵要比宋人丰富,包含新题、新义、新词三项要求,因而它的外延比北宋人狭小。元稹、白居易不仅要求创新拟古乐府,还积极寻找新的乐府诗创作方式——新乐府。在他们这里,新乐府的创新性是极为彻底和全面的,包括题、义和词三方面的要求,在这一点上,要比宋代的郭茂倩更为彻底。郭茂倩的《乐府诗集》是北宋代表性的乐府典籍,其中有对新乐府的理论解释,他把"古义新词"类诗认定为新乐府,而元稹认为有古义者应归属古乐府,二人对新乐府的理解不完全一致。元稹"见进士刘猛、李余各赋古乐府诗数十首,其中一二十章,咸有新意"②,便选而和之。元稹《梦上天》题注:"此后十首并和刘猛。"③《君莫非》题注:"此后九首和李余。"④他的别集中这 19 首乐府诗依次排列,且与序中内容相对应。元稹、刘猛、李余都认为这些诗歌为古乐府,但郭茂倩将《梦上天》等 11 首归入新乐府辞,《将进酒》等 8 首属于古题,归入其他类中。二人的分歧在《田家词》⑤《捉捕歌》等"古

---

① (清)赵执信撰:《声调谱》卷三,清文渊阁四库全书本。
② (唐)元稹著,冀勤点校:《和李校书新题乐府十二首序》,《元稹集》,北京:中华书局,2010 年,第 292 页。
③ (唐)元稹著,冀勤点校:《和李校书新题乐府十二首序》,《元稹集》,北京:中华书局,2010 年,第 293 页。
④ (唐)元稹著,冀勤点校:《和李校书新题乐府十二首序》,《元稹集》,北京:中华书局,2010 年,第 300 页。
⑤ 郭茂倩《乐府诗集》作《田家行》。

义新词"类上，元稹认为新题、新词却有古义者应归属古乐府，郭茂倩则不以有无古义作为区分标准，将新题、古义、新词者录入新乐府辞。总之，元稹认为有古义者应归属古乐府，郭茂倩则不以有无古义作为区分标准，他把"古义新词"类诗认定为新乐府。因此可以推断元稹和白居易对新乐府的界定要比郭茂倩更狭小，即包含新题、新义、新词三项要求。

之所以如此，与唐宋文人对新题乐府价值功能的认识和关注点的差异有关。宋人沿袭乐府诗可以观世风民情的传统，也认同古乐府及唐代新乐府反映民生的时事精神，认为乐府诗可以像《诗经》一样具有教化作用，并以此评价唐乐府，这些看法与唐人相差无几。元白以新乐府为谏书，极度强化了乐府诗的讽谕性、功利性，宋人则略微消减了这种关切的热情、"极端"的做法，在他们的言论、诗文集中没有刻意强调乐府诗的思想内容。北宋中期开始，文人并不偏执于古题或新题的创作，采取兼容并包的态度，两类创作皆有，也没有刻意宣扬具有讽谕性质的新题乐府。

第三，唐人对乐府诗的评价多着眼于思想情感内涵、教化功能，而很少涉及艺术表现方面，宋人却特别关注乐府诗本身的艺术水准如何，如对张籍乐府诗风格的众多讨论。在乐府诗的艺术风格方面，宋人曾明确提出追求"思深而语精"的艺术风格。

宋代文人是在前人的基础上展开乐府诗创作的，与前代乐府诗有着必然的联系，尤其是唐代乐府诗与之关系最为紧密。在宋人的诗文集序或诗文中会提及唐代乐府诗人的创作，宋人在基本肯定唐代乐府的同时，也指出其中的不足，肯定中又有否定。宋人有关唐乐府的言论中，已经流露出他们对乐府诗创作风格的看法，在讨论如何创作乐府诗时，把更多的心思放在诗歌的语言风格、艺术技巧等方面，推崇那种含蓄有余韵、深警而凝练的乐府诗风格，认为乐府诗要避免意繁语尽、失于浅近的弊病，理想的做法是"收敛其词，而少加含蓄"①，这方面的典范是张籍。北宋一些总集的编纂就体现出以艺术成就为取舍标志的倾向，对

---

① 丁福保：《历代诗话续编》，北京：中华书局，1983 年，第 459 页。

张籍、张耒的推崇也是由于其艺术风格，评价中唐乐府也多围绕语言风格等内容。

第四，宋人认为拟古乐府的创作要围绕古辞题意，没有提出类似唐人"寓意古题，刺美见事"的革新主张，即便他们的实际创作中做到了这一点。南宋甚至有人提出乐府诗"有声斯有义"，强调乐府之"声"，其实是认为乐府应秉承风雅精神，复古的是乐府精神而非简单的音乐属性，这是一种极端的复古。

拟古乐府是传统乐府诗创作的重要一类，唐人和宋人都十分看重古题乐府的创作。唐宋文人都不满南朝文人拟古乐府，这是他们的共同观念。在具体如何改进拟古乐府的路径上，宋人与初盛唐文人的主张相似，态度趋于保守，缺乏中唐文人的创新勇气。中唐元稹等人提出拟古乐府可以从"意"或"词"方面跳出古辞的藩篱，这样就可突破古题本事、本意等所带来的束缚，这种理论主张是宋人所没有的，即使他们的实际创作中出现了类似做法，但在观念上并没有这个意识。

宋人关注古乐府本事本义，不赞同拟古乐府脱离古辞题意。围绕拟古乐府应该如何创作的话题，南宋文人没有停留在恢复古辞题意的层面上，而是从古乐府的起源、原初功能这一角度来看待该问题。古乐府本为配乐而唱的曲辞，它最根本的特性是与音乐紧密结合的，而非后世仅仅关注题意文辞，忽略其音乐特性。郑樵提出乐府"有声斯有义"[1]，他认为《诗经》是"用以歌"，故以声为重。"继风、雅之作者，乐府也。"[2]乐府既然是风雅的后继，也应如此。郑樵只是认为声比义更重要，"然使得其声，则义之同异又不足道也"[3]。因为汉武帝时采诗入乐，"莫不以声为主"[4]，而后人"泥于名义，是以失其传"[5]，所以他企图通过强调

---

① （宋）郑樵著，王树民点校：《通志二十略》，乐略第一，北京：中华书局，1995年，第925页。

② （唐）元稹著，冀勤校点：《元稹集》，北京：中华书局，2010年，第292页。

③ （宋）郑樵著，王树民点校：《通志二十略》，北京：中华书局，1995年，第7页。

④ （宋）郑樵著，王树民点校：《通志二十略》，北京：中华书局，1995年，第888页。

⑤ （宋）郑樵著，王树民点校：《通志二十略》，北京：中华书局，1995年，第888页。

乐府之"声"，纠正时人过分注重乐府的"名""义""事"，以恢复汉魏乐府传统，强调乐府的风雅精神，即是要复古精神而非简单的文辞，他以为有了"声"，这种风雅精神就会随之而来。

第五，宋人认为新题乐府写作中要做到新题、新词，虽然赞赏元白新乐府的讽谕价值，但并没有以此要求宋代新题乐府必须也具备讽谕时政的特点。

宋人认同唐代新题乐府的创作方式，他们对新题乐府的接受也是一个渐进的过程。从宋初文人并不重视中唐新题乐府，到真宗朝出现转变的趋势，文人逐渐接受、认可新题乐府的创作方式，在此过程中，北宋中叶是非常重要的阶段。这种对新题乐府的赞许态度一直持续到南宋，甚至在孝宗时期出现"压过"古题乐府的势头。宋人对唐代乐府基本持肯定的态度，认可中唐新乐府内容的讽谕性，在观念中意识到"为时为事"的新题乐府诗的价值，也肯定了杜甫即事名篇的新乐府创作方式，但并不以此苛求所有的新题乐府都必须以元白新乐府为模板。这种观念折射到具体的实践中，表现为宋代的新题乐府可以写政治民瘼，也可以展现社会人生的方方面面，而不必拘于单一的时政题材。

1.4 小结

总之，宋人与唐人一样，认为乐府诗在诗歌中属于独特的一类，将乐府诗看作是纯文学作品，在诗文集中将其单独编排，并在唐人理论归纳的基础上，总结出不同乐府诗题的创作模式。

从宋人的诸多总集和别集中可以看出，北宋初期，文人重视拟古乐府，以古题乐府为乐府诗的正宗，与之相对照，中唐元白等人的新乐府并未得到太多认同，只是在《唐文粹》中稍见端倪。追溯古题的本事本意，恢复古乐府最初的创作面貌，梳理乐府诗史的流变，这是北宋中叶文人的巨大贡献，这种对古乐府文本的探究态度，足以说明时人关注古乐府，也昭示了北宋后期乐府诗观和文学创作的走向。有了《乐府诗集》的示范作用，文人可以更好地拟作古题。北宋中期以后，文人主张拟古乐府要围绕古辞题意，不可脱离古题，这些现象与初盛唐非常相近，文人再次选择回归古辞的路径来创作乐府诗。

拟古乐府是传统乐府诗创作的大类，唐人和宋人都十分看重古题乐府的创作。唐宋文人都不满南朝文人拟古乐府，这是他们的共同观念。在具体如何改进拟古乐府的路径上，宋人与初盛唐文人的主张相似，态度趋于保守，缺乏中唐文人的创新勇气。中唐元稹等人提出拟古乐府可以从"义"或"词"方面跳出古辞的藩篱，这样就可突破古题本事、本意等所带来的束缚，这种理论主张是宋人所没有的，即使他们在实际创作中出现了类似做法，但在观念上并没有这个意识。

宋人对新题乐府的接受是一个渐进的过程。中唐盛极一时的新乐府并没有得到宋初文人的认可，白居易诗歌对宋初诗坛的影响也不是由于他的新乐府。可以说，北宋文人眼中的唐乐府"第一人"不是白居易，而是张籍。张籍在宋初同样受到冷落，直到宋真宗时期，文人才开始渐渐认可元白新乐府以及张籍乐府。北宋中期，文人开始重视唐代的新题乐府，指出它们"辞实乐府"，只是"未常被于声"而已，新题乐府也大量出现在文人笔下，在时人的言论中也不乏对唐代新题乐府的赞许之辞。

唐宋文人对新题乐府的界定不同。唐代新题乐府的创作虽然早于李绅、元稹等中唐文人，但相关概念等理论最早见于中唐文人的言论中，唐人对新题乐府的概念内涵要比宋人丰富，包含新题、新义、新词三项要求，因而它的外延比北宋人狭小。元稹、白居易不仅要求创新拟古乐府，还积极寻找新的乐府诗创作方式——新乐府。在他们这里，新乐府的创新性是极为彻底和全面的，包括题、义和词三方面的要求，在这一点上，要比宋代的郭茂倩更为彻底。郭茂倩的《乐府诗集》是北宋代表性的乐府典籍，其中有对新乐府的理论解释，他把"古义新词"类诗认定为新乐府，而元稹认为有古义者应归属古乐府，二人对新乐府的理解不完全一致。二人的分歧在《田家词》①《捉捕歌》等"古义新词"类上，元稹认为新题、新词却有古义者应归属古乐府，郭茂倩则不以有无古义作为区分标准，将新题、古义、新词者录入新乐府辞。

之所以如此，与唐宋文人对新题乐府价值功能的认识和关注点的差异有关。宋人沿袭乐府诗可以观世风民情的传统，也认同古乐府及唐代新乐府反映民生的时事精神，认为乐府诗可以像《诗经》一样具有教化作用，并以此评价唐乐府，这些看法与唐人相差无几。元白以新乐府为谏书，极度强化了乐府诗的讽谕性、功利性，宋人则略微消减了这种关切的热情、"极端"的做法，在他们的言论、诗文集中没有刻意强调乐府诗的思想内容。北宋中期开始，文人并不偏执于古题或是新题的创作，而是采取兼容并包的态度，两类创作皆有，文人并没有刻意宣扬具有讽谕性质的新题乐府。北宋中期总集的编纂就体现出以艺术成就为取舍标准的倾向，对张籍、张耒的推崇也是由于其艺术风格，评价中唐乐府也多围绕语言风格等内容。

---

① 郭茂倩《乐府诗集》作《田家行》。

第 2 章　北宋初期乐府诗创作

2.1　文人拟作乐府诗的流变过程

从汉魏到南北朝，古乐府的创作历程近八百年，在很多方面都发生了巨大变化。汉乐府中有不少民歌，是被当时乐府机关采录以入乐的。魏晋开始乐府机关所使用的曲辞全部由文人创制，这些曲辞具有较强的文学性，至此形成了文人拟作乐府诗的风气。从魏晋至南北朝，各个时期都出现了突出的拟作乐府诗的方式，可以概括为依旧曲作新辞、拟篇法、赋题法等。

魏乐府以三曹七子为代表，因汉末乐章至魏时多散佚，所以他们多依据旧曲作新辞，如曹植《鼙舞歌序》中称："古曲多谬误，异代之文，未必相袭，故依前曲，改作新歌五篇。"①这时旧曲仍存，文人根据对曲子的理解重新拟作新辞。魏时文人虽然较少创制新的曲调，多沿用旧曲，但他们不肯亦步亦趋地仿照他人，而是另辟蹊径，开创自己独特的风貌。一是在古曲中融入现实题材，如曹操在《薤露》《蒿里》这样的丧葬之歌中表现汉末动乱的社会，"借古乐府写时事，始于曹公"②。二是增

---

① （魏）曹植著，赵幼文校注：《曹植集校注》，北京：人民文学出版社，1984 年，第 323 页。

② （清）沈德潜选：《古诗源》卷五，北京：中华书局，2006 年，第 92 页。

强了乐府诗的个性色彩和抒情性，如曹植的《浮萍篇》表达了人生的漂泊动荡，《野田黄雀行》是诗人遭受压制、内心痛苦的抒发。

相比之下，晋人缺乏魏人这种敢于革新的气魄，他们多从古辞中讨内容，拟作与旧曲题、本事或古辞辞意总保持一定的关联，要么题旨相似，要么感情基调相同，有时甚至直接仿照原作，全篇模仿，如傅玄《秦女休行》除了主人公名字变了之外，情节内容完全照搬古辞。陆机《苦寒行》的内容包括句式都模仿曹操原作。

南朝文人拟乐府最大的变化是关注古题本身，围绕题目渲染着笔，运用联想等手段，挖掘题目本身所蕴含的情感内容，由此而引申出新的主题。如梁陈文人拟作《巫山高》，不再表达远望思归之意，而是引入巫山奇景、高唐神女之事。

唐代乐府诗渐趋徒诗化，"唐中叶虽有古乐府，而播在声律则尠矣。士大夫作者，不过以诗一体自名耳"①。拟作古题乐府仍是唐代乐府诗的重要部分，所拟作的题目数量十分可观，取材丰富。在借鉴古乐府的艺术成就方面，唐人表现出很强的自觉意识，他们有意恢复古乐府的风貌，从诗体形式、叙事手法、语言风格等多方面继承古辞。唐人复古而不泥古，力求有所新变，拟古乐府延续曹魏诗人在古题中抒怀言志、寄寓时事的做法，成绩斐然，然而唐代乐府诗最为人称道的是即事名篇、自制新题的做法。与此前的乐府诗比较，唐人拟乐府既包括拟作古题乐府，也囊括了即事名篇的新题乐府。中唐元稹、白居易等人强化乐府诗的政治教化功能，对新题乐府诗的取题、内容、形式、风格等方面提出明确的创作要求。新题乐府的创作拓展了乐府诗的表现范围，写实、通俗的风格使得主题更加显豁，有利于实现以诗观时政、知民病的目的。中唐新题乐府的创作深刻影响着后人对乐府诗的理解及创作，由于乐府诗是否具有讽谕意味成了衡量其价值的重要指标，如果诗人具有较高的

①　(宋)王灼著，岳珍校正：《碧鸡漫志》卷一，北京：人民文学出版社，2015年，第3页。

创作才能，如杜甫、白居易、张籍等人，能将乐府诗的艺术性与思想性很好地结合，倘若诗人过分偏重于乐府诗的思想性，也会导致理胜于辞的不足。

除了宫廷乐章、民间祠祀乐章，宋代文人乐府诗基本上处于徒诗化的阶段，当乐府诗的创作不再是为了祭祀、宴飨等现实目的，也不在明堂、宫廷等场所入乐演奏时，此时的乐府诗创作纯粹为摹拟性质的案头文学，所以诗人要在内容和形式方面做到形貌俱似，这样才可以确立拟作的乐府诗"身份"。前代乐府诗积累了丰厚的艺术成果，宋人可以说是站在"巨人"的肩头展开乐府诗的创作，宋人要想在乐府诗史上掀开新的一页，实属不易。

2.2　承袭前代乐府诗的题意内容

本书所说的北宋初期是从宋太祖建隆元年（960）到宋真宗乾兴元年（1022）。北宋初期乐府诗创作数量较少，就个体诗人的诗歌创作而言，乐府诗占其所作诗歌总数的比例也很低，如魏野[1]现存十卷诗，却无一首乐府诗。此外，一些在宋初诗坛有一定影响的诗人如王禹偁[2]、林逋[3]、寇准[4]等人，他们的乐府诗产量也很少。

这个时期有乐府诗创作的诗人共 26 人，乐府诗 116 首。乐府诗创作数量及成就相对较高的作家有徐铉[5]（31 首）、田锡[6]（21 首）、张咏[7]（15 首）、王禹偁（9 首）。根据乐府诗题的类别并参照郭茂倩《乐府诗集》的分类方式，宋初乐府诗可以分为拟古题乐府、宋人衍变古题而作

---

① 魏野（960—1019），字仲先，号草堂居士。
② 王禹偁（954—1001），字元之，济州钜野（今山东巨野）人。
③ 林逋（967—1028），字君复，后人称为和靖先生，钱塘（今浙江杭州）人。
④ 寇准（961—1023），字平仲，华州下邽（今陕西渭南）人。
⑤ 徐铉（916—991），字鼎臣，广陵（今江苏扬州）人。
⑥ 田锡（940—1004），字表圣，嘉州洪雅（今属四川眉山市）人。
⑦ 张咏（946—1015），字复之，号乖崖，宋濮州鄄城（今山东鄄城）人。

的乐府、新题乐府等几大类，如表 2-1 所示。

表 2-1

创作乐府类别	作品数量（首）
拟古题乐府	18
宋人衍变古题而作的乐府	39
近代曲辞①	13
唐代新题乐府	12
北宋新题乐府	34
合计	116

北宋初期文人的拟古题乐府和衍化古题而作的乐府诗共 57 首，占该期全部乐府诗的一半，高于同期的新题乐府诗数量，说明该期文人乐府诗是以拟古题为主。与此同时，北宋初期文人也创作一定数量的新题乐府，虽然宋人自创的新题乐府诗不到总数的三分之一，但也表明中唐新乐府"即事名篇"的创作风范在宋初仍有余绪。

宋初文人乐府诗的创作实践虽然很少，但还是表现出两种不同的倾向性，一种倾向于向乐府古辞讨内容，沿袭前代乐府诗的题意，诗歌的情感内容缺乏新意，诗人在创作中流露出以古乐府为正宗的乐府诗观，既无视唐人的新题乐府，又忽略了乐府诗能够得以流传和发展的动因之一便是创变；另外也出现了用乐府诗反映民瘼、针砭时弊的倾向，作品中有诗人真切的情感体验和深刻思虑，是有意为乐府的表现，其中不乏思想性和艺术性俱佳的作品。以上所说只是就作品本身而言，但不能就此将宋初有乐府诗创作的文人简单地划分为两派，有些诗人的乐府诗中可能同时表现出两种倾向性，如田锡的《苦寒行》流露出杜甫式的民胞物

---

①　郭茂倩《乐府诗集》中单列《近代曲辞》一类，并言："近代曲者，亦杂曲也，以其出于隋、唐之世，故曰近代曲也。"从时间上说，可以归入新题乐府，但多为入乐曲辞，与纯粹的文人新题乐府诗有所区别，所以单独统计，仅作参考。

与情怀，虽为古题，却是辞、意皆新，而另一首《短歌行》内容近似古辞，缺乏新内涵。下文就两种创作倾向分述之。

古乐府在流传过程中，由于同一题目的重复书写，很容易形成辞旨、意向等的固定化，加之古乐府所配唱的曲调不断丢失散佚，文人只能通过文本的趋同来认同、加强乐府诗的特征，如晋代乐府诗中便有简单地重复模拟古乐府的作品，傅玄的拟古乐府有时甚至完全模仿原作的情节内容。由于古乐府传统的巨大"惯性"，宋初文人乐府诗在题材、主题、艺术手法、语言风格等方面都有模仿古乐府的痕迹。

宋初乐府诗，或者拟作古题、或者自命新题，以承袭前代乐府诗的题意内容为主，真正能翻出新意，做到词、意皆新，不重复前代乐府的题旨、题意的约有三分之一。其中有 34 首是宋人自创的新题乐府，如田锡《结交篇》、钱易①《西游曲》、路振②《伐棘篇》。在 57 首拟古乐府中，只有 10 首能做到古题新意，在题材内容方面有所创变，并且融入了作者特殊的情感内容，如王禹偁《战城南》、田锡《思归引》、徐铉《赋得有所思》。这表明宋初文人多拟作古乐府，或在古题的基础上生发出相关的题目来创作，这种对古乐府的拟作，不仅仅表现在沿用题目，还体现在对古乐府题材内容和艺术形式的承袭。

宋初文人拟作某一古题时，绝大多数情况下会继续沿用同题古辞的题材、主旨，甚至表述方式。如将王禹偁和梁简文帝的《苦热行》比较：

> 六龙骛不息，三伏启炎阳。寝兴烦几案，俯仰倦帏床。滂沱汗似铄，微靡风如汤。泂池愧玉浪，兰殿非含霜。细帘时半卷，轻幌乍横张。云斜花影没，日落荷心香。原见洪崖井，讵怜河朔觞。（梁简文帝）③
>
> 六龙衔火烧寰宇，魏王冰井如汤煮。松枝桂叶凝若痴，喘杀溪

---

① 钱易(生卒年未详)，字希白，杭州临安(今属浙江)人，宋真宗咸平二年(999)进士。
② 路振(957—1014)，字子发，祁阳(今湖南省祁东县)人。
③ (宋)郭茂倩：《乐府诗集》，北京：中华书局，1979 年，第 937~938 页。

头啸风虎。北溟熔却万丈冰，千斤冻鼠忙如蒸。我闻胡土长飞雪，此时日晒地皮裂。仙芝瑶草不敢苦，湘川竹焦琅玕折。西郊云好雨不垂，堆青叠碧徒尔为。（王禹偁）

　　王禹偁与田锡为友，同是宋初有名的直臣，"遇事敢言，喜臧否人物，以直躬行道为己任。……其为文著书，多涉规讽，以是颇为流俗所不容，故屡见摈斥"①。一生三入制诰，三次谪官。与他性情和经历一致，王禹偁写了不少表现民生的诗歌，如《对雪》《扬州池亭即事》等，念念不忘河朔民、边塞卒等普通百姓的生存状况。但王禹偁也不是时时刻刻"一饭未尝忘君"，如这首《苦热行》便无规箴之意。《苦热行》最早见于曹植笔下，描写行旅途中，饱受南方的酷暑折磨："行游到日南，经历交阯乡。苦热但曝露，越夷水中藏。"②《乐府解题》云："《苦热行》备言流金烁石、火山炎海之艰难也。"③梁简文帝拟作紧紧围绕诗题"苦热"二字展开，运用想象夸张的笔法形容酷热难耐的种种感受。王禹偁拟作继续采用"赋题"的方式，描写酷暑无雨的天气，语词夸张，主旨、表达方式都如出一辙。

　　再如田锡的《短歌行》。田锡本人"耿介寡合""以尽规献替为己任"，④ 为臣直谅，好言时务。他在《短歌行》中表达的情感内容近似古辞，叹生命苦短，"芳春苦不为君留，古人劝君秉烛游"，与魏晋文士稍有不同的是，他没有选择以建功立业或及时行乐来消除生命消逝的忧虑，而是选择投向仙道，"愿与松乔弄云月"，因而诗中也没有古辞过分沉重悲伤的情调。此外如孙光宪⑤《采莲》、田锡《江南曲》、张咏《阳春

---

① （元）脱脱：《王禹偁传》，《宋史》卷二百九十三，北京：中华书局，1985 年，第 9799 页。

② （宋）郭茂倩：《乐府诗集》，北京：中华书局，1979 年，第 937 页。

③ （宋）郭茂倩：《乐府诗集》，北京：中华书局，1979 年，第 937 页。

④ （元）脱脱：《宋史》卷二百九十三，北京：中华书局，1985 年，第 9792 页。

⑤ 孙光宪（901—968），字孟文，自号葆光子，陵州贵平（今属四川省仁寿县）人。

曲》、释智圆①《昭君辞》皆属其例。

在这个时期，即使是新题乐府，有时也仍免不了沿袭古乐府题材内容、艺术风格。寇准身为名臣，功业彪炳，有风节。诗歌内容却很少涉及壮志、功业，没有激荡豪情之作，多写山林之思、宦情羁旅。如其乐府诗《古别意》："水萤光淡晓色寒，庭除索寞星河残。清樽酒尽艳歌阕，离人欲去肝肠绝。露荷香散西风惊，征车渐远闻鸡鸣。深闺从此泣秋扇，梦魂长在辽阳城。"代征妇言离别相思之情，风格淡雅朴素，有韵致，有古风。离别相思的题材是古乐府中经常出现的内容，如《长相思》等，除了语言风格，寇准这首诗的命意取题都表现出刻意模仿古乐府的样子，可以说是新题古意，并没有开拓出新的题材内容。再如谭用之②、柳开③、王操④都写唐人新题《塞上》⑤，围绕诗题写塞上风土、边塞骑射等，在内容上并没有超越或异于前人之作，只是简单地重复拟写。

北宋初年的乐府诗创作数量少，缺乏创新，这与宋初诗坛受五代柔弱文风的影响有一定关系。宋初文人士子之间、君臣之间都喜欢以诗唱和相娱，如据《续资治通鉴长编》记载，雍熙元年（984），太宗与群臣赏花赋诗，第二年，"宴于后苑，赏花钓鱼，张乐赐饮，命群臣赋诗、习射。自是每岁皆然"⑥。这些活动更多地发挥了诗歌的娱乐和消遣功能，诗歌的写实性、功利性不受关注，也不为文人所喜好，而从汉魏乐府开始，乐府诗便逐渐积淀了反映生民疾苦这样的精神内核，所以文人如果寻求娱乐消遣的诗歌样式，一般是不会首选乐府诗的。再看宋初诗坛先后出现了白体、西昆体和晚唐体，都不倾向于写实的风格，即便是推崇

---

① 释智圆（976—1022），字无外，自号中庸子，钱塘人，与处士林逋为友，有杂著《闲居编》五十一卷。

② 谭用之，字藏用，五代末人，善诗。入宋，仕途不达。

③ 柳开（948—1001），字绍先（一作绍元），后改名开，字仲涂，号东郊野夫、补亡先生，大名（今河北大名）人。

④ 王操，字正美，江南人。太宗太平兴国时授太子洗马。

⑤ 郭茂倩《乐府诗集》将《塞上》《塞下》归入《新乐府辞》，但按照诗题的渊源，归入古题更为合适，本书仍采纳郭茂倩的归类结果，将两个题目认定为唐人乐府新题。

⑥ （宋）李焘：《续资治通鉴长编》卷二十六，北京：中华书局，2004 年，第 596 页。

白居易，也只是择取他的闲适诗来学习创作，这些可以再次印证乐府诗不被关注的原因所在。既然乐府诗与宋初文人的审美趣味不相谐，文人自然不会太多地关注乐府诗，遑论刻意地去自拟新题作新辞，创新乐府诗。

2.3 "唯歌生民病"创作精神的余波

中唐新题乐府的创作态度在晚唐仍有一定延续，如皮日休所作的《正乐府》便有白居易新乐府之风，他认为"元、白之心，本乎立教，乃寓意于乐府雍容宛转之词，谓之讽谕"①，但这种创作风气毕竟渐趋衰落，宋初文人也难以重振新乐府。北宋初年乐府诗的创作以古题乐府为主，题意内容也多仿照前代乐府，除了少数表现哲理内容、现实内容和个人感怀的乐府诗，真正在题材内容方面有所开拓的乐府诗并不多。这与晚唐、五代的衰靡之风在宋初延续有关。宋太宗言："夫诗颂歌辞，华而不实，上不足以补时政之阙失，次不足以救苍生之弊病。"②苏轼也说："宋兴七十余年，民不知兵，富而教之，至天圣、景祐极矣，而斯文终有愧于古。"③华而不实的文风源于诗人缺乏对现实社会的关注，因而乐府诗中也很少涉及这类话题。北宋初期新题乐府的数量相对较少，其中反映现实问题的乐府诗少之又少，共有 13 首，又以表现民生为重，有 11 首。此外，宋初文人还借鉴了张籍、王建等人"寓意古题、刺美见事"的做法，在拟古乐府中针砭时弊、哀叹民病，但此类乐府诗寥寥无几，仅有 4 首。

---

① 皮日休：《论白居易荐徐凝屈张祜》，《皮子文薮》附录一，上海：上海古籍出版社，1981 年，第 240 页。
② 傅璇琮等主编：《全宋诗》，北京：北京大学出版社，1991 年，第 312 页。
③ （宋）苏轼著，孔凡礼点校：《六一居士集叙》，《苏轼文集》，北京：中华书局，1986 年，第 316 页。

2.3.1　针砭时政

诗歌可以"感悟人心，使仁者劝而不仁者惧，彰是救过"①。文学的教化作用在文人思想中是根深蒂固的，宋初诗论中也常有类似表述，如张咏赞赏他人作品"以治世为本，随事刺美"②。北宋初期文人在少数乐府诗中发挥乐府诗的讽谕功能，建言朝政，体察民生，像张咏、田锡、王禹偁等人兼官员、文人的双重身份，又身居高位，他们高度关注国家社会问题，且见解独到而深刻，这种关切之情也通过乐府的形式传达出来，因而这些写实题材的乐府诗不同于那些只是泛泛谈论现实问题的诗歌。

张咏其人"倜傥有大志"③，有着强烈的忧济之心，"劳劳忧众民，咄咄骂贪吏"④"所忧在民泰"⑤。加之他多在地方任职，以长于治郡而著称，对底层百姓的苦难哀乐有着真切的感受，所言能切中问题要害，如《悼蜀》《愍农》等新题乐府诗，不空言悯农，有时政意义。

> 悠悠世事称无穷，千灵万象生虚空。活人性命由百谷，还须着意在耕农。自有奸民逃禁律，农夫倍费耕田力。青巾短褐皮肤干，不避霜风与毒日。暮即耕兮朝即耘，东坂南垅无闲人。春秋生成一百倍，天下三分二分贫。天意昭昭怜下土，英贤比迹生寰宇。惩奸济美号长材，来救黎元暗中苦。我闻愍农之要简而平，先销坐食防

---

① （宋）张咏著，张其凡整理：《许昌诗集序》，《张乖崖集》，北京：中华书局，2000 年，第 87 页。

② （宋）张咏著，张其凡整理：《张乖崖集》，北京：中华书局，2000 年，第 88 页。

③ （宋）张咏著，张其凡整理：《乖崖先生文集序》，《张乖崖集》，北京：中华书局，2000 年，第 166 页。

④ （宋）张咏著，张其凡整理：《赠刘吉》，《张乖崖集》，北京：中华书局，2000 年，第 13 页。

⑤ （宋）张咏著，张其凡整理：《萧兰》，《张乖崖集》，北京：中华书局，2000 年，第 17 页。

兼并。更禁贪官与豪吏，愍农之道方始行。①

农人辛劳却摆脱不了贫困，是由土地兼并严重等原因导致的，面对"春秋生成一百倍，天下三分二分贫"这样的社会现状，诗人认为应该"先销坐食防兼并"，"更禁贪官与豪吏"，只有这样才能消除贫富不均的不合理现象。他在《悼蜀》一诗中描写蜀地风俗浇薄，百姓艰难，可谓蜀中时事图。张咏的这几首反映社会现实问题的新题乐府，相当于一幅幅宋初时事图，在宋初很是稀见，也很特殊，因而尤为引人注目，诗人自己就明确表明创作意图："虽采诗之官阙之久矣，然歌咏讽刺，道不可寂然。"②诗人强烈的忧国忧民之心，见于言表，正如《许昌诗集序》所言："以治世为本，随事刺美，直在其中，放言既奇，意在言外。"③张咏的乐府诗没有纯粹游戏、练笔之作，不作无病呻吟或空泛的作品，总是融入深刻的体验、深沉的情感。

新题乐府可以就现实问题"即事名篇"，针砭朝政，哀愍民生，宋初文人在一些古题乐府中也做到了"寓意古题，刺美见事"。王禹偁在许多诗文中批评五代文风，如"咸通以来，诗文不竞。革弊复古，宜其有闻"（《送孙何序》）。"文章之盛者正（贞）元、长庆而已，咸通而下，不足征也。"（《东观集序》）"文自咸通后，流散不复雅。因仍历五代，秉笔多艳冶。"（《五哀诗·故尚书虞部员外郎知制诰贬莱州司马渤海高公（锡）》）④他的古题乐府《战城南》《对酒吟》风格平易流畅，议论畅达，已经摆脱了五代柔靡的文风。值得注意的是《战城南》，它实践了元稹和白居易对古题乐府的要求，在古题中寄寓时事内容。

---

① （宋）张咏著，张其凡整理：《愍农》，《张乖崖集》，北京：中华书局，2000年，第9页。

② （宋）张咏著，张其凡整理：《悼蜀》诗序，《张乖崖集》，北京：中华书局，2000年，第7页。

③ （宋）张咏著，张其凡整理：《张乖崖集》，北京：中华书局，2000年，第88页。

④ （宋）王禹偁：《小畜集》，四部丛刊本。

　　边城草树春无花，秦骸汉骨埋黄沙。阵云凝着不肯散，胡雏夜夜空吹筋。我闻秦筑万里城，叠尸垒土愁云平。又闻汉发五道兵，祁连泽北夸横行。破除玺绶因胡亥，始知祸起萧墙内。耗盡中原过太半，黄金买酎诸侯叛。直饶侵到木叶山，争似垂衣施庙算。大漠由来生丑虏，见日设拜尊中土。自古控御全在仁，何必穷兵兼黩武。战城南，年来春草何纤纤。穷荒近日恩信沾，寒岩冻岫青如蓝。方知中国有圣人，塞垣自尔除妖氛。河湟父老何忻忻，受降城外重耕耘。①

　　《战城南》古辞讲述一个战死疆场、尸骨曝野的士卒故事，南朝拟作多表达将军威武、无功不归的壮志，唐人拟作多从反战的角度来写。王禹偁由古题生发情感，诗歌内容与古题及古乐府有相关性，最重要的是与时事紧密结合，通过大量议论表达政见。至道三年（997），宋太宗发兵西夏，战死者十五万，国库空虚，百姓疲敝，咸平元年（998）诗人作此诗检讨这一战事。"自古控御全在仁，何必穷兵兼黩武。战城南，年来春草何纤纤。"初即位的宋真宗采纳臣僚的谏议，与西夏修好，对李继迁"复赐姓名、官爵"，边疆逐渐安宁，诗人称颂这一举措"穷荒近日恩信沾，寒岩冻岫青如蓝。方知中国有圣人，塞垣自尔除妖氛。河湟父老何忻忻，受降城外重耕耘。"整首诗准确地描述了当时的边疆问题。王禹偁的乐府诗在宋初诗坛如此与众不同，这与他刚不容物的个性和"三黜而死"②的仕宦经历有关，因此他的乐府诗中流露出敢于直面人生的态度，但是这种讽谕精神在当时未能成为主流。

　　再比如田锡的乐府诗，田锡不论古题、新题，多写眼前景、当下事、心中情，这与他的文学思想有关。田锡在《贻陈季和书》一文中提到大自然有各种非常态的现象，文学也是如此，认为歌功颂德是文之常

---

① 傅璇琮等主编：《全宋诗》卷六九，北京：北京大学出版社，1991 年，第 786 页。
② （宋）苏轼著，孔凡礼点校：《苏轼文集》，北京：中华书局，1986 年，第 603 页。

态，而豪气抑扬是"文之变态"，并承认"文之变态"的合理性。田锡也沿袭传统的文学"经纬大道""持正于教化"①的观念，但难能可贵的是他认识到"文之变态"这类创作的存在，也意识到它们的价值，尊重多样化的文学风格。田锡肯定文学创作中自然和个性的意义，不论文之常态，还是文之变态，各类风格、题材都能接受，这种通达、宽容的文学观念对文学创作是有积极影响的。这也导致他创作乐府时不会亦步亦趋，模仿他人，敢于求变，词、义有所突破。他的乐府诗风格内容多样化，既有风格香艳的艳歌类乐府诗《江南曲》《采莲曲》，也不乏针砭时政的《思归引》。

> 河朔受诏书，移官向湖外。初问禁法茶，次问丁身税。税口征四百，茶利高十倍。老死及充军，县籍方消退。采摘不入官，公家定科罪。何以升平时，遗民犹未泰。何以在位者，兴利不除害。我愿罢秩归，天颜请转对。一言如沃心，恩波必滂霈。②

诗中言及河朔茶法、丁身税等具体的事件，这些都是当时重要的政策，诗人指责朝廷的这些举措在执行中的弊端，以及伤民之处，"税口征四百，茶利高十倍。老死及充军，县籍方消退"。诗人作为地方官，有亲身体验，念及百姓至今生计难安，乞罢秩归去，向皇帝奏对百姓疾苦，指出不能为求"利"而伤民生。诗人巧妙地借用题目的意思，自我谴责与其"尸位素餐"，不能使百姓安康，还不如归去。这些内容与古辞题旨迥异，《乐府诗集》中有关《思归引》的题解引用《琴操》卫之贤女的故事，现存最早的乐辞是晋石崇的拟作，主旨为思归河阳别业，梁刘孝威的拟作但言军卒思归。田锡从当政者的角度看待问题，以臣子的心态和口吻来表述，因为有着丰富的从政经历，所以其想法比无仕禄的文人更

---

① （宋）田锡著，罗国威校点：《咸平集》，成都：巴蜀书社，2008 年，第 32 页。

② （宋）田锡著，罗国威校点：《思归引》，《咸平集》，成都：巴蜀书社，2008 年，第 197～198 页。

为具体、切实，如《塞下曲》忧虑当时边疆形势，宋将邀功起衅，虽能拓土，实为祸滋。这些拟古乐府在古题中寓以时事，拟作的题材、主旨与古辞本事、本义及前人拟作无关，从而再次赋予古题新的生命力。

　　像张咏、田锡这些身居朝堂的诗人，他们的乐府诗中体现出对社会问题的深刻体察和精辟见解。另外一些诗人虽无仕禄，但仍心忧天下。释智圆强调诗歌的讽刺功能，推崇白居易的新乐府，对白居易所作《秦中吟》《新乐府》等讽谕诗予以高度评价，"句句归劝诫，首首成规箴""謇謇贺雨诗，激切秦中吟。乐府五十章，谲谏何幽深""所以长庆集，于今满朝野。"①宋初文坛的白体诗人，接受或效仿白居易闲适达观的人生态度，风格浅切，这是当时文坛接受白居易的主流趋势，而释智圆吸收白居易劝谏规讽的精神，则预示着取法方向的转变，是对白居易诗歌另一重要成就的接受。释智圆的拟古题乐府内容与时政关联，如《少年行》《昭君辞》，都是讽刺时政的作品。《少年行》一题是由南朝古题《结客少年场行》演变而来，前代多言少年侠客轻生重义，慷慨以立功名。从南朝至唐代，文人笔下少年游侠的形象愈来愈丰富，总离不开美酒胡姬、游乐之场、射杀单于、马上封侯等故事。释智圆《少年行》借汉天子言本朝事，周边国家不信守盟约，少年报国边疆，"儿奴屡背约，辱我汉天子。瞋目而语难，五陵年少子"②。诗人侧重写少年立奇勋，"举手提三尺，报国在一死。匹马立奇勋，壮哉传介子"③，而不再提及少年游侠、美酒胡姬的形象，这与当时宋朝对外战争局势紧张的背景有关。释智圆的乐府创作不及理论。他的诗论中重视文学的教化功能，推崇白居易新乐府，但这类诗歌或乐府诗数量很少。

2.3.2　体贴民生

　　宋初少有关于新乐府的理论，但并不意味着文人笔下没有践行中唐

---

①　傅璇琮等主编：《全宋诗》卷一三九，北京：北京大学出版社，1991 年，第 1559 页。
②　傅璇琮等主编：《全宋诗》卷一三八，北京：北京大学出版社，1991 年，第 1553 页。
③　傅璇琮等主编：《全宋诗》卷一三八，北京：北京大学出版社，1991 年，第 1553 页。

新乐府的诗篇。在这方面，代表人物当属王禹偁。王禹偁"世为农家""少苦寒贱，又尝为州县官，人间利病又粗知之"①。他和田锡一样，有地方从政的经历。生长在社会底层，对民间疾苦了解较多，关注民瘼，这一点在他的文赋中表现得较多，诗歌中也有所表现，如《七夕》《对雪》《感流亡》等。同时王禹偁喜读白居易和杜甫的诗歌，曾在诗中言："本与乐天为后进，敢期子美是前身。"②在这首诗中夹有王禹偁的自注："予自谪居，多看白公诗。""子美集开诗世界，伯阳书见道根源。"③"篇章取李杜，读贯本姬孔。"④王禹偁没有刻意提到杜甫、白居易的新乐府，但他创作的《感流亡》等诗歌，用乐府的形式讽刺时政，是中唐新乐府的后继者。

淳化二年(991)，陕西遭灾歉收，"江、淮、两浙、陕西比岁旱灾，民多转徙，颇恣攘夺，抵冒禁法"⑤。王禹偁在任上目睹百姓流离，感慨万分，次年写下《感流亡》：

> 谪居岁云暮，晨起厨无烟。赖有可爱日，悬在南荣边。高春已数丈，和暖如春天。门临商于路，有客憩檐前。老翁与病妪，头鬓皆皤然。呱呱三儿泣，惸惸一夫鳏。道粮无斗粟，路费无百钱。聚头未有食，颜色颇饥寒。试问何许人，答云家长安。去年关辅旱，逐熟入襄川。妇死埋异乡，客贫思故园。故园虽孔迩，秦岭隔蓝关。山深号六里，路峻名七盘。襁负且乞丐，冻馁复险艰。唯愁大雨雪，僵死山谷间。我闻斯人语，倚户独长叹。尔为流亡客，我为

---

① (宋)王禹偁：《小畜集》卷十八，四部丛刊本。

② 傅璇琮等主编：《前赋〈春居杂兴〉诗二首，间半岁，不复省视。因长男嘉祐读〈杜工部集〉，见语意颇有相类者，咨于予，且意予窃之也。予喜而作诗，聊以自贺》，《全宋诗》卷六五，北京：北京大学出版社，1991年，第733页。

③ 傅璇琮等主编：《日长简仲咸》，《全宋诗》卷六五，北京：北京大学出版社，1991年，第737页。

④ 傅璇琮等主编：《寄题陕府南溪兼简孙何兄弟》，《全宋诗》卷五九，北京：北京大学出版社，1991年，第657页。

⑤ (宋)李焘：《续资治通鉴长编》卷三四，北京：中华书局，2004年，第745页。

　　冗散官。左宦无俸禄，奉亲乏甘鲜。因思筮仕来，倏忽过十年。峨
冠蠹黔首，旅进长素餐。文翰皆徒尔，放逐固宜然。家贫与亲老，
睹翁聊自宽。①

　　《感流亡》在思想内容、艺术表现方面已经酷似杜甫，而非承接白居
易的新乐府，但在思想境界、人格情怀方面，王禹偁与杜甫还是有差异
的。诗中先叙述晨起家贫的景象，再描写眼前所见的流亡在外的一家
人，作者由同情而自宽：贬谪生活虽清苦，但与流亡人比较，还是好很
多，"家贫与亲老，睹翁聊自宽"。在这点上王禹偁不及杜甫，杜甫的民
胞物与情怀更为深切。诗人胸中所拥有的民胞物与情怀不及杜甫，原因
是被贬之后心理、生活落差太大，心情不时地起起落落，常需借老庄来
宽慰自己，难以做到真正的白居易式的自适和陶渊明式的安贫守道。贬
谪商州时期的诗歌中不时有不平语，如《蔬食示舍弟禹圭并嘉祐》："且
吾官冗散，适为时所弃"，诗中经常表现生活境遇的落差（《七夕》），空
有抱负而不遇（《吾志》《读汉文纪》），企图自我宽慰（《除夜》）等。《感
流亡》属于因事命题的新题乐府诗，采用问答体，不避繁复的对话、刺
眼又痛心的细节描写，叙事朴直，再加上五古的形式，读后给人朴实、
真挚、沉重的感觉，没有白居易新乐府的激切、浅俗、流易，艺术风格
上更接近于杜甫的《哀王孙》等新题乐府。他的乐府诗艺术成就高于同时
期的徐铉、田锡、张咏等人。

　　王禹偁乐府诗中只有《畲田词》五首是明确交代有意为乐府的。序言
交代，爱商民淳朴，互助有义，欲采诗官闻之，传于执政者，"使化天
下之民如斯民之义"②，说明写这组诗有教化目的。"畲田鼓笛乐熙熙，

---

　　①　傅璇琮等主编：《全宋诗》卷五九，北京：北京大学出版社，1991 年，第 660~661 页。
　　②　傅璇琮等主编：《畲田词》序，《全宋诗》卷六四，北京：北京大学出版社，1991 年，
第 717 页。

空有歌声未有词"①，诗人爱其民风民调，愿谱词，希望"满山皆唱舍人诗"②。"其词俚，欲山甿之易晓也"③，创作宗旨明确，因而风格也随之发生变化。用俚俗语写畲民畲田的风俗，内容生活化，呈现的场面热烈，王禹偁诗歌中极少有如此俚俗的作品。然而这样典型的新题乐府在王禹偁的乐府中极少出现，他的乐府诗数量很少，并没有自觉创作乐府诗的意识。据《小畜集》和残存的《小畜外集》统计，王禹偁留存的诗歌约580首④，其中只有9首乐府诗，6首为新题，其他3首是古题或由古题演变而来，在这么多的诗歌创作中乐府诗寥若星辰。可以说，王禹偁并没有刻意要借用乐府诗的形式传情达意，他对乐府诗的创作并没有特别的偏好。虽然喜欢白居易，却没有像白居易那样写作大量新乐府，也没有刻意用乐府表现有关现实问题的题材。虽然王禹偁乐府诗极少，但却创造了宋初乐府诗的典范之作。

　　在徭役赋税繁重的宋代，女性劳动者也承担着超乎想象的生活重担，有时也会因为家贫而命运坎坷。如王周⑤《采桑女》一诗："渡水采桑归，蚕老催上机。扎扎得盈尺，轻素何人衣。"⑥女子需要渡水采桑，可见养蚕不易，而织锦更不容易，费时耗力，织成却做他人衣，寥寥几句便写出了当时种地者无粟食、养蚕者无衣着的不合理的社会现实。张维⑦《贫女》讲述贫家女儿只是苦劳力，虽有青春容貌，却无暇自赏，而富家女儿却是安享"总教时样画娥眉"的生活，诗中点明贫富人家女子生活的差异。因为百姓需要承担的赋税重，女子也相当于男劳力，所以北

---

① 傅璇琮等主编：《畲田词》其五，《全宋诗》卷六四，北京：北京大学出版社，1991年，第717页。

② 傅璇琮等主编：《畲田词》其五，《全宋诗》卷六四，北京：北京大学出版社，1991年，第717页。

③ 傅璇琮等主编：《畲田词》序，《全宋诗》卷六四，北京：北京大学出版社，1991年，第717页。

④ 数据引自潘守皎：《王禹偁评传》，济南：齐鲁书社，2009年，第242页。

⑤ 王周，明州奉化（今属浙江）人。真宗大中祥符五年（1012）进士。

⑥ 傅璇琮等主编：《全宋诗》卷一五四，北京：北京大学出版社，1991年，第1753页。

⑦ 张维（956—1046），乌程（今浙江湖州）人。

宋乐府诗中经常出现贫家女辛勤劳作、老而未嫁的题材，如同时期的曹衍①也写有一首《贫女》感慨贫家女子因家贫不得不老来方嫁，此后陈舜俞②《贫女曲》也表现类似的题材。

2.4　文人热衷近体乐府诗

　　通常古体诗便于叙事，古乐府多用五七古体、歌行等形式，唐人亦是如此，反映民生时政问题的中唐乐府多为古体。宋初乐府诗却并非全部如此，宋初乐府诗中约 80 首采用近体律绝，如新题乐府有王禹偁《畬田词》王周《采桑女》释智圆《西施篇》等。甚至拟作前代乐府诗时，也会改古体为近体，如徐铉《赋得有所思》、田锡《短歌行》、张咏《阳春曲》，孟宾于、刘兼③和柳开将唐人新题《公子行》《征妇怨》《塞上》等改为近体来写。这与宋初诗风有关。宋初诗坛热衷近体，鄙薄古体，直到苏舜钦、梅尧臣的时代，还是"子美独与其兄才翁及穆参军伯长，作为古歌诗杂文，时人颇共非笑之，而子美不顾也"④。乐府诗的创作也浸染了这种诗风。近体乐府诗在某些方面缺乏古体诗的浑厚、古朴之感，似乎偏离了乐府诗的传统，但换个角度来看问题，这也是乐府诗发展过程中必然要出现的现象，与其他类诗歌相互影响、借鉴，会为乐府诗注入新鲜的血液。这种做法非常接近南朝文人乐府，即以流行的诗体写乐府诗，读南朝文人拟古乐府诗与其他类诗歌的内容与艺术风貌几乎无别，古拙的汉魏乐府一变而为绮丽雕琢的风格。试举几例。

　　　　轻薄儿，面如玉，紫陌春风缠马足。双镫悬金缕鹘飞，长衫刺

---

①　曹衍，衡阳（今属湖南）人，太宗太平兴国初，召试学士院，除东宫洗马。

②　陈舜俞（1026—1076），字令举，号白牛居士，乌程（浙江吴兴）人。

③　刘兼，长安（今陕西西安）人，宋初为荣州刺史。

④　（宋）欧阳修著，洪本健校笺：《苏氏文集序》，《欧阳修诗文集校笺》，上海：上海古籍出版社，2009 年，第 1064 页。

雪生犀束。绿槐夹道阴初成,珊瑚几节敌流星。红肌拂拂酒光狞,当街背拉金吾行。朝游鼕鼕鼓声发,暮游鼕鼕鼓声绝。入门不肯自升堂,美人扶踏金阶月。(顾况《公子行》)①

锦衣红夺彩霞明,侵晓春游向野庭。不识农夫辛苦力,骄骢踏烂麦青青。(孟宾于《公子行》)

郭茂倩将《公子行》归入新乐府辞中,唐人所作多铺排描写公子的骄奢生活,顾况之作亦是如此,从金鞍玉勒的服饰外貌写起,再到日日游冶的放纵生活,活脱脱地描画了一位意气骄横的轻薄公子形象,诗人用词色彩秾丽,更加凸显了公子的奢靡生活。孟宾于虽然开篇也是从王孙公子的锦衣玉骢写起,但笔触在不知不觉中转到公子游乐的地点上,指明公子在农人视为珍宝的田地里肆意纵马,诗歌主旨变为指责公子纵马游玩、践踏麦苗的劣行。孟作由古体为七绝,语言简洁明了,寥寥数语便已表述多重意思。

从中唐开始,诗歌的重心已经转向近体,北宋文人心态内敛、注重诗歌理趣、讲究诗法,这种文学倾向使得文人更热衷于采用律绝表情达意,所以宋代依然是近体兴盛,居主要地位,而乐府诗通常属于古体诗范围,以古体为载体的乐府诗难以抗衡这种趋势。所以,宋初文人如果作乐府诗,常常喜欢用近体律绝来写,如果某个乐府诗题通常以近体来作辞,文人便会更多地拟作该乐府题。如《杨柳枝词》一般都是绝句体,宋初从孙光宪到徐铉、张咏,写《竹枝词》《杨柳枝词》《柳枝辞》的作品较多。如徐铉《柳枝辞十二首》每首都围绕柳枝生发诗意,或写旧地重游之感,"旧游一别无因见,嫩叶如眉处处新"②;或描写江南胜景,"一帆归客千条柳,肠断东风扬子津"③。以文人的眼光重写源于民歌的诗题,诗中的审美情趣发生了变化,摆脱民歌风味,增加文人的情感体

---

① (宋)郭茂倩:《乐府诗集》,北京:中华书局,1979年,第1265页。

② 傅璇琮等主编:《全宋诗》卷五,北京:北京大学出版社,1991年,第78页。

③ 傅璇琮等主编:《全宋诗》卷五,北京:北京大学出版社,1991年,第78页。

验。值得注意的是，这类作品后来被郭茂倩命名为"近代曲辞"，宋初近代曲辞的比例较大，说明宋初仍延用唐代曲辞，到了郭茂倩，近代曲辞首次出现在乐府歌辞集中，也不是突然发生的，而是一个连续的过程。当然，文人写这类曲辞，还因为这些曲题在宋初可能仍然入乐有音乐相配，娱乐性强。

与此同时，用古体作乐府诗仍为个别诗人所坚守，这些作品的成就在宋初也是最高的。如田锡别集中将诗歌分律诗和古风歌行两大类，乐府诗集中在古风歌行类中，五言古体居多，有意效仿古风。他的乐府诗便传承古乐府的诗体形式，以古体为主，尤其集中在新题乐府上，如《结交篇》《投杼词》《鬻冰咏》等。除了绝句《柳枝词七首》外，张咏其余的乐府诗均为古体，"读其诗歌，有古乐府风气"①。这些采用古体、具有古风古韵的乐府诗在宋初诗坛是别具一格的，在近体兴盛的宋初诗坛，田锡、王禹偁等人的古体乐府诗显得尤为难能可贵。

2.5 小结

初盛唐文人取法汉魏六朝诗歌，而汉魏六朝诗歌中很多精品都是乐府诗，所以唐人学习拟写汉魏六朝乐府诗以达到练笔的目的。宋初文人的境遇与唐人不同，诗歌发展至宋，已经非常成熟，宋初文人不需要单从汉魏六朝古乐府中挖掘可资借鉴的东西，因为唐诗已经是取之不尽的巨大宝藏了。因而宋初文人学习创作乐府诗的热情并不高，如王禹偁、释智圆，他们即使推崇中唐乐府，也没有刻意地去大量拟作乐府诗。

北宋初期乐府诗创作的数量很少，以拟作古辞为主，诗人创作乐府诗时多向乐府古辞讨内容，从题材内容、诗题旨意、艺术形式等方面全面模仿古乐府，缺乏新意。与此同时，也可以看到中唐乐府"唯歌生民

---

① （宋）张咏著，张其凡整理：《张乖崖先生文集序》，《张乖崖集》，北京：中华书局，2000 年，第 1 页。

病"的创作精神的余绪，如王禹偁、田锡、张咏等，他们传承的是反映现实问题的乐府诗传统，尤其是对中唐新乐府的借鉴，而非毫无新意地承袭古辞的题材内容，以这种态度创作的乐府诗成就也相对较高。既有针对现实问题而发的新题乐府，也有实践"寓意古题、刺美见事"宗旨的拟古乐府，赋予古题新的生命力。这两种不同的创作倾向与宋初文人的乐府诗观是相吻合的。宋初文人认为古乐府才是正统的乐府诗，而相对忽视中唐掀起的新乐府创作潮流，这其实也是延续了晚唐五代的诗风，好作近体，以古体为主的乐府诗自然受到冷落。宋初社会处于上升时期，重文抑武的国策，更加激发了文人报国为民的政治热情，一些北宋王朝新成长起来的乐府诗人，开始留意写作乐府诗，个别文人如释智圆、王禹偁关注中唐新乐府，并有相关理论阐述，也有少量成功地体现中唐新乐府精神的作品，但总体上中唐新乐府的创作模式在宋初是相对沉寂的。

在这一时期，田锡、张咏、王禹偁的乐府诗成就相对较高，并且各具特色。田锡乐府诗风格内容多样化，辞意有所突破。田锡乐府诗多数能融入作者真切的情感体验，情动于之，则发而为言。张咏创作乐府诗时不空言、不泛泛而谈，拟古乐府能翻出新意，新题乐府也能做到辞、意皆新，个人的性情、情感内容在诗中表现得非常明显，有独特的风格。虽然王禹偁的乐府诗极少，但却创造了宋初乐府的典范之作，表现时事题材的新题乐府诗承接杜甫新乐府的精神，哀民生、刺弊政，乐府诗的教化、刺美时政的功能明显，如《畲田词》序言中表明了教化目的，《感流亡》《战城南》的现实意义极强。同时，继承古乐府场面描写渲染铺叙的风格，叙事技巧类似杜甫的《哀王孙》等乐府诗，有不避繁复的对话、刺眼又痛心的细节描写。除了内容方面，在诗歌形式上，张咏、田锡、王禹偁、释智圆的乐府诗也多采用古体，这在推崇近体的宋初诗坛显得特立独行，表明他们有意识地从形式上恢复古乐府的传统。

第3章 仁宗时期乐府诗创作

　　本书所说的仁宗时期是从仁宗天圣元年（1023）到英宗治平四年（1067）。该期乐府诗325首，有乐府诗创作的诗人46人，留存的乐府诗数量在10首以上的诗人有11人，其中文同以43首乐府诗居该期榜首，梅尧臣①、刘敞②、刘攽③、王安石、司马光的乐府诗数量也较多。仁宗时期数量约为宋初的两倍，其中新题乐府与拟古乐府（含宋人衍变古题而作的乐府）数量基本相当。根据题目的类别并参照《乐府诗集》的分类方式可以分为古题乐府、衍变古题而作的乐府、新题乐府等几类，如表3-1所示：

表3-1

拟作乐府类别	作品数量（首）
古题乐府	127
宋人衍变古题而作的乐府	20
近代曲辞	21
唐代新题乐府	19

---

　　① 梅尧臣（1002—1060），字圣俞，世称宛陵先生，宣州宣城（今属安徽）人，曾三任主簿，一生仕宦不达。
　　② 刘敞（1019—1068），字原父，新喻（今江西新余）人。
　　③ 刘攽（1023—1089），字贡夫，一作贡父、赣父，号公非。北宋史学家，刘敞之弟。

续表

拟作乐府类别	作品数量(首)
宋代新题乐府	138
合计	325

3.1 以现实题材为主的新题乐府

仁宗时期，文人创作的新题乐府数量略高于古题乐府，有 157 首，除了在数量上较宋初有较大突破，还出现个别诗人的乐府诗创作中以新题为主或全部是新题的情况，如石介①、王令②、郑獬③只创作新题乐府，而梅尧臣、蔡襄④的乐府诗中也以新题居多。这一时期文人新题乐府的内容主要可以分为以下两个方面：一为普遍的社会问题；二为具体的时政事件。这两方面内容可以说都是对中唐杜甫、白居易等人新乐府的借鉴与传承，关注民瘼和针砭时政成为该期新题乐府的主体内容。

文学作品是社会生活的反映，乐府诗发展到仁宗时期出现这些变化，与当时的社会经济形势有关。仁宗时期国家财政危机已经凸显，《宋史·食货志》记载："承平既久，户口岁增，兵籍益广，吏员益众。佛老、外国耗蠹中土，县官之费数倍于昔，百姓亦稍纵侈，而上下始困于财矣。"⑤面对内困外扰的局面，君臣都有改革的想法，仁宗在明道二年(1033)亲政之后，力图革新政治，下诏申戒浮文，以为"近岁进士所试诗赋多浮华，而学古者或不可以自进，宜令有司兼以策论取之"⑥。一些文臣学士也已清醒认识到改革的迫切性。这个时期的文人有着强烈的

---

① 石介(1005—1045)，字守道，一字公操，兖州奉符(今山东省泰安)人。

② 王令(1032—1059)，初字钟美，后改字逢原，原籍元城(今河北大名)。

③ 郑獬(1022—1072)，字毅夫，号云谷，虔化人，江西宁都人。

④ 蔡襄(1012—1067)，字君谟，兴化仙游(今属福建)人。

⑤ (元)脱脱等：《宋史》卷一百七十九，北京：中华书局，1985 年，第 4350 页。

⑥ (宋)李焘：《续资治通鉴长编》卷一百十三，北京：中华书局，2004 年，第 2639 页。

社会责任感，内心充满政治抱负，以天下为己任，反映社会现实、干预时政成为他们诗歌的重要主题。加之这个时期的不少诗人尤其是诗坛的领军人物通常集文人、学者、官僚身份于一身，所以他们丰富的政治经验、渊博的学识汇集于笔端，熔铸在乐府诗中，为乐府诗增添了新的色彩。

新题乐府的内容集中在社会问题、时事和女性生存状态等话题上，另外边塞、咏史怀古、个体命运、游仙等题材也有所涉及。反映社会问题、时事政治的题材最能折射出宋代的时代特征、社会万象以及宋人的生活境遇，所以本小节主要讨论这两方面内容，而像女性生存状态、边塞等题材在宋前的乐府诗中都已出现，有关这类话题该期文人在取材方面也无太大突破，所以暂不详述。

3.1.1 揭示社会问题

宋仁宗时代的社会现实情况，可以说是"政紊于廷，民劳于野，境蹙于疆，日削以亡，自此始矣"①。苏轼指出当时掩盖在承平景象之下的社会危机："天下有治平之名，而无治平之实。"②北宋冗官、冗兵一直是朝政各种问题的症结所在，也是君王和朝臣最为关切、讨论最多的话题。宋人的乐府诗中也有所反映，如表现民生困弊内容的新题乐府有 37 首(其中 2 首是古题)，是诗人谈论最多的一个话题，由此而联及的官吏贪虐成为诗人强烈抨击的对象。此外，人心世态、交友之道也是诗人所喜闻乐道的。

从屈原"长太息以掩涕兮，哀民生之多艰"的长叹到杜甫"穷年忧黎元，叹息肠内热"的博爱，再到白居易"唯歌生民病，愿得天子知"的炽热衷情，民生问题一直是具有社会责任感的历代文人关注和反复表达的内容。像《孤儿行》《妇病行》等令人动容的汉乐府诗歌唱出了底层百姓的

---

① (清)王夫之著，刘韶军译注：《宋论》卷四，北京：中华书局，2013 年，第 347 页。

② (宋)苏轼著，孔凡礼点校：《策略一》，《苏轼文集》，北京：中华书局，1986 年，第 226 页。

疾苦，这也是乐府诗创作中非常重要的一部分内容。

农桑是中国古代农业经济的支柱产业，也是赋税的重要来源，所以历代朝廷对此极为重视，有时甚至巧立名目盘剥百姓。仁宗时期西边用兵，北边需输岁币，所有的重担最终都是普通百姓来承担，因而百姓的租赋极重，苦不堪言。《宋史》载："自西边用兵，军需䌷绢，多出益、梓、利三路，岁增所输之数。"①文同②的《织妇怨》就反映了这一社会现状：

> 掷梭两手倦，踏籥双足胝。三日不住织，一疋才可剪。织处畏风日，剪时谨刀尺。皆言边幅好，自爱经纬密。昨朝持入库，何事监官怒。大字雕印文，浓和油墨污。父母抱归舍，抛向中间下。相看各无语，泪迸若倾泻。质钱解衣服，买丝添上轴。不敢辄下机，连宵停火烛。当须了租赋，岂暇恤襦袴。前知寒切骨，甘心肩骭露。里胥踔门限，叫骂嗔纳晚。安得织妇心，变作监官眼。③

诗中讲述织妇用心织绢，慢织细裁，又小心不被尘沙污染，官家却认为不合格，且粗暴地盖上油墨印文，随意践踏织妇耗尽心血的劳动成果。织妇只得典当衣物，重新买丝织绢以纳租赋。结尾处诗人说出织妇的无奈与挣扎，"安得织妇心，变作监官眼"，恨监官无眼，不识绢丝之好，眼中不见百姓的艰难，反而催税残民。聂夷中《伤田家》："我愿君王心，化作光明烛。不照绮罗筵，只照逃亡屋。"文同这首诗结尾"安得织妇心，变作监官眼"，模仿聂夷中的构思，语言更为简净，主旨愈加深刻。钱锺书先生曾说："白居易在《新乐府》的《缭绫》一首里，只慨叹人民'手疼'织成的绫罗给奢淫的皇帝拿去糟蹋浪费，他不知道绫罗在入

---

① （元）脱脱等：《宋史》卷一百二十八，北京：中华书局，1985年，第4233页。

② 文同（1018—1079），字与可，号笑笑先生，人称石室先生，梓州永泰（今四川盐亭东）人。

③ 傅璇琮等主编：《全宋诗》卷四三三，北京：北京大学出版社，1991年，第5313页。

宫进贡以前，已经替劳动者带来了文同这首诗所写的痛苦。"①言外之意，文同这首诗能写出白居易新乐府所未表现的深层一面。这首诗写得十分深切，同样的题材也出现在元祐时期郭祥正②《墨染丝》中。他在《墨染丝》中讲述蚕妇的遭遇，"缲丝自喜如霜白，输入官家吏嫌黑"③。丝白如霜，官吏却嫌丝黑并加盖墨印，只得"别买输官吏嗔迟"，所输丝却做夷狄与三军之衣。这两首诗都反映了北宋中期百姓疲于应对沉重赋税，加之租赋期限紧，执法官员的刁难又变相加重百姓的负担，但深层的矛头直指朝廷，当政者不恤民，采取屈辱的岁币政策，苛赋重敛，基层官员又不体恤、爱护百姓，逼迫柔弱的织妇发出"寄言夷狄与三军，汝得丰衣民苦辛"（郭祥正《墨染丝》）的抗议声。反映农业生产、农民生活的乐府诗如刘敞《田家行》，写稻贵黍贱，农夫空辛苦一年，丰年亦无法饱食，"去年岁荒食半菽，今年岁丰弥不足"④。当然也有表现百姓熙熙为乐、生活富足的诗篇，如王安石《元丰行示德逢》和《后元丰行》，述说元丰年间天下安乐、谷贱年丰的好年景。

当时徭役苛重，百姓为避徭役，竟然出现嫁老母的怪现象。如李觏⑤《哀老妇》讲述一儿孙满堂的老妇不得不六十而嫁，"自悼未亡人，暮年从二夫。寡时十八九，嫁时六十余"。并非子孙"不欲养"，原因是在于"徭役及下户，财尽无所输。异籍幸可免，嫁母乃良图"。目的是为了规避无法承担的徭役。但是诗人并未意识到造成"良田岁岁卖，存者唯莱汙。兄弟欲离散，母子因变渝"现状的根本原因，而是认为下层官吏欺瞒舞弊而致，"州县莫能察，诏旨成徒虚。而况赋役间，群小所同趋。奸欺至骨髓，公利未锱铢"。

宋代是中央高度集权的时期，国家的军权、政权、财权都最大限度

---

① 钱锺书：《宋诗选注》，北京：人民文学出版社，1989 年，第 37 页。
② 郭祥正（1035—1113），字功甫，当涂人，有"太白后身"之美誉。
③ 傅璇琮等主编：《全宋诗》卷七五四，北京：北京大学出版社，1991 年，第 8787 页。
④ 傅璇琮等主编：《全宋诗》卷七五四，北京：北京大学出版社，1991 年，第 5787 页。
⑤ 李觏（1009—1059），字泰伯，号盱江先生，建昌军南城（今江西抚州）人。

地集于一人，地方的各种赋税绝大多数上交中央，当政者通过各种专权集天下钱物于己身，与民争利，如酒由官府专卖。《宋史·食货志》记载宋榷酤之法："诸州城内皆置务酿酒，县、镇、乡、闾或许民酿而定其岁课，若有遗利，所在多请官酤。"①欧阳修于皇祐年间知颍州时所作《食糟民》就揭露了为官者饮酒、种田者反而食酒糟的不合理现象。

> 田家种糯官酿酒，榷利秋毫升与斗。酒沽得钱糟弃物，大屋经年堆欲朽。酒醅瀺灂如沸汤，东风来吹酒瓮香。累累罂与瓶，惟恐不得尝。官沽味浓村酒薄，日饮官酒诚可乐。不见田中种糯人，釜无糜粥度冬春。还来就官买糟食，官吏散糟以为德。嗟彼官吏者，其职称长民。衣食不蚕耕，所学义与仁。仁当养人义适宜，言可闻达力可施。上不能宽国之利，下不能饱尔之饥。我饮酒，尔食糟，尔虽不我责，我责何由逃。②

宋廷对待官吏和百姓的态度截然相反，"恩逮于百官者，惟恐其不足；财取于万民者，不留其有余"③。而百姓种地所获皆归官家酿酒，他们只得食糟充饥，为官者反以"散糟"为美德而居功。民种田，官酿酒，民食糟，官饮酒，诗人责问这种不合理的现象，斥责官吏不能养民利国。再比如朝廷所谓的宫市，最终也成为变相侵夺平民利益的手段，如梅尧臣《朝天行》讽刺朝廷的宫市夺民之利，且于民不便，"始时暴夺何纵横，有货昼日不敢行"④。

边塞问题也是宋人关注的焦点，宋廷盘剥边民百姓以重币赂敌的屈辱政策，导致边地经济衰败，百姓逃亡。如王安石的《河北民》：

---

① （元）脱脱等：《宋史》卷一百八十五，北京：中华书局，1985年，第4513页。

② 傅璇琮等主编：《全宋诗》卷二八五，北京：北京大学出版社，1991年，第3620页。

③ （清）赵翼著，曹光甫校点：《宋制禄之厚》，《廿二史札记》卷二十五，上海：上海古籍出版社，2011年，第473~474页。

④ 傅璇琮等主编：《全宋诗》卷二十，北京：北京大学出版社，1991年，第538页。

　　河北民，生近二边长苦辛。家家养子学耕织，输与官家事夷狄。今年大旱千里赤，州县仍催给河役。老小相携来就南，南人丰年自无食。悲愁白日天地昏，路旁过者无颜色。汝生不及贞观中，斗粟数钱无兵戎。

　　诗中讲述因为离战区近，边民需要负担更重赋税，即使灾年仍得不到宽恤。不独边民，全国各地都是丰年而无食，诗中采取了层层推进的方式，步步深入，将百姓的苦难表现得无以复加。长期战争，边地经济遭到破坏，"西边用兵地，暗惨无人耕"（鲁交①《经战地》）。而一些边将却玩寇以邀宠，文同《五原行》便一针见血地指出这种损害国家利益的做法，"自高声势叙边功，岁岁年年皆一同。将军玩寇五原上，朝廷不知但推赏"。还有一些诗表达了边民企盼安定的美好心愿，如嘉祐五年（1060）春，王安石奉敕伴送辽国使回国，《塞翁行》一诗传达出了边民希望能够长享不受辽兵侵扰的愿望，"胡儿壮马休南牧"。

　　其他新题乐府表现的内容还有诸如表现官吏贪虐，"害人不独在虎狼，臣请勿捕捕贪吏"（石介《读诏书》），不体恤百姓，"付与有失宜"（韩维②《哀传马》）；写宋代漕运的诸多弊端和给国家百姓带来的重负，"无奈尽取之，曾不留斗斛"（郑獬《汴河曲》）；反映巨大的贫富差距，如写民饥而食凫茨，官仓有粟米却颗粒不发，"仓中群鼠肥"（郑獬《采凫茨》），或贫民稚子寒而无衣，而"官家桑柘连四海"（郑獬《道旁稚子》），或"侯门深处还知否，百万流民在露天"（邵雍③《感雪吟》）；诉说民生凋敝，"转徙多空屋，荒榛有乱丘"（石介《宿村舍》）；揭示朝廷货币政策的弊端，"县官禁钱钱益轻，百姓无钱食不足"（刘敞《关西行》）。凡此

---

① 鲁交，字叔达，号三江，梓州（今四川三台）人。

② 韩维（1017—1098），字持国，颍昌（今河南许昌）人。

③ 邵雍（1011—1077），字尧夫，谥号康节，自号安乐先生、伊川翁，后人称百源先生。北宋哲学家、易学家，有内圣外王之誉。其先范阳（今河北涿县）人，少随父迁共城（今河南辉县）。

种种，不胜枚举。

从以上乐府诗中的内容可以看出，穿无衣、食无粟、居无庐，这是百姓生活的真实状态。统治者欲望无穷，赋税名目繁多，导致民不聊生，就如诗中所言"困窭不夕储，势若偷生为"（蔡襄《姑胥行》），"产业家家坏，诛求岁岁新"（王无咎①《集村行》）。对此诗人们也毫不客气地批判当政者，"平时不为备，执事彼何人"（王无咎《集村行》），不顾百姓生死，不为百姓长远谋划生计，不顾贫富差距，"朱户仍奢侈，柴门转窭贫"（王无咎《集村行》）。

3.1.2 关切时事弊政

中唐乐府诗中如杜甫《哀王孙》、白居易《时世妆》等，一题一事，针对某一具体的现实问题而发，仁宗时期的新题乐府创作也采用此法，针对某一具体的朝廷举措、政治事件、焦点问题等，文人会在诗中表达自己的政治观念，提出一些可操作的实施建议，为朝廷献策进言。有时也会毫不留情地指出朝廷政令的昏昧，抨击时弊。这类内容的乐府诗共有34首，其中古题乐府4首。欧阳修在《与黄校书论文章书》中说："见其弊而识其所以革之者，才识兼通，然后其文博辩而深切，中于时病而不为空言。盖见其弊，必见其所以弊之因，若贾生论秦之失，而推古养太子之礼，此可谓知其本矣。然近世应科目文辞，求若此者盖寡。"②这一时期表现时事朝政问题的新题乐府诗便体现出"中于时病而不为空言"的特点，创作主体对表达的对象有着切身的感受，选题和诗歌主旨能切近时弊，且所发表的谏言切实可行。

梅尧臣身为基层官员，有更多机会接触底层百姓，看到真实的社会生活。他的好友欧阳修在《梅圣俞墓志铭》中就谈道："圣俞为人仁厚乐

---

① 王无咎（1024—1069），字补之，南城县（今属江西抚州）人，曾巩的妹夫、王安石的学生。

② （宋）欧阳修著，洪本健校笺：《欧阳修诗文集校笺》，上海：上海古籍出版社，2009年，第1784页。

易，未尝忤于物，至其穷愁感愤，有所骂讥笑谑，一发于诗，然用以为欢，而不怨怼，可谓君子者也。"①梅尧臣这种激愤外露的情感在他新题乐府中表现得最为明显，如《田家语》《汝坟贫女》《彼鸳吟》。梅尧臣有17 首新题乐府，在他之前，从宋初到仁宗时期还没有人写作如此多的新题乐府，这些新题乐府无论数量还是质量在当时诗坛上都是很突出的。《田家语》《汝坟贫女》《甘陵乱》《朝天行》《力漕篇呈发运王司封宝臣》等新题乐府诗都反映了当时重要的社会事件、焦点问题。以具体作品为例：

> 谁道田家乐，春税秋未足，里胥扣我门，日夕苦煎促。盛夏流潦多，白水高于屋，水既害我菽，蝗又食我粟。前月诏书来，生齿复板录，三丁籍一壮，恶使操弓韣。州符今又严，老吏持鞭朴，搜索稚与艾，唯存跛无目。田间敢怨嗟，父子各悲哭，南亩焉可事，买箭卖牛犊。愁气变久雨，铛缶空无粥，盲跛不能耕，死亡在迟速。我闻诚所惭，徒尔叨君禄，却咏归去来，刈薪向深谷。（《田家语》）②

这首诗的创作动机与当时的重大时政有关。康定元年（1040）西夏战争威胁加重，这一年襄城水灾，军队调赴陕西，朝廷下令民间组织弓箭社自卫，老弱者也被征调，田园荒废。《续资治通鉴长编》记载康定元年六月："诏陕西、河北、河东、京东西等路，量州县户口，籍民为乡弓手、强壮，以备盗贼。"③梅尧臣当时知襄城县，属于京西路，目睹这一切。序中写明作诗时的背景及缘由："庚辰诏书，凡民三丁籍一，立校

---

① （宋）欧阳修著，洪本健校笺：《欧阳修诗文集校笺》，上海：上海古籍出版社，2009年，第 881 页。
② （宋）梅尧臣著，朱东润编校：《梅尧臣集编年校注》，上海：上海古籍出版社，1980年，第 164 页。
③ （宋）李焘：《续资治通鉴长编》卷一二七，北京：中华书局，2004 年，第 3020 页。

与长，号弓箭手，用备不虞。主司欲以多媚上，急责郡吏，郡吏畏不敢辨，遂以属县令。互搜民口，虽老幼不得免，上下愁怨，天雨淫淫，岂助圣上抚育之意耶！因录田家之言次为文，以俟采诗者云。"诗人代田家言生活之苦，水患蝗灾，籍丁之怨，生动细致地刻画了百姓遭受的种种不幸，"秋气变久雨，铛缶空无粥，盲跛不能耕，死亡在迟速"。诗人感情激愤，故而在表达时似乎不刻意造句用字，只是用大白话，脱口而出，脱去了其他诗歌中那种不动声色的冷静平淡，露出金刚怒目的一面，这在梅尧臣的诗歌中是少有的。《田家语》可以说是梅尧臣新题乐府的代表作，这首诗形式上囊括了新题乐府的所有元素——有明确的创作目的、时政题材、即事名篇、讽谕性，风格和内容如同杜甫的"三吏""三别"。

在诗人担任地方官时曾亲眼目睹了贫民的惨状，在诗歌中揭露了这些现实，秉笔直书，继承了杜甫、白居易新题乐府的传统。再如《汝坟贫女》也是诗人做知县的最后一年，大约康定元年时创作，在时间和内容上紧承《田家语》。诗歌原注："时再点弓手，老幼俱集，大雨甚寒，道死者百余人。自壤河至昆阳老牛陂，僵尸相继。"史书中也有相关记载康定元年九月："诏河北、河东路强壮，陕西、京东西路新置弓手……年二十系籍，六十免，取家人或它户代之。听私置弓弩。每岁十月后正月前，分番上州教阅，半月即遣归农。"①诗人代贫女言家人不幸，老父垂暮之年被强征丁，"督遣勿稽留，龙钟去携杖"，杜甫《垂老别》中的一幕再次重现。老父不幸在寒雨中冻死途中，贫女"弱质无以托，横尸无以葬。生女不如男，虽存何所当。拊膺呼苍天，生死将奈向"。贫女哭诉无门，薄命难保。这两首诗借底层小人物的命运揭露当时的边事实况，以小见大。

仁宗时期，西北边战吃紧，南方边境骚乱，不时爆发内乱。战争极具摧毁力，严重动摇一个国家政治经济的稳定，因此也是文人士大夫极

---

① （宋）李焘：《续资治通鉴长编》卷一二八，北京：中华书局，2004 年，第 3041 页。

其关注的话题。苏舜钦①的古体诗常有杂言，笔意纵横，风格老健，对时政较关注，忧民之心与梅尧臣相似。《庆州败》讲述西戎背盟寇边，庆州兵败的整个过程，描写我军败状细致入微：

> 无战王者师，有备军之志。天下承平数十年，此语虽存人所弃。今岁西戎背世盟，直随秋风寇边城。屠杀熟户烧障堡，十万驰骋山岳倾。国家防塞今有谁？官为承制乳臭儿。醋舴大嚼乃事业，何尝识会兵之机？符移火急搜卒乘，意谓就戮如缚尸。未成一军已出战，驱逐急使缘岭崄。马肥甲重士饱喘，虽有弓剑何所施。连颠自欲堕深谷，虏骑笑指声嘻嘻。一麾发伏雁行出，山下掩截成重围。我军免胄乞死所，承制面缚交涕洟。逡巡下令艺者全，争献小技歌且吹。其余剺首放之去，东走矢液皆淋漓。道无耳准若怪兽，不自愧耻犹生归！守者沮气陷者苦，尽由主将之所为。地机不见欲侥胜，羞辱中国堪伤悲。

诗人作此诗的主要目的是反思战败的原因，原因就在于朝廷沉醉在天下承平的表象，不知居安思危，边事未能做到有备无患，兵卒疏于习武，将军缺乏谋略，在指挥作战中不识时机，不会利用地理位置，这些因素加起来导致兵败。宋廷由于疏于防备而招致战乱的事件不止一例，如郭祥正《麟州叹》写边兵不防秋，不备戎狄，西戎敌兵突至，城外百姓不及入城而遭劫难，战血满郊原，讽刺边关将官缺乏谋略，"谩说知兵范仆射，未免君王西顾忧"，连范仲淹尚且不能完全消除君王的西顾忧，况汝辈乎。除了防御北戎、西夏，南方边境也不安宁。欧阳修《南獠》作于宝元元年(1038)，诗中借村叟之口详述南獠寇边之事，"自注"中还解释了当时寇乱的细节、事实，作者流露出对在寇乱中遭遇不幸的百姓的

---

① 苏舜钦(1008—1048)，字子美，祖籍梓州铜山(今四川中江)，曾祖时迁至开封(今属河南)。

同情，批评朝廷用人不当。诗歌词意恳切，催人肺腑。为了平叛蛮寇，朝廷调动北方军队南下，郑獬《戍邕州》讲述北方戍兵转战岭南，如蹈死地，不服水土，建议朝廷招募当地土人，让其习武护家。除了要备御边关，内乱也会陷民于水火，如《甘陵乱》便反映了仁宗庆历七年（1047）贝州骚乱的过程，兵乱城败，平民百姓在战乱中惨遭屠戮，"雷声三日屋瓦摧，杀人不问婴与孩"。诗人在描写战事惨烈之余，质疑朝廷军队指挥问题。

仁宗时期自然灾害频发，如仁宗天圣四年（1026）"京师大水，败民庐舍，河渠暴溢，几冒城郭"①，水患蝗灾，不时威胁着黎民百姓的生存。欧阳修《答朱寀捕蝗诗》写于庆历二年（1042），针对当时蝗灾泛滥，朝廷举措应对不当，欧阳修认为尽力驱捕蝗虫也比彻底放弃强，"驱虽不尽胜养患"，提出捕蝗应究其根本，防微杜渐。"祸当早绝防其微。蝇头出土不急捕，羽翼已就功难施。"诗中有深刻的议论。"蝗灾食苗民自苦，吏虐民苗皆被之"，认为当今立法过于严峻，官吏畏惩罚而隐瞒，"不如宽法择良令，告蝗不隐捕以时"。蔡襄《鄞阳行》讲述因水患而导致谷贵，百姓无以烹，转徙流离。"殍亡与疫死，颠倒投官坑。坑满弃道旁，腐肉犬豕争。""麦熟有几何，人稀麦应足。纵得新麦尝，悲哉旧亲属。"百姓饥病之状，写得细致深切，感人肺腑。

这个时期反映现实问题的新题乐府诗比例增大，而且文人喜欢用新题来写此类内容，在表现社会问题和时政题材的 71 首乐府诗中，只有 6 首采用古题。可以看出这几首新题乐府都践行了中唐杜甫、白居易的创作实践和理论主张，符合中唐新题乐府的标准。这与创作者关注文学作品的社会功利价值有关，是诗教观在乐府诗创作中的表现，并非如中唐文人那样针对乐府诗而阐发理论。如石介是北宋诗文革新运动中的一员，他对国计民生极为关切，干预政事，明辨是非，诗歌多表现此类题材内容，为事而发，有时会以诗为谏，有意忽视作品的文学价值。这种

---

① （宋）李焘：《续资治通鉴长编》卷一百五，北京：中华书局，2004 年，第 2448 页。

态度在他的新题乐府中表现得十分突出，石介现存的四首新题乐府篇篇
为事而发，题材内容与国计民生有关，敢于抨击执政。与一般抨击时事
弊政的诗歌不同，这些新题乐府不仅仅是描述现象、反映问题，更难得
的是诗中触及了问题的根本原因所在，能够提出切实可行的建议、举
措，"开口揽时事，论议争煌煌"①，识见高超，析理透辟。

3.2　古题乐府的沿袭与新变

这一时期的拟古乐府除了继续沿袭古乐府的题意、构思等，另有一
部分拟作以全新的角度赋予古题新的内涵，这部分拟作占古题乐府的三
分之一，有 48 首，艺术成就也最高，并且能够做到"寓意古题，刺美见
事"。

3.2.1　全面借鉴前代乐府诗

在拟作古题时，仁宗时期的文人是从多方面借鉴古乐府的，历代的
乐章歌辞都在他们的模仿、参照范围之内，且从题材内容到艺术形式等
方方面面都被吸收进来。宋人会袭用古辞原意，或者借鉴同一诗题下历
代拟作的内容，有时甚至直接套用古辞的结构、叙述模式，化用古辞语
汇、意象。

一种情况是诗人有着强烈的崇古意识，拟作汉魏古题时，特别跨越
了古辞之后的历代拟作，在题意上直追各个曲调创制之初的歌辞本事本
义。这类创作最能体现宋人对古乐府的推崇，从中也可看出文人对拟古
乐府的创作态度，这种创作方式的弊端在于会导致拟古乐府诗缺乏新
意，只是对前人亦步亦趋而已。

宋祁②的《拟东武曲二首》，直接模仿前人乐府的谋篇构思和题材内

---

① （宋）欧阳修著，洪本健校笺：《镇阳读书》，《欧阳修诗文集校笺》，上海：上海古籍
出版社，2009 年，第 57 页。

② 宋祁（998—1061），字子京，开封雍丘（今河南杞县）人，后徙安州安陆（今属湖北）。

容，缺乏新意。

> 主人且勿喧，贱子歌一言：仆本寒乡士，出身蒙汉恩。始随张校尉，召募到河源；后逐李轻车，追虏出塞垣。密途亘万里，宁岁犹七奔。肌力尽鞍甲，心思历凉温。将军既下世，部曲亦罕存。时事一朝异，孤绩谁复论？少壮辞家去，穷老还入门。腰镰刈葵藿，倚杖牧鸡豚。昔如鞲上鹰，今似槛中猿。徒结千载恨，空负百年怨。弃席思君幄，疲马恋君轩。愿垂晋主惠，不愧田子魂。(鲍照《代东武吟》)①

> 我家世世山西士，二十期门从天子。始随骠骑破祁连，晚逐楼船下牂水。汉北雾雾飞雪暗，海中跕跕翔鸢坠。归来武库祭蚩尤，得从甘泉参豹尾。何意一朝兵后期，簿责侵诬属军吏。黄金纳赎为庶人，白首还家事田里。结发从军七十战，利镞金痍犹可记。龙钟虽入玉关门，止呵还遇灞陵尉。不及金张藉旧勋，七叶华貂长富贵。(宋祁《拟东武曲二首》其二)②

郭茂倩《乐府诗集·相和歌辞》收录《东武吟行》，其解题引《古今乐录》："王僧虔《技录》有《东武吟行》，今不歌。"③并引左思《齐都赋》注："《东武》《泰山》，皆齐之土风，弦歌讴吟之曲名也。"④鲍照《东武吟行》讲述一寒士年少时奔波于边塞，老来无功还家，穷困艰难，首句"主人且勿喧，贱子歌一言"，都说明《东武吟行》本为曲名。宋祁《拟东武曲二首》题目与古题相似，两首诗都是边塞题材，第二首的构思直接模仿鲍照《东武吟行》，讲述山西士子少年从军边塞，追逐奔波，白首获罪归田

---

① (南朝)鲍照著，丁福林、丛玲玲校注：《鲍照集校注》卷四一，北京：中华书局，2012年，第122页。
② 傅璇琮等主编：《全宋诗》卷二〇六，北京：北京大学出版社，1991年，第2357页。
③ (宋)郭茂倩：《乐府诗集》，北京：中华书局，1979年，第608页。
④ (宋)郭茂倩：《乐府诗集》，北京：中华书局，1979年，第608页。

里，时移事异、衰荣难料，正如郭茂倩在《东武吟行》的题解中引用《乐府解题》的解释："鲍照云'主人且勿喧'……伤时移事异，荣华徂谢也。"①宋祁之作主旨与鲍照作品相同。

文同乐府诗几乎都为古题，多拟作相和歌辞、杂曲歌辞、鼓吹曲辞、横吹曲辞中的古题，内容上模拟古辞，直追古辞本义，有的直接围绕本事来写。如古题《走马引》：

> 群蹄踏空山，半夜若风雨。平明即其地，已复天上去。惟予迫大义，盍免以名捕。蟠蜗入寒壳，此岂谓安处。脱身入浩渺，固有神物护。礼谓不戴天，天知天亦许。

一曰《天马引》，崔豹《古今注》曰："《走马引》，樗里牧恭所作也。为父报怨，杀人而亡，匿于山之下。有天马夜降，围其室而鸣，觉闻其声，以为追吏，奔而亡去。明旦视之，乃天马迹也。因惕然大悟曰：'岂吾所处之将危乎?'遂荷粮而逃，入于沂泽中，援琴而鼓之，为天马之声，故曰《走马引》也。"②最初的古曲已散亡，古曲是否有相应的辞已不可知，现存最早的拟作是南朝梁张率的作品，张率诗从本事中的天马展开想象，主要的笔墨用来形容马之神骏，"倏忽而千里，光景不及移"，李贺拟作无关乎本事，描写一持剑走马客，徒有剑术而不知自省。文同拟作能够围绕本事来写，而且情节内容几乎可以说是照搬古辞本事。另一首《野田黄雀行》，文同拟作讲述宾主饮酒为乐，"劝君剧饮莫自诉"，表达要及时行乐的意思，再来看古辞本事本义："晋乐奏东阿王'置酒高殿上'，始言丰膳乐饮，盛宾主之献酬。中言欢极而悲，嗟盛时不再。终言归于知命而无忧也。"③后人拟作多围绕黄雀被网罗来写，而文同拟作的意思与最初的古辞相同。再如《苦寒行》《巫山高》《秦王卷

---

① （宋）郭茂倩：《乐府诗集》，北京：中华书局，1979 年，第 608 页。
② （宋）郭茂倩：《乐府诗集》卷五十八，北京：中华书局，1979 年，第 847 页。
③ （宋）郭茂倩：《乐府诗集》卷三十九，北京：中华书局，1979 年，第 570 页。

衣》《东门行》等数诗，内容直追古辞，主题与古辞本义接近，《东门行》甚至直接重复古乐府的情节内容。

张载①曾作《古乐府》九首，他在诗序中说："观汉魏而下有名正而意调卒卑者，尝革旧辞而追正题意。"根据张载这些诗歌的内容可以判断，这里的"革旧辞"并非指要在题旨内容上有所突破、新变，而是后人在拟作汉魏古题时常常注入新的内容，脱离古辞本义，这些作品属于"旧辞"，是被张载称作"意调卒卑者"，他的写作宗旨便是要抛弃这种做法，重新追溯古辞本事本义。如《鸡鸣》一题，古辞言桃伤而李仆，喻兄弟当相为表里。张载诗作以鸡鸣起兴，写兄弟关系，表明兄弟之间当相互扶持，共荣辱。除了题意内容因袭古辞，张载还化用古辞句式，如诗中"黄金门，白玉堂……桃伤李僵，尔如或忘"②，便是化用古辞诗句"黄金为君门，璧玉为轩堂。……李树代桃僵。树木身相代，兄弟还相忘"③。此外，古辞《日重光》赞汉明帝之德，光明如日，规轮如月；《度关山》言"人君当自勤苦，省方黜陟，省刑薄赋也"；《鞠歌行》抒发"不遇知己，终不见重"④的心志，张载的拟作桴鼓相应、如出一辙。之所以如此拟作古乐府，与张载追正古乐府本义的乐府诗观有关，但更重要的是张载有着比他人更为强烈的复古崇雅思想。看其《古乐府》9首中的另外几首，如《短歌行》不言时光短暂，拟作仅围绕题目展开，风格近乎汉郊庙歌辞，内容大约是祝颂安康，邦国万年。《燕歌行》风格类似诗经，叹息小雅废而不存，内容与前人作品及题目无任何联系。这两首拟作很明显地将内容雅正化，而不考虑拟作是否与古题本事本义相合。

另外一种情况是宋人不局限于模仿最原初的古辞本事本义，包括南朝、唐人的拟作都成为他们效仿、参考的对象，姑且称为"杂糅式"的做法。这种做法的成果典范是李白的古题乐府，李白将汉魏以来的乐府古

---

① 张载（1020—1078），字子厚，大梁（今河南开封）人。
② 傅璇琮等主编：《全宋诗》卷五一七，北京：北京大学出版社，1991年，第6284页。
③ （宋）郭茂倩：《乐府诗集》卷二十八，北京：中华书局，1979年，第406页。
④ （宋）郭茂倩：《乐府诗集》卷三十三，北京：中华书局，1979年，第494页。

辞纳入拟作视野，而且对魏晋以来文人拟乐府的各种创作方式都予以借鉴、融合，从而使之成为乐府诗创作的集大成者。

受乐府诗传统的影响，一些文人在拟作古题乐府时构思造境难免落入前人窠臼。如梅尧臣拟作汉魏古题时，作品的题旨、立意方面更多追步唐人拟作，而不是追溯古辞本事本义，如《妾薄命》：

> 昔是波底沙，今为陌上尘，曾闻清泠混金屑，谁谓飘扬逐路人。悠悠万物难自保，朝看秾华暮衰老，须知铅黛不足论，何必芳心竞春草。草有再三荣，颜无一定好，曩恩宁重持，徒能乱怀抱。①

《乐府解题》曰："《妾薄命》，曹植云：'日月既逝西藏。'盖恨燕私之欢不久。梁简文帝云：'名都多丽质。'伤良人不返，王嫱远聘，卢姬嫁迟也。"②关于这个乐府古题，后世拟作或代征妇言思戍卒之愁苦，如张籍的"薄命妇，良家子，无事从军去万里"③，或伤女子遭弃、君恩难久恃，如李白的"以色事他人，能得几时好"④，卢弼"君恩已断尽成空，追想娇欢恨莫穷"⑤。梅尧臣拟作时围绕题面意思展开，与唐人的拟作有相通之处，以代言的方式表达女子容颜易逝、恩情难久恃的悲情，在题意和构思方面都没有新意。文彦博⑥在《巫山高》中写道："巫山高不极，高与碧穹齐。朝云常霭霭，暮雨复凄凄。仿佛闻珠佩，依稀认绣袿。无能留彼美，徒使梦魂迷。"围绕巫山之高、高唐神女的传说展开想象，无复古辞言临水远望思归之意，反倒与南朝和唐人拟作相似。文彦博拟古题乐府在内容上缺新意，多遵循古辞原意原貌，较少表现个人情怀、民

---

① （宋）梅尧臣著，朱东润编校：《梅尧臣集编年校注》，上海：上海古籍出版社，1980年，第 10 页。

② （宋）郭茂倩：《乐府诗集》，北京：中华书局，1979 年，第 902 页。

③ （宋）郭茂倩：《乐府诗集》，北京：中华书局，1979 年，第 906 页。

④ （宋）郭茂倩：《乐府诗集》，北京：中华书局，1979 年，第 906 页。

⑤ （宋）郭茂倩：《乐府诗集》，北京：中华书局，1979 年，第 907 页。

⑥ 文彦博(1006—1097)，字宽夫，汾州介休（今属山西）人。

生时政的乐府诗，艺术上也无多大创新。《关山月》本是"伤离别"①的曲题，南朝及唐人拟作进一步丰富古题的内涵，引申出边关孤月、厌战思归的内容，"相思在万里，明月正孤悬"（卢照邻），"戍客望边邑，思归多苦颜"（李白）。文彦博同样写"宕子久行役，辽西戍未还"，闺人因"相思不相见"而"清泪浥朱颜"，融合了南朝以后该古题所积淀的情感内涵。

这个时期的乐府诗出现了一个非常有趣的现象，诗人专门创作乐府诗时，多选择古题拟作，反而新题较少，换句话说，文人在别集中将乐府诗单独编录或明确标明是乐府诗的情况下，这些乐府诗通常都是古题，如文同《丹渊集》卷二标明为"乐府杂咏"，其中 34 首乐府诗，作品从《秦王卷衣》到《骢马》，都为古题，多相和歌辞、杂曲、鼓吹、横吹曲辞，而像《五原行》等近 10 首新题乐府都归入"诗"类。再有文彦博《乐府十首》，张载《古乐府》9 首都是古题。这表明宋初文人对乐府诗创作的看法至此仍有留存，标举古乐府，以古乐府为正宗，在创作中因循古辞古义，这种观念包括创作实践在宋代的不同时期都曾出现过。

3.2.2 赋题与写实相结合

吴兢在《乐府古题要解》中反对南朝文人以赋题的方式拟作乐府诗，所谓赋题法，钱志熙先生定义为："严格地由题面着笔，按着题面所提示的内容倾向运思庀材。"②即指诗人在创作乐府诗时仅赋咏题面，无关乎旧辞本义。如沈约《芳树》："发粤九华隰，开跗寒路侧。氤氲非一香，参差多异色。宿昔寒飚举，摧残不可识。霜雪交横至，对之长叹息。"③

---

① （宋）郭茂倩：《乐府诗集》，北京：中华书局，1979 年，第 334 页。
② 钱志熙：《齐梁拟乐府诗赋题法初探——兼论乐府诗写作方法之流变》，载《北京大学学报》（哲学社会科学版）1995 年第 4 期。
③ （宋）郭茂倩：《乐府诗集》，北京：中华书局，1979 年，第 247 页。

简直就是一首咏物诗，真可谓"巧言切状，如印之印泥"①。这是南朝诗坛贵形似、重体物的审美风尚在文人乐府诗中的表现。唐代文人拟古乐府中也出现了这种创作方式，如李白《蜀道难》、李贺《艾如张》等。

仁宗时期，文人拟古题乐府有时会抛弃古辞本来的题旨，而只是关注题目，围绕题面意思展开联想，生发出新的内容，解题角度新颖，但也不同于齐梁文人的赋题法，齐梁文人采用按题取义的方式拟古乐府，只是用来写景、用事、体物，而宋人在缘题抒写的过程中注入了诗人真切的情感体验，是亲身经历、真实情感的表达，拟作的主旨内容都发生了变化。如果从文学创作的动机讲，创作主体受到外界事物、情感的触发，产生了创作欲望，所要表达的内容情感恰与某个古题相合，便会借题表意。从这类古题乐府的拟作中可以看出宋人创作乐府诗是具有一定程度的创新意识的，能够做到不蹈武前贤或效法同辈。

魏武帝曾作《苦寒行》，备言太行冰雪溪谷之苦，刘敞和司马光亲身经历过宦途中的种种艰辛与寒酷，所以二人的拟作均围绕"苦寒"二字展开，但与古辞的主题无关，用以表述个体的生命体验。刘敞的《苦寒行》专写诗人亲身体验边地的苦寒，"况我被甲铠，寝迟常起早"，细节化的描写凸显了天气寒冷的程度，因而萌发了厌弃功名、思亲盼归的想法，"人生各有命，岂惮事退讨"，这些感触都不是泛泛而谈，体验深切。司马光《苦寒行》也是根据诗人所历所感而写，作者为宦而携家北上太行岭，路途险恶，"穷冬北上太行岭，霰雪纠结风峥嵘。熊潜豹伏飞鸟绝，一径仅可通人行。僮饥马羸石磴滑，战栗流汗皆成冰。妻愁儿号强相逐，万险历尽方到并"。并州气候寒烈，"跨鞍揽辔趋上府，发拳须磔指欲零。炭炉炙砚汤涉笔，重复画字终能成。谁言醇醪能独产，壶腹迸裂无由倾。石脂装火近不热，蓬勃气入头颅腥"诗人不畏艰险来此地，只为报君恩，不为荣利，自身苦寒之余，还惦念北部边地百姓的生存状

---

① （南朝）刘勰著，黄叔琳等注：《物色》，《文心雕龙校注》，北京：中华书局，2012 年，第 564 页。

况，"传闻此北更寒极，不知彼民何以生"。这两首《苦寒行》的主旨异于前人拟作，无关乎从军行役苦寒等。再如刘敞《君子行》专写君子的言行准则，认为君子贵言行自然，不为时俗所趋。可以假设诗人的创作过程是有所感、有所见，想要书之笔端，古题《苦寒行》恰巧题面意思与诗歌内容相关，便拿来一用，所以这类诗仅仅是与古题题面意思有关联，既赋写题面意思，又寓以现实的生活体验，并且题面与诗歌内容相合。

古乐府曲题与内容有时也存在不相对应的情况，曲题无关乎主旨内容，这与乐府诗本为配乐之辞有关。人们有时将曲名作为脱离音乐后歌辞之名，有时为了便捷，直接以首句为题名，这在有音乐渊源的文学中不乏其例。拟作这样的乐府古题，尤其能见出创作者是否在赋咏题面。古题《猛虎行》的最初古辞与后世拟作有时只是以猛虎来起兴，猛虎并非表现重点，甚至诗中只字未提猛虎，如陆机拟作所要表达的是："言从远役，犹耿介，不以艰险改节也。"[1]梅尧臣拟作如下：

> 山木暮苍苍，风凄茅叶黄，有虎始离穴，熊罴安敢当。掉尾为旗纛，磨牙为剑铓，猛气吞赤豹，雄威蹑封狼。不贪犬与豕，不窥藩与墙，当途食人肉，所获乃堂堂。食人既我分，安得为不祥，麋鹿岂非命，其类宁不伤。满野设罝网，竞以充圆方，而欲我无杀，奈何饥馁肠。[2]

诗歌开篇渲染了猛虎离穴的威猛气势，以其他猛兽避让、当途食人的嚣张气焰写尽了虎之"猛"，可以说诗人完全是从题面的含义指向着笔。末尾处还为猛虎设词代言："食人既我分，安得为不祥""而欲我无杀，奈何饥馁肠"，虎为自己辩解，吃人乃出于天性，人类伤害麋鹿却不觉残忍，反而来指责"我"杀生。整首诗都是围绕猛虎的行动、言语来

---

① （宋）郭茂倩：《乐府诗集》，北京：中华书局，1979年，第463页。

② （宋）梅尧臣著，朱东润编校：《梅尧臣集编年校注》，上海：上海古籍出版社，1980年，第96页。

构思，但诗人不是单单在咏写猛虎，而是借猛虎食人暗讽吕夷简之辈的邪恶势力诬陷范仲淹等忠直大臣。这些拟古题乐府诗同样做到了赋题与写实的结合。

从作品产生的过程来分析，作者先有"诗意"贯穿于胸，在构思过程中，再拈一题面意思与此"诗意"相契合的古题，冠为诗题，有时诗序会点明这一创作过程。刘敞《东门行》序中称："时薄不恤贤士，士欲远逝，犹顾念旧国。"①

> 拂衣趋长道，抚剑独叹息。并岁不易衣，期旦曾一食。悠悠风俗薄，顾我若异域。积金要能笑，弹铗轻下客。岂辞蓬蒿居，未与尘世隔。黄鹄非池禽，东南举六翮。出门尚徘徊，悲鸣念旧国。何日复来还，为君涕沾臆。

时俗浮薄，贤士不被世人所接纳，虽欲离开旧土却又眷恋难舍。这位贤士有着屈原的情怀，对故土饱含深情，出门徘徊不忍离去。古辞中不安其居的贫士与刘敞所写的贤士都有拔剑出门的情节，所以借古题一用。与古辞相比，诗中人物由"出东门，不顾归""白发时下难久居"的贫民变成贤士，由决绝出门的态度变为眷顾留恋，主题由反映贫民的悲惨境遇转为士人不遇于时。诗歌语言质朴而意深，有汉魏古诗之风。

诗人拟作古题时能从新的角度解读古题，融入新的内涵，与诗人自觉的诗歌主张有关。梅尧臣曾言："诗家虽率意而造语亦难。若意新语工，得前人所未道者，斯为善也。"②他在诗歌创作中自觉追求"意新语工"，立意构思不落前人窠臼。如梅尧臣《行路难》专说"行路难"，不是"备言世路艰难及离别悲伤之意"③，却是写因为无钱出门而导致寸步难

---

① 傅璇琮等主编：《全宋诗》卷四七二，北京：北京大学出版社，1991年，第5713页。
② （宋）欧阳修、释惠洪著，黄进德批注：《六一诗话·冷斋夜话》，南京：凤凰出版社，2009年，第6页。
③ （宋）郭茂倩：《乐府诗集》卷七十，北京：中华书局，1979年，第997页。

行。拟作之构思立意方面有创新之处，但总的来说还是与古题有关联的，多由古题字面意思展开联想，但也不同于齐梁文人的赋题法。诗人在古题这个旧瓶内装入新的题材内容，并深化主旨，不流于肤浅的光景物色的描述，所以区别于南朝文人拟古乐府中的赋题之法。

3.3 小结

用乐府诗表现民生的内容，有时是自然的、普遍的，不是刻意为之，是乐府这类诗的传统形成的，所以要区别开那些发自肺腑地关心民瘼的乐府诗与泛泛谈民生的乐府诗。仁宗时期的反映生民疾苦和时事政治题材的乐府诗基本上都属于前者，并且绝大多数都出现在新题乐府中，这些哀切民生的乐府新辞占据了同期乐府诗的22%。宋代文人普遍关注国家社会问题，尤其科举人数不断增加，"国朝自太平兴国以来，以科举罗天下士，士之策名前列者，或不十年而至公辅。……盖为士者知其身必达，故自爱重而不肯为非，天下公望亦以鼎贵期之，故相与爱惜成就，以待其用"①。他们高自期许，自重自爱，"循默苟且"的士风开始改变，对时事的关注度提高，表现这类题材的乐府诗增多。拟古乐府则部分延续了宋初古题乐府的摹拟之风，多向古乐府中讨内容，说明以古题乐府为乐府正宗的观念仍有留存，如梅尧臣的部分拟古乐府便缺乏新意，像他这样的诗坛大家都在所难免，可见古乐府的传统影响力有多么深入。但古题新意的拟古类型出现了快速增长的趋势，或者在古乐府题材内容的基础上生发新意，或者借古题表达己意，恰如释契嵩论李白乐府："作《蜀道难》以刺诸侯之强横；作《梁甫吟》，伤怀忠而不见用；作《天马歌》，哀弃贤才而不录其功；作《行路难》，恶谗而不得尽其臣节；作《猛虎行》，愤胡虏乱夏而思安王室；作《阳春歌》以诫淫乐不节；作《乌栖曲》以刺好色不好德；作《战城南》以刺穷兵不休，如此者不

---

① （宋）洪迈：《容斋随笔》卷九，上海：上海古籍出版社，1978年，第119页。

可悉说。"①诗人们以其高超的诗歌艺术写乐府诗，在古题古辞的"束缚"下伸展拳脚，如同"戴着镣铐跳舞"。这源于仁宗时期涌现了不少两宋诗坛的名家，如梅尧臣、欧阳修、王安石等，因其有着较高的诗歌造诣，即使偶作乐府诗，也能显现出大手笔。

　　这个时期没有出现如中唐新乐府那样有明确理论指导的群体创作，也缺乏白居易这样的标志性诗人。但有意为乐府的意识时有闪现，除了摹写古题、自制新题作乐府诗，个别诗人如文同、刘敞有意识地发掘古题，如《殿前生桂树》《乌生八九子》《芳树》《煌煌京洛行》等古题，前代很少有拟作，宋代也少有人写。在创作实践中，文同、张载、文彦博刻意追溯古辞本事本义。再如根据史传中的旧事、旧曲补作乐府诗，王令创作了多首以"操"为题的乐府诗，如《於忽操》序言："刘表见庞公，庞公以歌拒之。"《辞粟操》序言："子列子辞郑子阳粟，归而作是操。"《陬操》序言："孔子去赵作。"很明显，根据诗序所交代的创作背景及内容，王令这些乐府诗是补作有曲无辞者。文同《殿前生桂树》便是补作汉曲有曲无辞者，"汉曲五篇：一曰《关东有贤女》，二曰《章和二年中》，三曰《乐久长》，四曰《四方皇》，五曰《殿前生桂树》，并章帝造"②。古曲无辞，前人只有唐代陈陶有同题乐府诗。还有编录作品集时，有规律性地编排乐府诗，种种迹象都表明仁宗时期文人对乐府诗的关注度要高于宋初。

---

① （宋）释契嵩著，林仲湘、邱小毛校注：《镡津文集校注》，成都：巴蜀书社，2014 年，第 311 页。

② （宋）郭茂倩：《乐府诗集》卷五十三，北京：中华书局，1979 年，第 772 页。

第4章　元祐时期乐府诗创作

本书所说的元祐时期指神宗熙宁元年（1068）至徽宗大观四年（1110）。宋诗的独特风貌形成于北宋后期即所谓的元祐时期，元祐诗坛是北宋诗歌的鼎盛时期，其中一些重要诗人的乐府诗也是非常突出的，所以本书仍沿用这一说法。张耒于政和四年（1114）去世，在此之前，苏轼、郭祥正、黄庭坚、吕南公①这些乐府诗创作较为突出的诗人均已谢世，所以本书所说的元祐时期止于徽宗大观四年。这一时期乐府诗的基本创作情况如表4-1所示：

表4-1

拟作乐府类别	作品数量（首）
古题乐府	116
宋人衍变古题而作的乐府	7
近代曲辞	48
唐代新题乐府	5
宋代新题乐府	223
合计	399

---

① 吕南公（1047—1086），字次儒，建昌南城（今属江西）人。

这一时期 51 位乐府诗人的近四百首乐府诗中，新题乐府 228 首，古题乐府 123 首。与仁宗时期乐府诗的创作情况相比，元祐诗坛拟作唐代乐府新题的数量明显下降，宋人自拟新题所占的比重进一步增大，约一半的拟古乐府在内容题旨方面有新变。

与仁宗时期比较，反映现实问题的乐府诗比例下降，由 22% 降到 17%，以新题乐府为例，涉及民生时政内容的新题乐府占全部新题乐府的比例由 41% 降为 25%，相应的表现人生哲理和个体生命情怀的新题乐府诗在增多。元祐时期同仁宗时期一样，时政民生题材主要通过自拟新题来写。这一时期乐府诗创作较多的诗人诸如张耒（91 首）、郭祥正（43 首）、苏轼（39 首，其中 5 首古题）、黄庭坚（34 首）、吕南公（17 首）、贺铸（16 首）、张舜民①（14 首）、陈师道（10 首）等。

4.1　新题乐府多种题材同时并重

这一时期的乐府诗题材丰富多样，表现的对象有文士、游子、歌妓、戍妇、劳工、老农、樵夫等。一方面沿用古乐府中常见题材内容，如讲述女性命运情感（苏轼《薄命佳人》《四时词四首》、孙次翁《娇娘行》）、送别（苏轼《古别离送苏伯固》）、咏史（孔平仲《奉天行》）、游仙（张商英《凌云行》《步虚词》）、赠寄（黄庭坚《古豪侠行赠魏邻几》《拟古乐府长相思寄黄几复》）、男女之情（刘弇《桃叶行》）等，另一方面也出现了新的表现对象，如表现随军负责运输粮草的丁夫命运（李复《兵馈行》）、被囚禁在笼中的老鹰（张耒《笼鹰词》）。在新题乐府诗中，最突出的是有关时政民生、个体体验和人生哲理的内容。

4.1.1　社会问题

北宋中后期各种社会矛盾激化，内忧外患困扰着宋廷。边患频仍，

---

① 张舜民，字芸叟，自号浮休居士，长安（今陕西西安）人，英宗治平二年（1065）进士，刚直敢言。

岁币繁重，军费紧张，如《续资治通鉴长编》记载："熙宁四年（1071），转运司又请借常平、广惠仓钱十万缗，助籴军粮。从之。"①另一条，"诏河东军费不足，共令三司借内藏库银二十万两付本路"②。军事战争较量的背后其实是金钱的较量，为应对冗官冗兵的巨大财政支出，神宗时期提出变法，由于变法过于峻急，一些法令在地方执行时，改变了朝廷的初衷，反而成为残民的弊政。如青苗法、助役法的弊端极为明显，对百姓的损害也极大，实际上与民争利，故而颇受争议。熙宁三年（1070），范缜乞致仕时上书言："至于言青苗，则曰有见效者，岂非岁得缗钱数十百万？缗钱数十百万，非出于天，非出于地，非出于建议者之家，一出于民。"③熙宁四年（1071），御史中丞杨绘言："非不知助役之法乃陛下闵差役之不均，欲平一之，使民宅于大均之域，或有羡余，即以待水旱之岁，免取于民，此虽尧、舜之用心何以臻此。然闻干其任者，惟务敛之多而行之峻，致天下不尽晓朝廷之意，将以为率其剩者而官取之。"④苏轼认为当政者更要警惕国内的矛盾："当今之患，外之可畏者，西戎、北狄，而内之可畏者，天子之民也。西戎、北狄，不足以为中国之大忧，而其动也，有以召内之祸。内之民实执其存亡之权，而不能独起，其发也必将待外之变。"⑤由此而引起的连锁反应的末端无疑是平民百姓，他们不得不承担起所有的重负。百姓的日常生活就如郭祥正《前春雪》中所描述："民间已乏食，租税仍未足。县令欲逃责，催科峻鞭扑。"⑥

用新题、新词表现现实问题，相较"寓意古题，刺美见事"的创作方

① （宋）李焘：《续资治通鉴长编》卷二百十九，北京：中华书局，2004年，第5323页。
② （宋）李焘：《续资治通鉴长编》卷二百十九，北京：中华书局，2004年，第5330页。
③ （宋）李焘：《续资治通鉴长编》卷二百十六，北京：中华书局，2004年，第5264页。
④ （宋）李焘：《续资治通鉴长编》卷二百二十三，北京：中华书局，2004年，第5421页。
⑤ （宋）苏轼著，孔凡礼点校：《策断》，《苏轼文集》，北京：中华书局，1986年，第281页。
⑥ （宋）郭祥正：《青山集》卷十七，清文渊阁四库全书本。

式，更为直接、显明，针对性也强，可以起到立竿见影的效果，所以文人直接"即事名篇"，就事论事，这是对中唐元白等人的新乐府创作及理论的肯定。郭茂倩的《乐府诗集》编于元祐以后，书中明确阐释"新乐府"，并收录大量唐人新乐府，同时张耒别集中单列"古乐府歌辞"一类，且以新题居多，这些都可以印证这一时期文人对新题乐府创作的认同。元祐时期反映时政民瘼的乐府诗有 66 首，其中新题乐府便占了 56 首，并且有关民生题材的诗篇更多一些。

苏轼因其极高的文学造诣，所以写起乐府诗来也一样才气横溢，"才思横溢，触处生春，胸中书卷繁富，又足以供其左旋右抽，无不如志"①，如《续丽人行》以其丰富的想象力与才学将诗、画、古题三者巧妙结合，体现出苏轼文学创作中融会贯通的特点。苏轼乐府诗虽然数量上不及张耒，但其乐府诗创作水平在张耒之上。苏轼最为人称道的两首新题乐府《吴中田妇叹》与《荔枝叹》，可以说与杜甫的新题乐府一脉相承。杜甫的《兵车行》等新题乐府毫不留情地批判现实，忧国忧民的情怀令人动容。苏轼的《吴中田妇叹》更具有批判力，他要告诉世人天灾是可怕的，但人祸甚于天灾，天灾只是一时、一年让百姓遭殃，弊政却是长期侵夺民生。经历了种种磨难的苏轼，晚年还能吐出"吾君所乏岂此物？致养口体何陋耶"（《荔枝叹》）这样的怒语，可见其秉性坦率刚直，更可一窥诗人那颗爱民之心。由此可见，苏轼这两首新题乐府的创作精神和流露出的情怀与杜甫新题乐府是一致的。此外，《荔枝叹》构思谋篇有杜法，"貌不袭杜，而神似之。出没开合，纯乎杜法"②。杜甫《病橘》："忆昔南海使，奔腾献荔枝。百马死山谷，到今耆旧悲。"与苏轼这首诗开篇四句的影射之意非常相似。苏轼博学多才，化用杜甫诗句时信手拈来，浑然天成。如田妇控诉天灾害人："眼枯泪尽雨不尽"，这句诗巧妙

---

① （清）赵翼著，江守义、李成玉校注：《瓯北诗话校注》，北京：人民文学出版社，2013年，第 168 页。

② （清）王文浩辑注、孔凡礼点校：《苏轼诗集》，北京：中华书局，1982 年，第 2126页。

地化用杜甫《新安吏》中"莫自使眼枯，收汝泪纵横；眼枯即见骨，天地终无情"，却更为精炼，贴合诗意。

李白、杜甫、白居易可以说是唐诗的代表性诗人，他们同时也积极创作乐府诗，其乐府诗的成就同样首屈一指。与唐代不同，北宋不少大力写作乐府诗的文人并非诗坛一流的诗人。吕南公对民众的生存状态有着切身的感受，因此他才能以如椽大笔直击社会的真实面貌，其反映下层人民贫苦生活的诗歌最受重视。他本人终身布衣，生活贫困，诗歌多写底层人民各色穷苦人的悲惨命运，写得真切深刻，感同身受，如《乌翩翩行》《黄茅行》《呜呼行为闵寇屡动州郡无兵而作》《别离》《贫妇叹》等都反映了深刻的现实问题。兹举《老樵》为例：

> 何山老翁鬓垂雪，担负樵苏清晓发。城门在望来路长，樵重身羸如跛鳖。皮枯亦复汗淋沥，步强遥闻气呜咽。同行壮俊常后追，体倦心烦未容歇。街东少年殊傲岸，和袖高扉厉声唤。低眉索价退听言，移刻才蒙酬与半。纳樵收直不敢缓，病妇倚门待朝爨。

老翁形象犹如白居易笔下的卖炭翁，身羸皮枯负薪卖，清晨匆忙赶路，明知买主故意压价仍不得不匆忙卖柴，只因家中"病妇倚门待朝爨"。诗中傲慢的"街东少年"与"病妇"都在门前等待老樵夫，二人的神情、心态却形成鲜明的对照，揭露出当时社会巨大的贫富差距。《黄茅行》写诗人在行旅途中夜宿黄茅野亭，听他人诉说艰辛经历：为生计奔走河北、淮浙，眼见河北遭饥荒，淮浙遇饥冻，尸体狼藉，而朝廷南伐，日费千金，举国上下危机四伏。"旱伤水剥疫瀇频，何处商廛犹佚纵。困京少食但萧屑，盗贼乘虚还煽动。"从行旅者的口中说出国事艰虞，春荒鼠疫，南伐输运等，全诗以"文臣方献升平赋"为结语，反讽意味浓厚。《呜呼行为闵寇屡动州郡无兵而作》开篇谈论王安石新法中有关兵事的改革："君不见熙宁宰相经纶苦，不肯养兵累神武。多时州郡罢招军，欲责耕民为战伍。"用反语表明诗人并不赞同这种做法，诗人认为自古"干戈不与锄耰杂"。新政导致州郡驻城兵少，兵防颓毁，盗贼频发。批评王安石等人只知高谈阔论，不能制定出让百姓安居乐业的政策。《乌翩翩行》中诗人由眼前所见写起，漫漫湖中漂着死尸，乌鸦盘旋，原来是贫民疫死，家人无钱无地埋葬，被迫弃置湖水中。贫民生活如此，官家不救济，结尾一句"官家政令如文王"带有强烈的讥刺意味。张舜民的一首《打麦》诗，从秋收的小事中见出农民的生活状况以及朝廷的暴敛横征。诗中描写农人收获打麦情景："大妇腰镰出，小妇具筐逐。"很明显采用古乐府《长安有狭斜行》中"三妇"的叙述方式，这种语言模式甚至宋词中也有借鉴者，如"大儿锄豆溪东，中儿正织鸡笼。最喜小儿无赖，溪头卧剥莲蓬"（辛弃疾《清平乐》）。农人虽然头黑面焦，仍不辞劳苦，以丰收之辛苦为乐。那些贵族豪门早早尝到新熟的谷物，甚至家中的仆役也比田家的生活好，"曲终厌饫劳童仆，岂信田家未入唇"。与其他表现农人丰收却不得食的题材比较，该诗增加了一些细节，如描写农民收获后的打算："尽将精好输公赋，次把升斗求市人。"①粮食要么输官，要么换钱后依旧输官。当政者不知农人辛劳与租赋之重，只是一味地剥夺百姓，诗人不由得愤慨道"丰岁自少凶岁多，田家辛苦可奈何"②。

　　文学作品是社会生活的反映，读唐宋新题乐府可以看到特定的历史背景下出现的特殊现象，这样的新题乐府诗也丰富了乐府诗的题材范围。神宗时期王安石主持的变法对社会政治经济影响深远，大量的诗文中讨论各种新法政策的利弊，如黄庭坚对盐法、市易法、农田水利法曾有异议，张舜民不赞成王安石变法举措，曾上书言："裕民所以穷民，

---

① （宋）张舜民著，李之亮校笺：《张舜民诗集校笺》，哈尔滨：黑龙江人民出版社，1989年，第37页。

② （宋）张舜民著，李之亮校笺：《张舜民诗集校笺》，哈尔滨：黑龙江人民出版社，1989年，第37页。

强内所以弱内，辟国所以蹙国。以堂堂之天下，而与小民争利，可耻也。"①新法带来的种种社会问题在乐府诗中也有所反映。北宋经济运行中出现"钱荒"的现象，由于支付"岁币"等原因，民间流通的货币不足，这一特定政治经济背景中产生的现象被诗人捕捉到，孔平仲《铸钱行》便是写为了满足朝廷对货币的膨胀式需要，铸币工人承担着难以想象的劳动强度，即便如此，也仍是"朝输暮给苦不支"：

> 三更趋役抵昏休，寒呻暑吟神鬼愁。从来鼓铸知多少，铜沙叠就城南道。钱成水运入京师，朝输暮给苦不支。海内如今半为盗，农持斗粟却空归。②

虽然如此辛劳，铸币者却无钱买粟，由这些人的生存境遇可以看出当时民不聊生的社会现实。李复《兵馈行》讲述朝廷西征差民兵馈军，"人负六斗兼蓑笠，米供两兵更自食"，后又继续差民兵，只得"尽将妇妻作男子，数少更及羸老身"。这首诗的视角新颖，将关注点放在了大军随行的丁夫身上，战争的惨烈不是主要描述的内容，而是丁夫及其家人的悲惨命运，更深刻地揭示了战争对社会稳定、民生的影响，耗费民力民财，指责当政者不恤民生、尸位素餐，"不知何人画此计，徒困生灵甚非策"。诗歌内容有开创性，叙议结合，主题深刻。一些细节性的场面描写强化了作品的情感深度，如"儿妻牵衣父抱哭，泪出流泉血满身""纽麻缠腰袍印字，两胫束布头裹巾。"此外诗中多处化用杜甫诗句，如"被驱不异犬豕群"，化用杜甫《兵车行》中"被驱不异犬与鸡"，"欲向南归却望北"化用杜甫《哀江头》中"欲往城南望城北"。

从汉魏乐府开始，历代乐府诗中都不乏折射现实问题的作品，因为汉乐府诗不少采自民间，是民夫村妇最朴实真挚的情感抒发，歌唱者的

---

① （元）脱脱：《宋史》卷三百四十七，北京：中华书局，1985年，第11005页。
② 傅璇琮等主编：《全宋诗》卷九二五，北京：北京大学出版社，1991年，第10862页。

生存境遇、情感体验自然会表现在歌辞中，此时乐府诗中的写实性是自发产生的，与中唐元白等人自觉地要以乐府诗的形式表现民瘼是不同的。北宋元祐时期的这类乐府诗对同类题材乐府诗的"超越"表现在针对这些社会问题，诗中能提出相应的建议、对策或主张，对问题挖掘得很深。如黄庭坚《流民叹》针对朝廷救济措施的议论和建言。黄庭坚 40 岁前做地方官，关注社会现实，神宗熙宁元年，河朔地震，洪水成灾，州郡一空，河北边民南徙，流离失所。① 这首诗写于熙宁二年（1069），黄庭坚任叶县县尉，亲眼目睹灾民南逃求生的悲惨境遇，望朝臣能出良策，从根本上救济民生，而不是仅仅发放粮食，这样不能彻底解决问题。诗歌前半篇铺叙河北边民多年的不幸遭遇，连年歉收，又遇地震洪灾，边民挣扎在生死线上，"倾墙摧栋压老弱，冤声未定随洪流。地文划劙水霶沸，十户八九生鱼头"②。即使侥幸从天灾中逃命，流民奔逐南下，面临的又是"问舍无所耕无牛"的困境，衣食无着。后半篇的重点在于诗人针对朝廷救济措施的议论和建言："祸灾流行固无时，尧汤水旱人不知。桓侯之疾初无证，扁鹊入秦始治病。投胶盈掬俟河清，一箪岂能续民命。"③以正反例证说明治国为政当有远谋，不能事到临头才去补救，并且朝廷举措当从根本入手，简单地发放灾粮如同杯水车薪，根本解决不了问题，对此，诗人谏言采用"周公十二政"来治国。在抒发忧国忧民的感叹中，寄以委婉的讽谏，讽刺当政者缺乏深谋远虑。叙事、抒情、议论相结合，由情入理，七古长篇，诗人不局限于抒发感叹，重在讽刺和谏言，这一点不同于他人的流民诗，他人的流民诗重在哀流民，写流离苦难之状，体现出宋诗好议论的特点。《和谢定公征南谣》作于熙

---

① 《续资治通鉴长编》卷六十记载，熙宁元年莫州（今河北任丘县）瀛洲（今河北河间县）连续发生大地震，灾民渡河而南下。

② （宋）任渊、史容、史季温注，刘尚荣校点：《黄庭坚诗集注》，《山谷外集诗注卷第一》，北京：中华书局，2003 年，第 765 页。

③ （宋）任渊、史容、史季温注，刘尚荣校点：《黄庭坚诗集注》，《山谷外集诗注卷第一》，北京：中华书局，2003 年，第 766 页。

宁十年（1077），"神宗、王安石秉政，献言者谓交趾可取"①，这首诗批评王安石等人轻启边衅。整首诗以汉事言宋事，历数汉朝对南方少数民族的多次战争，既有要以史为鉴的意味，又是隐射本朝对交趾的战事。诗中深刻揭露了北宋对交趾的战事带给普通百姓灾难，批评朝中大臣好大喜功，轻启边衅，"谋臣异时坐致寇，守臣今日愧包桑"②"庙谟尤计病中原，岂知一朝更屠灭。天道从来不争胜，功臣好为可喜说"③。这样也造成劳民伤财的恶果，"江南食麦如食玉，湖南驱人如驱羊。营平请谷三百万，祁连引兵九千里。少府私钱不敢知，大农计岁今余几？"④揭露"王师"在平叛中杀戮平民的事实，指出朝廷存在边境地带"州郡择人"不当的巨大忧患，"至今民歌尹杀我，州郡择人诚见功"⑤。对此，诗人主张效仿汉文帝的仁德来安抚周边少数民族，互通友好，"孝文亲谴劳苦书，稽首请去黄屋车。得一亡十终不忍，太宗之仁千古无"⑥。

在元祐诗坛的重要诗人中，陈师道的乐府诗创作最少，仅有两首新题乐府，但并不能掩盖其作品的光彩。如《呜呼行》⑦元祐三年（1088）在徐州作，诗中指责朝廷赈灾举措不当，意在表明朝廷当采取可以持久的举措，既惠及百姓，又不劳民伤财，做到"惠而不费"。这首诗谈论当时朝廷救济民众的举措，作者在诗中自注中说："元祐初，左司谏朱光庭，奉使赈济河北，不问民户之等，一概支贷。而河北措置司，积年物斛九

---

① （宋）任渊、史容、史季温注，刘尚荣校点：《黄庭坚诗集注》，《山谷外集诗注卷第一》，北京：中华书局，2003年，第870页。

② （宋）任渊、史容、史季温注，刘尚荣校点：《黄庭坚诗集注》，《山谷外集诗注卷第四》，北京：中华书局，2003年，第871页。

③ （宋）任渊、史容、史季温注，刘尚荣校点：《黄庭坚诗集注》，《山谷外集诗注卷第四》，北京：中华书局，2003年，第872页。

④ （宋）任渊、史容、史季温注，刘尚荣校点：《黄庭坚诗集注》，《山谷外集诗注卷第四》，北京：中华书局，2003年，第871页。

⑤ （宋）任渊、史容、史季温注，刘尚荣校点：《黄庭坚诗集注》，《山谷外集诗注卷第四》，北京：中华书局，2003年，第872页。

⑥ （宋）任渊、史容、史季温注，刘尚荣校点：《黄庭坚诗集注》，《山谷外集诗注卷第四》，北京：中华书局，2003年，第873页。

⑦ 一作《追呼行》。

百万为之一空。"①朝廷赈灾，本为善事，而官员在具体执行中，只顾眼前之事，不考虑未来可能面临的问题，未能长远谋划官仓的使用，开篇两句"去年米贱家赐粟，百万官仓不余掬"②便是说这一问题，等到今年再遇夏旱秋涝，竟无粟米可救济，以至于千里转粟，"今年夏旱秋水生，江淮转粟千里行"③。这种做法无异于拆东补西，"昔日剜疮今补肉"④，并未真正惠及百姓。所以，诗人提出应该"为政不为费""两不相伤两相济"⑤的政治观念。

　　这一时期表现民生时弊的新题非常多，涉及多方面的社会问题：表现百姓遭受自然灾害与朝廷弊政的双重侵害，如苏轼《吴中田妇叹》、苏辙《次韵子瞻吴中田妇叹》、郭祥正《前春雪》、孔平仲⑥《长芦咏蝗》、洪刍⑦《田家谣》；农民劳作艰辛，如孔武仲⑧《种粟行》、张耒《春雨谣》；伤贫民女子命运，老而未得嫁人，如吕南公《贫妇叹》、李廌⑨《田舍女》、李新⑩《感贫女》、张耒《周氏行》；斥责统治者的奢靡生活，如苏轼《荔枝叹》；因为迫于贫困饥饿，贫民不得不卖儿弃妇的悲剧，如李复⑪《夔州旱》；感慨穷困书生的生活状态，如吕南公《教学叹》；揭露社

---

① （宋）陈师道撰，任渊注，冒广生补笺，冒怀辛整理：《后山诗注补笺》，北京：中华书局，1995 年，第 55 页。

② （宋）陈师道撰，任渊注，冒广生补笺，冒怀辛整理：《后山诗注补笺》，北京：中华书局，1995 年，第 55 页。

③ （宋）陈师道撰，任渊注，冒广生补笺，冒怀辛整理：《后山诗注补笺》，北京：中华书局，1995 年，第 56 页。

④ （宋）陈师道撰，任渊注，冒广生补笺，冒怀辛整理：《后山诗注补笺》，北京：中华书局，1995 年，第 55 页。

⑤ （宋）陈师道撰，任渊注，冒广生补笺，冒怀辛整理：《后山诗注补笺》，北京：中华书局，1995 年，第 56 页。

⑥ 孔平仲（1044—1111），字毅父，今峡江县罗田镇人，其兄孔文仲、孔武仲。

⑦ 洪刍，字驹父，南昌（今属江西）人。与兄朋、弟炎、羽俱有才名，世称"四洪"。

⑧ 孔武仲（1042—1097），字常父，今峡江县罗田镇人。

⑨ 李廌（1059—1109），字方叔，号德隅斋，又号齐南先生、太华逸民，华州（今陕西华县）人。

⑩ 李新，宋仙井人，字元应，哲宗元祐五年（1090）进士。

⑪ 李复，字履中，长安（今陕西西安）人。生卒年不详。元丰二年（1079）进士。

会的不公、巨大的贫富差距，如吕南公《勿愿寿》、张耒《劳歌》；表现国事多虞，如李廌《作塞上射猎行》；关注边事，如孔武仲《胡人走马行》《献西俘》、李廌《闻角叹》；讽刺官吏不法、渎职，如孔武仲《高楼行》、孙发①《截臂行》。

唐宋文人可以说都是在深厚的乐府诗传统下写作新题乐府诗，唐人的自觉意识更强，有理论指导，尤其是元白等人将乐府诗等同于阐发政见的工具，创作的主动性更强。北宋文人则更多地只是将其看作一种文学传统、一类诗歌样式，乐府诗传统中所积淀的讽谕功能、现实题材、古朴风格也被宋人所接受并传承，他们也会写新题乐府，但不会趋之若鹜，对乐府诗的热情已经逐渐褪去。

4.1.2　个体情怀

鲍照《拟行路难》抒发抑郁不得志的情怀，初盛唐文人尤其是李白也多借古题乐府书写个人情怀、壮志抱负等。在宋代学习李白的诗人中，郭祥正是非常明确地以李白后身自居，梅尧臣誉之为"真太白后身"，他自己也常与李白比较，"谢公风味君能似，李白篇章我到难"(《明叔致酒送峰楼》)。"欲寻太白坟，草间迷断碣。神交无古今，清气采飘忽。"(《同陈公彦推官登峨眉亭》)他的诗中有股清新俊逸之气，"盖功父少时，诗句俊逸，前辈或许之，以为太白后身，功父亦遂以自负"②。李白卓荦不群，不论什么样的诗体皆可挥洒自如，即便在乐府古题的限制下，"长风破浪会有时，直挂云帆济沧海"这样的诗句也能喷薄而出。作为李白的追随者，郭祥正《醉歌行》的风格的确展现出他对李白的仰止之情：

　　　明月珠，不可襦，连城璧，不可餔。世间所有皆虚无，百年光

---

① 孙发，字妙仲，丰城(今属江西)人。
② (宋)陆游：《入蜀记》，《陆游集》，北京：中华书局，1976 年，第 2422 页。

景驹过隙，功名富贵将焉如。君不见北邙山，石羊石虎排无数，旧时多有帝王坟，今日累累蛰狐兔，残碑断碣为行路。又不见秦汉都，百二山河能险固，旧时宫阙亘云霄，今日原田但禾黍，古恨新愁迷草树。不如且买葡萄醅，携壶挈榼闲往来。日日大醉春风台，何用感慨生悲哀。①

该诗意在说明古之帝王坟墓皆荒芜，功名富贵皆虚妄，不如醉酒为歌度一生。三三七和"君不见"句式加强了诗歌的流宕之感，有李白豪迈雄放的一面，但构思和题意没有太多创见，缺乏李白诗歌想落天外的奇气。《西山谣寄潘延之先生》讲述西山山人"买田筑室临西山""门前禾熟酝美酒"，远离忧患，无功名之欲望，知足常乐。相比之下，诗人叹惋李白反不及山人洒脱，"君不见李太白，朝为酒家仙，暮作金銮客。醉里题诗宫妾扶，自谓遇君今古无。一朝谗言入君耳，夜郎远谪吟魂孤"②。诗中流露出作者对西山山人这种人生状态的欣羡。

在新题乐府诗中将个体的生命情怀表现得最为淋漓尽致的要数苏轼和张耒。王安石曾作《老人行》以老人、少年相互欺诈，慨叹"当面输心背面笑"的世态人心。苏轼《老人行》则是诗人自己人生境界的表露。诗中"老人"历经沧桑，年少时也曾"浪迹常如不系舟，地角天涯知自跳。亦曾乐半夜，传筹醉朱阁。美人如花弄弦索，只恨尊前明月落。亦曾忧羁旅，他乡迫暮秋"。昔日醉酒歌楼、浪迹边塞、富贵封侯，如今能"或安贫，或安富"，达到无可无不可的人生境界，身处红尘中却能做到"随物转""一任秋霜换鬓毛，本来面目长如故"③。《黄泥坂词》写自己老来喜欢游步远览，在游黄泥坂的过程中，诗人放旷潇洒的一面展现得淋漓尽致。张耒《寒鸦词》写寒鸦九月而来，投寒避暖，让人感到岁末天寒，

①　傅璇琮等主编：《全宋诗》卷七四九，北京：北京大学出版社，1991 年，第 8728 页。
②　傅璇琮等主编：《全宋诗》卷七五一，北京：北京大学出版社，1991 年，第 8753 页。
③　（清）王文诰辑注、孔凡礼点校：《苏轼诗集》卷四十九，北京：中华书局，1982 年，第 2714 页。

"志士朝闻感岁华，田家候尔知寒事。垄头雪消牛挽犁，荡漾春风吹尔归。投寒避暖竟何事，长伴燕鸿南北飞"。诗人联想到己身，"我滞穷城未知返，为尔年年悲岁晚"，期望自己明年可以回到江淮，"扁舟东下会有期，明年见尔长淮岸"。由乌鸦想到自己的经历，不是纯粹的咏物，借物感怀，由物兴发出感怀。《光山谣》写诗人入光山，沿途所见八月景色，友人置酒烹羊相招，"长年他乡心惘然，远道辛勤难具言"，表达长年寓居他乡的体验。《年年歌》讲述西风白露中，诗人闭门观赏庭院中的丛竹、果木、菊葵等，虽然是"苦榴新栽果不实"，诗人仍能以陶然自乐的心态看待，但同时感慨"安能卒岁不改芳，正自荣枯随众木"。小小庭院中的景色便可安慰江南之思，何必登楼望江南，"从来北客望江南，何用登楼伤远目"。此外，他的《秋风谣》："连山草木如波涛，大江荡潏鱼龙逃。羲和奔忙日车逸，八柱倾侧恐不牢。柯山老人捹蓬茅，畏寒理我旧缊袍。粗餐在盘有浊醪，醉饱高卧从呼号。"以想象、夸张的笔法描写秋风，秋风披靡中，柯山老人粗茶浊酒、醉饱高卧。柯山老人是他自己，让我们看到了诗人在窘迫的生活中仍能以豁达的心态泰然处之。诗人寓居他乡，内心寥落，生活窘迫，常作自我宽慰，借乐府诗将种种情愫抒发出来。此外，还有一些新题乐府写功名难就，到老空嗟，"备乎四肢愁五脏，不能成功竟何如，胡为乎直待临老空嗟吁"（李廌《胡为乎行赠丘公美》）；一生常役役，不知"丈夫穷达皆有命，万事得失非由人"（毕仲游①《古冢行》）；志士困厄，"马饥且瘠不足怪，壮士犹有釜生鱼"（孔武仲《刍车吟》）；"明珠"不可暗投，须遇知音，"贵物莫贱货，不如深巷收"（孔武仲《归舍吟》）；感慨生命流逝，代代相续，"如今清明我独来，却将小儿拜先冢。凝情东风泪满衣，江山虽是昔人非"（胡时中②《清明行》）。

在新题乐府中表情达意，题、义、词可以契合无碍，若能在拟古乐

---

① 毕仲游（1047—1121），郑州管城（今河南郑州）人。
② 胡时中，字伯正，祁阳（今属湖南）人。

府中也抒怀言志，更能见出作者的用意深刻。如黄庭坚《伤歌行四首》借古题抒发内心的忧虑压抑。"古辞伤日月代谢，年命遒尽，绝离知友，伤而作歌也。"①唐人如张籍写京官下狱被贬后的悲惨境遇，庄南杰写岁月无情、人事两非等。黄庭坚前期生活遭遇不如意，年少时家境贫寒，青年时期两次丧偶，诗中自伤"贫贱不能全孝心"（其一），薄宦艰难，生活困顿，"古人择婿求过寡，取妇岂为谋饥寒"（其三），故而心怀百端忧。再如《对酒》一题，曹操的《对酒》诗言王者德泽广被，后人拟作多写有酒当为乐。贺诗在《对酒》诗中首先勾勒了一个诗人独自酌酒、悲歌送春的情景，内心的压抑呼之欲出，接着抒发十年仕途坎坷不遇的积郁，自嘲迷途不知返。

4.2　古题乐府推陈出新

4.2.1　古题乐府的创新表现

清人蒋士铨有诗云："宋人生唐后，开辟真难为"②，这既是说唐代的文学成就令宋人产生高不可攀的感觉，也表明面对"唐人"这位文学高手，宋人并未因此望而却步，而是努力开拓新的文学领域以与唐人并驾齐驱，并试图有所超越。苏轼倡导"以故为新"③，这是一种诗歌的创作方式，也是一种以革新为宗旨的创作态度，如果将这种观念迁移到乐府诗创作中，拟古题乐府最能体现宋人"以故为新"的观念和本领。元祐时期在 123 首拟古乐府中有 64 首能做到古题新意，这一比例高于仁宗时期，这种新意具体表现在主旨、题材、风格、诗中人物形象等方面的变化，但几乎没有表现讽谕内容的拟古乐府，这一点与仁宗时期一样，即是说，元祐时期的文人不会"寓意古题，刺美见事"，如果想要用乐府诗

---

① （宋）郭茂倩：《乐府诗集》卷六十二，北京：中华书局，1979 年，第 897 页。

② （清）蒋士铨著，邵海清校、李梦生笺：《辩诗》，《忠雅堂集校笺》卷一三，上海：上海古籍出版社，1993 年，第 986 页。

③ 郭绍虞：《宋诗话辑佚》，北京：中华书局，1980 年，第 619 页。

表现讽谕内容，他们更倾向于直接选择新题乐府。

以新的主旨重构古题，这是拟古乐府中表现最多、最为明显的一种变化。诗人们通过深化或异化古题的主题，让传统材料变得新鲜，作品也显现出独特的魅力。如张舜民《城上乌》主旨异于古辞及前人拟作，首句以"城上乌"起兴，引出家人出征赴死的场面，"战马嘶，堂上双亲垂白发，闺中少妇年二八"①"爷牵衣，儿抱膝"，哭声震天，质朴而感人。《城上乌》本出于古题《乌生》，《乐府解题》曰："古辞云：'乌生八九子，端坐秦氏桂树间。'言乌母生子，本在南山岩石间，而来为秦氏弹丸所杀。白鹿在苑中，人可得以为脯。黄鹄摩天，鲤在深渊，人可得而烹煮之。则寿命各有定分，死生何叹前后也。若梁刘孝威'城上乌，一年生九雏'，但咏乌而已。又有《城上乌》盖出于此。"②古辞及前人拟作都无关乎边塞事，如吴均《城上乌》写乌鸦体贱，而君王尊贵。再如陈师道作于元丰六年（1083）的《妾薄命二首》，《乐府解题》曰："曹植诗言燕私之欢不久，主客极尽欢娱。"梁简文帝拟作"伤良人不返，王嫱远聘，卢姬嫁迟也"。后世拟作或代征妇言思戍卒之愁苦，或伤女子遭弃、君恩难久恃。关于这两首诗后山自注曰："为曾南丰作。"《诗林广记》同时记载："元丰间，曾巩修史。荐后山有道德，有史才，乞自布衣召入史馆。命未下而曾去，后山感其知己，不愿出他人门下，故作《妾薄命》。"③陈师道拟作是要借男女之情表达对曾巩的思念、感怀之情。第一首，痛悼曾巩的辞世，"古来妾薄命，事主不尽年"④，惜曾巩逝去，未能与之终身为师友，"有声当彻天，有泪当彻泉"⑤，痛悼曾巩的离去。第二首写曾

---

① （宋）张舜民著，李之亮校笺：《张舜民诗集校笺》，哈尔滨：黑龙江人民出版社，1989年，第146页。

② （宋）郭茂倩：《乐府诗集》卷二十八，北京：中华书局，1979年，第408页。

③ （宋）陈师道撰，任渊注，冒广生补笺，冒怀辛整理：《后山诗注补笺》，北京：中华书局，1995年，第4页。

④ （宋）陈师道撰，任渊注，冒广生补笺，冒怀辛整理：《后山诗注补笺》，北京：中华书局，1995年，第4页。

⑤ （宋）陈师道撰，任渊注，冒广生补笺，冒怀辛整理：《后山诗注补笺》，北京：中华书局，1995年，第5页。

巩去世后，内心的痛楚。"一死尚可忍，百岁何当穷"①，写女子的心理活动，安得速死以从其主，借此表达内心被痛苦所煎熬。"天地岂不宽，妾身自不容。死者如有知，杀身以相从。"至死都要追随相知之人。内容与题相切合，古题中赋予新意，借男女之情表达对曾巩的思念、感怀之情，语言质朴无华，外表浑朴而意味深长。

有时诗人会采取逆向思维的方式，反用古辞本义，如张舜民《紫骝马》：

> 紫骝马，白面郎。红银鞍勒青油缰，左牵黄犬右擎苍。朝从灞陵猎，暮宿投平康。使酒不满意，按剑叱天狼。今年明年一如此，后年不觉发成霜。扶肩策杖出门行，抱子弄孙楼上坐。忽然涕泪满衣襟，为见骅骝面前过。

古辞言"从军久戍，怀归而作"，从南朝梁开始"从军久戍"之意淡化，从军归来的情节渐渐成为表现的重点，如"贱妾朝下机，正值良人归"②（梁简文帝），"嫖姚紫塞归，蹀躞红尘飞"③（陈后主），"春草正萋萋，荡妇出空闺。识是东风骑，犹待北风嘶"④（江总），描写良人从军归来，闺人喜而羞，又忧虑良人之心是否还依旧，关注点转到幽怨的戍妇身上。唐人胸襟开阔，漫游边塞，希冀实现立功边塞、马上封侯的理想，所以围绕这一古题的拟作又将视角转向塞外，多表现出征塞外的情景，如"骝马照金鞍，转战入皋兰"⑤（卢照邻），"白雪关山远，黄云海树迷。挥鞭万里去，安得念春闺"⑥（李白），从古辞到南朝拟作，表现

---

① （宋）陈师道撰，任渊注，冒广生补笺，冒怀辛整理：《后山诗注补笺》，北京：中华书局，1995 年，第 6 页。
② （宋）郭茂倩：《乐府诗集》卷二十四，北京：中华书局，1979 年，第 352 页。
③ （宋）郭茂倩：《乐府诗集》卷二十四，北京：中华书局，1979 年，第 353 页。
④ （宋）郭茂倩：《乐府诗集》卷二十四，北京：中华书局，1979 年，第 354 页。
⑤ （宋）郭茂倩：《乐府诗集》卷二十四，北京：中华书局，1979 年，第 354 页。
⑥ （宋）郭茂倩：《乐府诗集》卷二十四，北京：中华书局，1979 年，第 355 页。

的都是从塞外归来的情景，张舜民则反其道而行之，诗中的"白面郎"从未出入边塞，年复一年只是出入游猎场和歌舞地，"今年明年一如此，后年不觉发成霜"①。待到年老力衰之时，才有所惊觉："忽然涕泪满衣襟，为见骅骝面前过。"②看到了骅骝骏马，想起年少时的驰骋风采，惜如今已无力纵马奔驰，感伤岁月流逝，悔恨一生无成。

根据主题的变化，重新审视古辞题材，或为古题融入新鲜题材，都能造成特殊的审美效果。具体表现为三种情况。

其一，拓展引申古乐府题材，如张舜民《君马黄》：

> 君马良，乘乘黄。仆臣御，守法度。乍可三驱失前禽，不可一朝为诡遇。假使四牡，项领无害。六辔如组，周旋中规，折旋中矩。听和鸾之声，遵康庄之路。马不骇舆，君子安处。如欲登九折之险，走羊肠之阻，蒙犯霜露，跌踢风雨。虽使造父再生，王良复出，予亦未知其如何尔。③

古辞写君臣同乘马，"君马黄，臣马苍，二马同逐臣马良"。南朝陈张正见拟作意为征马出关，路途艰险，水寒冰坚。李白拟作表达的意思是二人同骑马，应共患难，"相知在急难，独好亦何益处"④。张舜民拟作开篇模仿古辞，为三言句，君乘良马，仆臣御马守法度，中规中矩，走康庄路，君子安处，若走羊肠险路，则难测结果。或许还有另外一层意思，为臣做事当如是，守法度。张舜民与古辞都是写君臣乘马，张作由这一题材拓展出御马之术，因而主题发生了变化，表达生活常理。

---

① （宋）张舜民著，李之亮校笺：《张舜民诗集校笺》，哈尔滨：黑龙江人民出版社，1989年，第1页。

② （宋）张舜民著，李之亮校笺：《张舜民诗集校笺》，哈尔滨：黑龙江人民出版社，1989年，第1页。

③ （宋）张舜民著，李之亮校笺：《张舜民诗集校笺》，哈尔滨：黑龙江人民出版社，1989年，第5页。

④ （宋）郭茂倩：《乐府诗集》卷十七，北京：中华书局，1979年，第245页。

其二，根据新的创作主旨，变更新的题材。苏轼《续丽人行》作于元丰元年（1078），序：“李仲谋家有周昉画背面欠伸内人，极精，戏作此诗。”杜甫的《丽人行》写得极为出色，从具有讽谕性质的角度可以归入白居易的“新乐府”，但郭茂倩并未将该诗放入新乐府辞中，原因在于郭茂倩认为该诗题源于古乐府曲名。在《乐府诗集》中，杜甫《丽人行》的前一首是崔国辅的《丽人曲》，并引用《乐府广题》中的题解：“《刘向别录》云：‘昔有丽人善雅歌，后因以名曲。’”[1]崔国辅的五绝《丽人曲》描写红颜丽人，题目、内容与题解的意思较为吻合，杜诗的题目与崔国辅相似，且诗中描写了丽人的体态容貌，所以郭茂倩认为这两首诗都与古曲有关联，归入杂曲歌辞。苏轼续作《丽人行》出于对唐代画家周昉的一副“背面欠伸内人”的描绘，《丽人行》的题名意思与画中内容十分相符，故借古题一用。诗中的题材发生了变化，描写一幅美人背影图，“背立东风初破睡”。多处用典，“若教回首却嫣然”用宋玉《好色赋》中的典故衬托女子倾国倾城之貌。诗中充满奇思妙想，苏轼想到杜甫《丽人行》中：“三月三日天气新，长安水边多丽人。……背后何所见？珠压腰衱稳称身。”所以苏诗中把此美人想象成杜甫当年曾亲睹的曲江丽人，“杜陵饥客眼长寒，蹇驴破帽随金鞍。隔花临水时一见，只许腰肢背后看。”非常巧妙地将古人古事与眼前画面结合起来，同时又打通诗与画两种艺术门类。诗歌内容与古题题意、画面内容都非常吻合，赋予古题新的内容，但苏轼不是刻意要在拟古题时求新，是以其丰富的想象力与才学将诗、画、古题三者巧妙结合，体现出苏轼文学创作中融会贯通的特点，能将各种艺术门类打通。诗歌结尾处的议论，见解独到，“君不见孟光举案与眉齐，何曾背面伤春啼”，以普通百姓夫妻间的生活反衬丽人深闭宫中的孤寂人生。

其三，围绕题目构思题材，拟作所表述的情感内容与古题题面意思吻合。其中多为个人感怀之作，如贺铸《行路难》序中交代因“被外计檄

---

① （宋）郭茂倩：《乐府诗集》卷六十八，北京：中华书局，1979 年，第 976 页。

召，徐郐往返千二百里，由荒山广泽，皆畏途也，而期会甚严，夜不遑息，因赋是诗"①。内容不同于前代拟作，没有泛泛谈一般的"世路艰难及离别悲伤之意"②，而写自身的真实经历，宦途奔波，"驱车何所投，却顾归路长。挟辕两羸牸，犯此豺虎场"，苦于路途遥远，无良骏以驰驱。再如徐积③有感于吴地风俗浇薄，百姓多不嫁其女，与人为婢妾，诗人希望吴人能改此陋习，便以诗讽劝，而古乐府《妾薄命》多言女子的悲剧命运，或"恨燕私之欢不久"④（曹植），或如梁简文帝"伤良人不返，王嫱远聘，卢姬嫁迟也"⑤，或像唐人那样代征妇言思戍卒之愁苦，经过长期的拟作，这一古题已经形成了较为稳定的内容和情感指向，所以诗人便将吴地女子的不幸命运这一现实问题寄寓其中。郭祥正《苦寒行》二首则将目光投向底层百姓，亲眼目睹百姓遭受春寒饥苦的现状，"下溪捕鱼一丈冰，上山采樵三尺雪。人人饥饿衣裳单，骨肉相看眼泪血"。希望朝廷停止种种诛求，减免赋税。如郭祥正《苦寒行》二首，该诗主旨异于前人拟作，无关乎从军行役苦寒等。可以假设诗人的创作过程是亲眼目睹百姓遭受春寒饥苦的现状，想要书之笔端，古题《苦寒行》恰巧题面意思与诗歌内容相关，便拿来一用。

在相同的题材中改变诗中人物形象。文人的拟古乐府，有时会在保留古辞题材内容的基础上，改变诗中主人公的形象，赋予人物新的色彩。如古题《紫骝马》据《古今乐录》记载："《紫骝马》古辞云：'十五从军征，八十始得归。道逢乡里人，家中有阿谁？'"⑥最初古辞的人物身份本是一普通下层士卒，可能只是步卒，无紫骝马可骑。到了南朝人手

---

① （宋）贺铸著，王梦隐、张家顺校注：《庆湖遗老诗集校注》，开封：河南大学出版社，2008 年，第 118~119 页。

② （宋）郭茂倩：《乐府诗集》卷七十，北京：中华书局，1979 年，第 997 页。

③ 徐积（1028—1103），字仲车，楚州山阳（今江苏淮安）人。

④ （宋）郭茂倩：《乐府诗集》卷六十二，北京：中华书局，1979 年，第 902 页。

⑤ （宋）郭茂倩：《乐府诗集》卷六十二，北京：中华书局，1979 年，第 902 页。

⑥ （宋）郭茂倩：《乐府诗集》卷二十四，北京：中华书局，1979 年，第 352 页。

中，随着马具的变化，越来越奢华，"金络锦连钱""照耀珊瑚鞭"（梁元帝）①，"玉镫绣缠鬃，金鞍锦覆幪"（徐陵）②，则变成一位骑着金鞍玉镫紫骝马的少年郎形象，有时甚至是一位将军。张舜民在拟作中也延续了这一外形特征，"红银鞍勒青油缰"③。但是张舜民笔下的少年多了几分游侠气，这是在南朝及唐人拟作中不曾出现过的。"左牵黄犬右擎苍。朝从霸陵猎，暮宿投平康。使酒不满意，按剑叱天狼。"④这种豪纵使酒之气更接近古辞《少年行》中的少侠形象。这是该拟作的创新之处，即人物形象延续古辞流传中的既定形象的某些方面，又融合了作者新的构思。再如苏轼《古别离送苏伯固》⑤，写老来与友人相别的情形，"酒罢月随人，泪湿花如雾。后夜逐君还，梦绕湖边路"。对友人的思念之情萦绕心头，久久难以释怀。《古别离》的古辞通常写世间普遍的男女之别，不指向明确的人和事，而苏轼拟作中有具体的人物、事件，诗歌的表述人和诗中人物合而为一，不再代思妇成妇言离别相思，而是展现了两位情意笃厚的士大夫形象。

　　由于拟古乐府表现对象的变化进而引起风格的变化。郭茂倩《乐府诗集·相和歌辞》收录《放歌行》，《放歌行》现存最早的创作者是傅玄，其诗中言"人无千岁寿，存质空相因"，结合丘冢、松柏、旷野等意象，表达生命难久持的哀叹，对此诗人"长啸泪雨下，太息气成云"，沿袭魏晋诗歌中常有的悲凉风格，鲍照拟作则抒写旷士难遇贤主的悲歌，"小人自龌龊，安知旷士怀"，激荡昂扬的言辞中有难以掩抑的悲慨。陈师道《放歌行》变古体为七绝，描写青楼女子的心态、身世，施朱粉，盼君

① （宋）郭茂倩：《乐府诗集》卷二十四，北京：中华书局，1979 年，第 352 页。
② （宋）郭茂倩：《乐府诗集》卷二十四，北京：中华书局，1979 年，第 353 页。
③ （宋）张舜民著，李之亮校笺：《张舜民诗集校笺》，哈尔滨：黑龙江人民出版社，1989 年，第 1 页。
④ （宋）张舜民著，李之亮校笺：《张舜民诗集校笺》，哈尔滨：黑龙江人民出版社，1989 年，第 1 页。
⑤ （清）王文诰辑注、孔凡礼点校：《苏轼诗集》，北京：中华书局，1982 年，第 1900 ~ 1901 页。

顾，"当年不嫁惜娉婷，拔白施朱作后生"。这首诗是陈师道的早期作品，绮语旖旎，风格不同于其后期诗歌。

由古题衍生出的乐府诗题，在主题内容方面也随之发生细微的变化。如吕南公《游子篇》由古题《游子吟》而来，"汉苏武诗曰：'幸有弦歌曲，可以喻中怀。请为游子吟，泠泠一何悲。'"[①]前人拟作或悲游子"久滞"不归（顾况），或抒游子慈母之意（孟郊）。吕作仍围绕游子的题材展开叙述，讲述"寒苦士"依附"朱门儿"，帝京游乐，追逐名利场，忘却故土旧业，迷失方向，"家书懒拆封，旧业废编牍"[②]。欢乐之余，内心迷惘、忧愁，晚年才醒悟"何人不谋身，计虑自不淑。寄声风尘子，哀恨吾已酷。当知帝里游，有祸亦有福"[③]，这也是诗人想警醒世人的话，谋身计虑当谨慎。拟作主旨发生了变化，意在提醒世人年少时不要迷恋帝京的繁华，迷失自我；题材内容上更为丰富、细致，以铺叙手法写游子在帝京的生活经历，以及心理变化，人物形象更为丰满；少了游子在外漂泊的悲苦之音，增加了理性的反思。再如冯山[④]《侠少行》题目出自古题《结客少年场行》《侠客篇》，反映青壮年辍耕而任侠从军，以至于"有田无人耕，有子不养家"的社会问题，不再沿袭古辞中少侠纵横驰猎、美酒胡姬的内容。

一些拟古乐府不会仅仅在题材或风格等某一方面有所创新，而是予以全方位的新变。曹操《对酒》一诗言王者德泽广被，后人拟作多表达有酒当为乐的意思，该诗题被郭茂倩归入《相和歌辞》。贺铸《对酒》诗首先勾勒了一个诗人"独把一樽酒，悲歌送徂春"的情景，内心的压抑呼之欲出，接着抒发十年仕途坎坷不遇的积郁，自嘲迷途不知返，整首诗的内容形式都发生了变化。以古题写己事、抒己怀的还有张耒《苦寒行二

---

① 　（宋）郭茂倩：《乐府诗集》卷六十七，北京：中华书局，1979 年，第 971 页。

② 　傅璇琮等主编：《全宋诗》卷一〇三三，北京：北京大学出版社，1991 年，第 11803页。

③ 　傅璇琮等主编：《全宋诗》卷一〇三三，北京：北京大学出版社，1991 年，第 11803页。

④ 　冯山（？—1094），字允南，普州安岳茗山镇（今四川安岳龙台镇）人。

首》，诗人寓居淮南时，切实感受到淮南楚乡冬日的寒酷，诗中表现的这一内容非常切合古题，诗人又以想象、夸张的笔法形容寒冷之状，不再是魏文帝"北上太行山，艰哉何巍巍"式的慷慨悲凉。

4.2.2　古题乐府的创新方式

元祐时期拟古乐府诗没有陈陈相因，近半数做到了新变，这些新变又是通过以下几种方式实现的，如反用古乐府本义；采用比兴体，以此喻彼；"聚焦"古题、古辞中某一元素；拟作由古曲生发，或依据古题本事、旧典来写。下文分别述之。

反用古乐府本义。黄庭坚作诗时曾反用李白诗句意思，"太白云：'解道澄江静如练，令人还忆谢玄晖。'至鲁直则云：'凭谁说与谢玄晖，休道澄江静如练。'……皆反其意而用之，盖不欲沿袭之耳。"[①]诗人在创作乐府诗的过程中，对古辞本义会有所参考，但并不是照搬原意，而是反用古辞本义，出以己意。如将《武溪深行》的古辞、后人拟作、郭祥正的《武溪深呈广帅蒋修撰》做一比较：

> 滔滔武溪一何深，鸟飞不度，兽不敢临。嗟哉武溪兮多毒淫！（后汉·马援）[②]

> 武溪深不测，水安舟复轻。暂侣庄生钓，还滞鄂君行。棹歌争后发，噪鼓逐前征。秦上山川险，黔中木石并。林壑秋籁急，猿哀夜月明。澄源本千仞，回峰忽万萦。昭潭让无底，太华推削成。日落野通气，目极怅余情。下流曾不浊，长迈寂无声。羞学沧浪水，濯足复濯缨。（梁·刘孝胜）[③]

> 滔滔武溪一何深，源源不断来从郴。流到泷头声百变，谁将玉

---

① （宋）胡仔：《苕溪渔隐丛话后集》卷四，北京：人民文学出版社，1962 年，第 25 页。

② （宋）郭茂倩：《乐府诗集》卷七十四，北京：中华书局，1979 年，第 1048 页。

③ （宋）郭茂倩：《武溪深行》，《乐府诗集》卷七十四，北京：中华书局，1979 年，第 1048 页。

笛传余音。潺潺泠泠兮可以冰人心，胡为其气兮能毒淫。汉兵卷甲未得渡，飞鸢跕跕堕且沉。天乎此水力可任，蛮血安足腥吾镡。功名难成壮心耻，马革裹尸亦徒尔。伏波一去已千年，古像萧萧篁竹里。风来尚作笛韵悲，婉转悠扬逐船尾。如今天子治文明，柔远怀来不用兵。武溪无淫亦无毒，清与沧浪堪濯缨。临泷更忆昌黎氏，始末缘何不相类。能言佛骨本无灵，可惜咨嗟问泷吏。湘妃之碑尤近怪，颇学女巫专自媚。固当襄马聊黜韩，补葺须令贤者备。元戎喜遇蓬瀛仙，武溪探古传新篇。东君吁嘻龙蜃走，北斗挹酌河汉悬。劝君莫倚陇笛之悲音些，劝君清歌兮投玉琴些。琴声为出尧舜心，尧舜爱民无远迩。君不见熏风兮来自南些。（郭祥正《武溪深呈广帅蒋修撰》）

晋崔豹《古今注》："《武溪深》，乃马援南征之所作也。援门生爰寄生善吹笛，援作歌，令寄生吹笛以和之。名曰《武溪深》。"[1]古辞和南朝拟作皆言武溪溪水毒淫，深不可测。郭祥正拟作多用马援、韩愈、湘妃等典故，也是由马援故事展开，提到征战之事。前部分写古时武溪水深且险恶，"汉兵卷甲未得渡"，淫毒难渡，这是对古辞本义的重述。后部分转为写"如今天子治文明，柔远怀来不用兵"，歌颂当今君王有圣德，不再以武屈人之兵，可以柔远怀来，将卒无须涉险赴战，因此武溪在人们眼中不再淫毒。通过古今人们对武溪的不同看法，来彰显盛世、称颂明君。全诗的重心在后半部分，主旨恰恰与古辞相反，借古题言今事、表心意。虽然是由古辞本义、本事展开叙述，但能别出心裁，由此可以看出郭祥正力求有所突破、创新，努力做到"唯陈言之务去"，更重要的是作者在诗中熔铸了新的内容，是古辞及前代拟作中不曾有的内容。并能巧妙化用前代拟作的诗句，如"清与沧浪堪濯缨"，便是化用梁刘孝胜同题诗句"羞学沧浪水，濯足复濯缨"，句意却截然相反。郭祥正另一首

---

[1] （宋）郭茂倩：《乐府诗集》卷七十四，北京：中华书局，1979 年，第 1048 页。

《蜀道篇送别府尹吴龙图》也是如此，开篇先重述李白蜀道难的内容：
"长吟李白蜀道难，蜀道之难难于上青天。长蛇并猛虎，杀人吮血毒气
何腥膻。锦城虽乐不可到，侧身西望泣涕空涟涟。"直接引用、化用李白
蜀道难诗句、意象，似乎要复制李白之作，但后文笔意一转，作者写蜀
道艰险，蜀地风俗，目的不是劝说友人"锦城虽云乐，不如早还家"，而
是希望府尹打消西顾之忧，安抚蜀民、革除薄俗，"公之往也，九重深
拱尧舜圣，庙堂论道邱轲贤。抚绥斯民赖良守，平平政化公能宣。束兵
兴学有源本，何必早夜开华筵"。且相信友人一定会有所政绩，使得君
王无"西顾忧"。历来咏叹王昭君的诗文，无不伤感昭君被迫出塞的命
运，乐府古题《王昭君》《明妃怨》的本事记载了昭君之"怨"，后人拟作
演绎了无数首昭君怨曲，孔平仲《王昭君》立意则发生变化，诗人揣测昭
君的心理，"不堪坐守寂寞苦，遂愿将身嫁胡虏"，由"被迫"出塞变成
"主动"出塞，虽然留下千秋万古恨，但总强于像多数宫人那样，孤独寂
寞地终老宫中。

　　采用比兴体，以此喻彼。男女相思离别之情也是古乐府常常表现的
话题，如《古别离》《长相思》等，文人拟作这些古题时通常也泛泛地抒写
儿女之情，但有时这是"香草美人"式的写法，借男女之情而言他。如黄
庭坚《拟古乐府长相思寄黄几复》从题目可以看出，黄诗不是泛泛写相
思，是写给知己黄介，诗中抒写对朋友的深切思念。古诗"言行人久戍，
寄书以遗所思也"，因为拟古题，所以也取古乐府中常见的男女之情为
依托，将朋友幻化为女性，模拟鲍照《拟行路难》中对女子的描写："中
有一人字金兰，被服纤罗采芳藿。"黄庭坚诗为："中有一人遥相望，字
曰金兰服众芳，妙歌扬声倾满堂。"[①]赞美友人资质美好，才华出众。"满
堂动色不入耳，四海知音能有几。"是一转笔，世人只见其美貌，而不知
其心，自然转出"惟予与汝交莫逆"一句来，诗人与友人心灵相知相契，

---

　　① （宋）黄庭坚著，任渊、史容、史季温注，刘尚荣校点：《黄庭坚诗集注》，《山谷诗外
集补卷第二》，北京：中华书局，2003 年，第 1576 页。

这才是真正的金石之交。末四句化用汉乐府《饮马长城窟行》中鱼书传情的故事："客从远方来，遗我双鲤鱼，呼儿烹鲤鱼。中有尺素书。"抒发对友人真挚的怀念和难以相逢的惆怅，诗人还担心传书的鱼儿"溪回屿转恐失路"，这一假想又把这种情愫推进了一层。诗人能用古题表达真实的情感、切身的感受，同时还不离古辞本义，以男女之情写友情，既是对古乐府中多写男女之情这一特点的因袭，更是为了凸显二人真挚的友情，风格上保留了民歌的特点。同样表现友情的如贺铸《追和亡友杜仲观古黄生曲三首》，古辞《黄生曲》以女子口吻埋怨情郎无信，至晓不来赴约。贺铸借女子与情郎相期相思，借此表达对逝去友人的深厚情谊和思念，"后夜待欢来，开门但明月"，空见明月，不见友人，明知友人已亡故，却还等待他的归来，"此诚不可转，彼情无自入"①，情感真挚凄婉。诗人采用古乐府常见的男女情思为题材，以之为依托抒己怀，改变古辞中男子负心失约的意思，变为对友人的情意坚若磐石。再如晁补之《行路难和鲜于大夫子骏》写宫人失意于君心，"人生失意十八九，君心美恶那能量"，实则借此而喻彼，喻士人不得志。

　　"聚焦"古题、古辞中某一元素。如许彦国②今存诗作较少，但乐府诗所占比例较大，且多有新意，其《紫骝马》将古题中的马这一物象作为表现重点。《紫骝马》乃是李延年所造横吹曲辞之一，只是乐曲名而已，古辞根本无关乎紫骝马。到了南朝人手中，拟作中才开始出现战马的影子，但关注点是在骑着金鞍玉镫紫骝马的少年郎或者哀怨的戍妇身上，从古辞到唐人拟作，表现的焦点都不是紫骝马。而许彦国的拟作只描写马，写紫骝马鞍饰华丽，饱食粟米，相比之下战场瘦马却"天寒日暮乌啄疮"。古乐府中的某一层意思成为拟作表现的重点，也成为拟作与古辞发生联系的纽带，如古辞《豫章行》以拟人手法代白杨倾诉根株相离的不幸，后人拟作或写亲朋远行，伤离别，"言寿短景驰，容华不久"；或

---

　　① （宋）贺铸著，王梦隐、张家顺校注：《庆湖遗老诗集校注》，开封：河南大学出版社，2008 年，第 405 页。

　　② 许彦国，字表民，青州（今属山东）人。

写女子自言"尽力于人，终以华落见弃"。谢逸①的拟作中讲述豫章本是栋梁之材，因难以运输而弃之河畔，"根虽埋土中，叶已随风飘。惟余爨下柯，那得复相依"。被遗弃后，枝叶相离，这一层意思与古辞相仿，但诗人能进而将这一层意思深化引申，"人生类如此，才难圣所叹"，实则以树木遭弃的命运比喻人才埋没的世道。杨傑②同样拟作《豫章行送周裕》，在离别、容华不久这两点上与古辞有相通之处，但所要表达的是虽然一生奔逐，年已渐老，但仍心怀壮志，坚信"丈夫穷通有时有"。还有一种情况是古乐府的作者成为拟作的表现对象，如诸葛亮作《梁父吟》，而张耒的拟作咏叹诸葛亮，题材内容全然发生了变化。

　　拟作由古曲生发，或依据古题本事、旧典来写。张舜民《东武二首》便是联想古曲而生发内容。据左思《齐都赋》注解，《东武》是用来表现"齐之土风"的"弦歌讴吟之曲名"③，可见古曲是要表现齐地民风民俗的，鲍照拟作"伤时移事异，荣华俎谢"，沈约拟作表达想摆脱俗累，李白则是赐金放还后，流露出归隐求道的想法。这些拟作都看不出与古曲"齐之土风"的关联。张舜民拟作第一首写将相、壮士、骏马各尽其力之后，不可以超过其限度再加鞭策，否则会有所折损，借用齐桓公、管仲等齐人典故；第二首叙述齐景公游于牛山，临国城而泣，晏子嘲笑的典故。诗中形象、主旨都与古辞不同，都与古曲"齐之土风"的意思指向有所关联。苏轼的《野鹰来》《上堵吟》《襄阳乐》合称为《襄阳古乐府三首》，三首乐府诗依据古题的本事、旧典来写，如其中的《野鹰来》《上堵吟》属于补旧曲无辞者。对于《野鹰来》，《水经注》："刘表筑台于襄阳，表喜鹰，尝登台歌《野鹰来曲》。"④苏诗前半篇写野鹰饥苦力弱，后半篇集中写公子刘表登台东望，苏轼基本上是依刘表古事展开叙写，有古乐府风味，该题本是曲名，所以苏轼拟作时有意酿造曲辞的感觉，多用三七和

---

① 谢逸(1068—1113)，字无逸，号溪堂，临川城南(今江西抚州)人。
② 杨傑，字次公，无为军(州治今安徽无为)人。
③ (宋)郭茂倩：《乐府诗集》卷四十一，北京：中华书局，1979年，第608页。
④ (清)王文诰辑注、孔凡礼点校：《苏轼诗集》，北京：中华书局，1982年，第72页。

三三七句式，句式长短错落，并加以蝉联手法，如"台中公子著皮袖，东望万里心悠哉。心悠哉，鹰何在。"对于《上堵吟》，《水经注》："堵阳县，堵水出焉，有白马塞。孟达为新城守，登之而叹曰：'刘封、申耽据金城千里而更失之乎。'为《上堵吟》，音韵哀切，有恻人心。"①起首活用孟达旧典，但又不完全拘于典故，虚构了一位"台边游女"，后半部分由台上人的悲吟引出"我"的悲歌，"台边游女"未能领悟台上人的歌声，"欲学声同意不同"，"我"的悲歌同样也无人领会。情韵悲切，沿袭古事中"音韵哀切"的特点。对于《襄阳乐》，《古今乐录》曰："《襄阳乐》者，宋随王诞之所作也。诞始为襄阳郡，元嘉二十六年仍为雍州刺史，夜闻诸女歌谣，因而作之，所以歌和中有'襄阳来夜乐'之语也。旧舞十六人，梁八人。又有《大堤曲》，亦出于此。简文帝雍州十曲，有《大堤》《南湖》《北渚》等曲。《通典》曰：'裴子野《宋略》称晋安侯刘道产为襄阳太守，有善政，百姓乐业，人户丰赡，蛮夷顺服，悉缘沔而居。由此歌之，号《襄阳乐》。'盖非此也。"②唐人多依据《古今乐录》记载的本事生发内容，写襄阳女儿情感生活，类似民歌。《南史·刘道产传》："道产初为无锡令，后为雍州刺史，领宁蛮校尉，加都督兼襄阳太守。善于临职，在雍部政绩尤著，蛮夷前后不受化者皆顺服。百姓乐业，由此有《襄阳乐歌》，自道产始也。"③苏诗则是依据《通典》等史传中有关刘道产的故事而写，襄阳百姓安居，将太守比作羊祜、杜预。诗中不避繁复，两次出现以"使君"开头的句子，"使君未来襄阳愁""使君朱斾来翩翩"，类似多解歌辞的开头，同时在内容上也是前后对比的一种标志。

　　以上所列举的几种拟古乐府的创作方式可以简称为反用法、比兴法、聚焦法和溯源法，通过运用这些方法，实现拟古乐府在风格内容方面的变化。

---

① （清）王文诰辑注、孔凡礼点校：《苏轼诗集》，北京：中华书局，1982年，第73页。

② （宋）郭茂倩：《乐府诗集》卷四十八，北京：中华书局，1979年，第703页。

③ （清）王文诰辑注、孔凡礼点校：《苏轼诗集》，北京：中华书局，1982年，第74页。

4.3　大力创作乐府之人——张耒

在元祐诗坛，张耒的名气不及苏轼、黄庭坚、陈师道等人，但他的乐府诗创作却是很突出的，具体表现在以下几个方面，其一，张耒的乐府诗创作数量较同期其他诗人多。其二，他的乐府诗的艺术水平相对较高，并得到宋人的交口称赞。如刘克庄言："乐府至张籍、王建，道尽人意中事，惟半山尤赏好，有'看若寻常最奇崛，成如容易极艰辛'，此十四字，唐乐府断案也。本朝惟张文潜能得其遗意。"①贠兴宗《左奉议郎致仕贠公墓志铭》："文潜乐府高处当苗裔骚人，抗衡张籍。"②周紫芝在《竹坡诗话》中也说："本朝乐府当以张文潜为第一。文潜乐府刻意文昌，往往过之。"周紫芝认为宋代自张耒始，乐府诗创作复归于本旨，"乐府亦自是为之反魂"③。其三，张耒有意为乐府，如其别集的编纂中，单列"古乐府歌辞"一类；并且在创作乐府诗的过程中注意辨析古题本事，为古题正名，如他认为《湖阴曲》当作"于湖曲"；有意模仿古辞内容、形式、格调、意境等；在乐府诗前增加小序等。种种迹象表明，张耒本人专注于乐府诗的创作，他的乐府诗也受到宋人的关注，体现出元祐时期乐府诗创作的某些观念和特点，所以下文专门讨论张耒的乐府诗歌，并将其与唐代的著名乐府诗人张籍作比较，以便更为清晰地了解张耒乐府诗的风格。

4.3.1　张耒的乐府诗创作

张耒的诗文集在其生前已有刊本，后因被归入元祐党人，其作品集也遭到禁毁，《续资治通鉴长编拾补》载："诏三苏集及苏门学士黄庭坚、

---

① （宋）刘克庄撰，王秀梅点校：《后村诗话》，北京：中华书局，1983 年，第 196 页。
② （宋）贠兴宗：《左奉议郎致仕贠公墓志铭》，《九华集》卷二十一，清文渊阁四库全书本。
③ （宋）周紫芝：《太仓稊米集》卷五十一，清文渊阁四库全书本。

张耒、晁补之、秦观及马涓文集，范祖禹《唐鉴》、范镇《东斋记事》、刘攽《诗话》、僧文莹《湘山野录》等印版，悉行禁毁。"①直到南宋绍兴初，汪藻编定《柯山张文潜集》三十卷，是现今可见到的关于张耒作品的最早版本。

四部丛刊景旧抄本《张右史文集》60卷，卷四至卷七为"古乐府歌辞"。今人李逸安等点校《张耒集》辑有"古乐府歌辞"三卷，加上另收的佚诗《输麦行》1首、《有所叹》5首，总计91首，72个诗题，在编者所认可的"乐府"诗范围内，新题乐府为29首，古题乐府为17首。将乐府诗单独编录，在宋人别集中并不多见，张耒之前，只有文同《丹渊集》中有"乐府杂咏"一类，之后北宋诗人周紫芝的别集中也是将乐府诗单列为一类。虽然这八十多首诗被冠以古乐府，但根据吴兢《乐府古题要解》、郭茂倩《乐府诗集》等文献的记载，实际上有些诗题不是乐府古题，如《寄衣曲》是唐代乐府新题，《笼鹰词》《饥乌词》等，之所以都称作古乐府，可能是编者认为这些诗歌都体现了古乐府"感于哀乐，缘事而发"的创作特点，并且在艺术表现方面借鉴了古乐府的叙述方式、语言风格等。其中还有一些诗歌，严格来讲，归入乐府诗并不妥，在这三卷中有纯粹的赠人、咏物、写景诗，如《代赠》《赠人三首》《琉璃瓶歌赠晁二》《瓦器易石鼓文歌》《东皋行》，再如第五卷中都是一些用辞赋体所写的表现民间祠祀的作品，多是诗人早期在福昌时所作，如《龟山祭淮词二首》《诉魃》《叙雨》等。按照本书对宋代乐府诗的界定，这些作品不在讨论范围之内，将这些纯粹的赠人、咏物、写景诗、祠祀作品除去之后，本书讨论的张耒乐府诗共52首，其中新题乐府35首，古题乐府17首。

张耒一生生活并不安定，早期游宦十余年，官小位卑，短暂的8年馆阁生活之后，便是20年的贬谪奔波、忧愁窘迫的日子，这种生活经历对他的乐府诗创作产生了很大的影响，其乐府诗中有不少表达宦途体

---

① （清）黄以周等辑注，顾吉辰点校：《续资治通鉴长编拾补》卷二十一，北京：中华书局，2004年，第741页。

验、身世感慨的作品，如《行路难》《秋风谣》。这也导致张耒并不太关注朝政，只有关注民生的作品，却无讥刺时弊的言论，这与他仕宦不显也有一定关系，不在其位，不谋其政，也达不到苏轼等人的政治思想高度。张耒认为以诗来观世风国政的传统早已衰微，"夫诗之兴，出于人之情喜怒哀乐之际……要之必发于诚而后作。……故先王之时，大至于朝廷之政事，广至于四方之风俗，微至于匹夫贱士之悲嗟，妇人女子之幽怨，一考于诗而知之。而使有可以时陈，取而藏诸太师，又播之乐章……自周衰以来，后世作者纷然并出，以至于今数千年……其间卓然而可称者，不过数人"①。文章要经世致用，那些彩绣般的诗文可观不可用。张耒还说："自《六经》以下，至于诸子百氏、骚人辩士论述，大抵皆将以为寓理之具也。"②他提出文章应是寓理的工具，进而乐府诗的创作也体现了这一点。

张耒乐府诗题材丰富。表现男女相思之情的作品最多，有 13 首，如《君家诚易知》《远别离》《江南曲》等，这类题材是古乐府中常见的内容。最为人称道的是作者对民生问题的关注，如《劳歌》《大雪歌》《仓前村民输麦行》等 7 首乐府，而且都为新题乐府。张耒一生过着不安定的生活，仕途早期有十多年的州县游宦经历，虽然后来也有 8 年的馆阁生活，但在生命的后二十年过着贬谪流落、忧愁惊悸、贫困窘迫的日子，所以他的乐府诗中有 12 首抒发身世感慨、表达宦途体验的作品，如《行路难》表现宦途奔波的劳碌艰险，《寒鸦词》流露出期盼回到温暖的江淮的心愿。此外，咏怀古人古事、揭示人情物理、描写民俗风情在张耒乐府中也有所表现，如《少年行》《寒食歌》《一百五歌》。

古题乐府求奇求变。张耒在《答李推官书》一文中言："江河淮海之水，理达之文也，不求奇而奇至矣。激沟渎而求水之奇，此无见于理，

①　(宋)张耒撰，李逸安等点校：《上文潞公献所著诗书》，《张耒集》，北京：中华书局，1990 年，第 840~841 页。

②　(宋)张耒撰，李逸安等点校：《答李推官书》，《张耒集》，北京：中华书局，1990 年，第 829 页。

而欲以言语句读为奇之文也。"①可见张耒为文也是求奇、求变的，只是他认为文之奇不应该通过言语句读来表现，而是要靠寄寓在客观事物中的固有之理。张耒 17 首古题乐府中只有 4 首是沿袭古辞的主题，其他古题乐府在题材内容、主题等方面都有所创新。如《襄阳曲》：

> 襄阳行乐处，歌舞白铜鞮。江城回渌水，花月使人迷。山公醉酒时，酩酊襄阳下。头上白接篱，倒着还骑马。岘山临汉江，水渌沙如雪。上有堕泪碑，青苔久磨灭。且醉习家池，莫看堕泪碑。山公欲上马，笑杀襄阳儿。（李白）

> 西津折苇鸣策策，蟾蜍光入芙蓉白。山头不雨贾船稀，日日门前江水窄。将欲烜赫招行人，旋起丹楼照长陌。银屏深蔽玉笙闲，自擘新橙饮北客。佟离暂合心未果，泪莹双眸为谁堕。②（张耒）

《晋书》载山简永嘉中镇守襄阳，时四方寇乱，朝野危惧。简优游卒岁，唯酒是耽，于是民间有《襄阳童儿歌》。李白拟作中形象地描绘了一位醉似泥的山公形象。张耒拟作则写襄阳江边青楼女子盼贾客归来，日日登楼眺望，怎奈"山头不雨贾船稀"，女子与贾客的相聚总是短暂的，难免伤心落泪，"泪莹双眸为谁堕"。与古歌谣及李白拟作比较，张耒这首诗的题材、主题、人物形象、风格都发生变化：写女子的相思之情、人物由太守山公变成青楼女子，古辞童谣语言俚俗，李白拟作流利洒脱，张诗的情绪节奏变缓，表达女子的情思很细密、含蓄。

张耒在古题乐府中寄寓身世感慨。如《江南曲》，南朝梁柳恽《江南曲》写行客恋江南之乐而不知返乡。唐人拟作多代女子言离别，表现男女情爱。张耒《江南曲》写江船生活虽简朴，却也其乐融融，自在而随性，"不学长安贵公卿，每念离心寄朱毂""朝游岩廊暮海岛"，这种生活

---

① （宋）张耒撰，李逸安等点校：《张耒集》，北京：中华书局，1990年，第 829 页。
② （宋）张耒撰，李逸安等点校：《张耒集》，北京：中华书局，1990年，第 29 页。

没有宦途的忧惧，胜过贵族公卿，完全抛开古辞内容的束缚。《行路难》
一诗是根据自己宦途奔波的亲身体验而生发出感慨，一生四处为宦，辛
劳奔波，"车愁羊肠夜险折，船畏人鲊晨惊湍。九州一身恨自惜，使我
颜色常鲜欢"①。既表达了宦海奔波的总体感受，内容又非常切合题面意
思。诗人居淮南时，切实感受到淮南楚乡冬日的寒酷，《苦寒行二首》便
以想象、夸张的笔法描写了诗人真实的居处环境。

　　张耒少有大志，为文欲与屈原、贾谊争胜，也想成就不朽功业。他
弱冠及第，可惜处在当时险恶的政治环境中，又不肯屈从于蔡京之流，
志向未遂。于是在他的诗中多赞誉卫青、唐太宗、诸葛亮、寇准等人，
希望自己也能如他们那样为国为民建立功勋，同时也无情地讥讽了宋军
的无能和朝廷的腐败。

　　　　豪俊昔未遇，白日无光辉。隆中卧龙客，长啸视群儿。九州英
　　雄争着鞭，黄星午夜照中原。君看慷慨有心者，乃是山东高帝孙。
　　老瞒赤壁抱马走，紫髯江左空回首。世上男儿能几人，眼看袁吕真
　　何有。永安受诏堪垂涕，手挈庸儿是天意。渭上空张复汉旗，蜀民
　　已哭归师至。堂堂八阵竟何为，长安不见汉官仪。邓艾老翁夸至
　　计，谯周鼠子辨兴衰。梁父吟，君听取，击节高节为君舞。躬耕贫
　　贱志功名，功名入手亡中路。逢时儿女各称雄，运去英雄非历数。
　　梁父吟，悲复悲。古今人事半如此，所以达士观如遗。庞公可是无
　　心者，何事鹿门招不归。②

　　《梁父吟》即古题《梁甫吟》，谢希逸《琴论》曰："诸葛亮作《梁甫
吟》。"本为葬歌，诸葛亮由田疆、古冶子的坟墓想到二桃杀三士的故事，
哀悼死者的同时，谴责这种残害壮士的阴谋。李白拟作中"力排南山三

---

① （宋）张耒撰，李逸安等点校：《张耒集》，北京：中华书局，1990 年，第 36~37 页。
② （宋）张耒撰，李逸安等点校：《张耒集》，北京：中华书局，1990 年，第 45~46 页。

壮士，齐相杀之费二桃"之语，也袭用了诸葛亮原作部分内容，但李白重在表现理想受挫后的痛苦和对未来的期待。张耒将重点放在了诸葛亮身上，概述孔明一生的功业伟绩，借古人古事表达英雄须逢时的主旨。诗歌的情感基调与古题古辞切合，慷慨悲凉，句式上还刻意模仿古辞本为歌舞曲辞的特征，"《梁父吟》，君听取，击节高歌为君舞"。《少年行三首》中前两首都是赞美汉代名将卫青的，诗人创作此诗时，同卫青一样二十余岁，希望和卫青一样，击败西夏和北辽，建立不朽功业。第三首则感慨公侯畏祸忧诛先白头，不及少年斗鸡走马的快意人生。这三首诗的立意都摆脱了古乐府《结客少年场行》《少年行》的游侠主题，诗中的人物形象也去掉了美酒胡姬、笙歌艳舞的一面。

曹操《度关山》写"人君当自勤苦，省方黜陟，省刑薄赋也"，后世拟作有写征人行役之苦。张耒拟作围绕诗题展开，将"关"特指为秦关，首句以诗题引入，"度关山，意悠哉，秦关路险行车摧"[①]，借此展开叙述，讲述孟尝君当日逃离秦关时，靠着门客学鸡鸣才脱险的历史故事，但诗人不是要赞孟尝君能得人，关键时刻可以化险为夷，恰好相反，结尾处诗人叹息孟尝君当年礼贤下士，才得鸡鸣狗盗之辈，"可惜当日殷勤意，辍食分衣竟为谁"。

张耒大多数古题乐府在内容方面没有照搬前人的陈词旧调，以新辞写古题，一些作品融入深沉的个体生命体验，这种对古辞古题的再创作焕发了古乐府新的生命力。同时，在创新过程中，张耒也做到了古题与新辞的巧妙结合，没有破坏诗歌的整体艺术性。

4.3.2 张耒与张籍乐府诗之比较

4.3.2.1 乐府效张籍

《宋史》本传称张耒"晚岁益务平淡，效白居易体，而乐府效张

---

① （宋）张耒撰，李逸安等点校：《张耒集》，北京：中华书局，1990 年，第 46 页。

籍"①。关于张耒乐府诗学习张籍，前文已经提到宋人对此多有讨论。张耒乐府诗多作于其屡遭贬谪的后期，即绍圣元年（1094）以后，其乐府诗的风格受到张籍的影响。张耒与张籍有相似的人生经历。张籍并非出身于高门望族，也不是朝廷新贵，虽有科名，但仕途颇多波折，居闲散卑职，到了晚年更是贫病交加、官小身贱，恰如白居易在《读张籍古乐府》中所描述的"无人行到门"。这样的处境增加了诗人与下层社会接触的机会，对民生憔悴能够感同身受。

宋人常将张籍和张耒相提并论，认为张耒的乐府诗受张籍影响，二人乐府诗的相同之处表现在两个方面。一是他们都有大量反映民生疾苦的优秀的乐府诗，张籍这类"哀民生之多艰"的作品在中唐乐府诗人中是有代表性的，白居易《读张籍古乐府》评价他："尤工古乐府，举代少其伦。"张耒延续了这种做法，他的乐府诗创作在北宋中后期是很突出的。二是他们的乐府诗风格趋于自然平易，平实朴素，不事雕饰，对于张耒而言，这一点尤为难得。北宋中后期开始，诗歌艺术上追求生新美，强调"无一字无来处"，张耒却能自觉追求这种平易舒畅的文风。基于以上两点，在北宋的乐府诗人中，张耒的乐府诗风格与张籍最为相似，他的乐府诗成就也被宋人所肯定，陆游曾言："自张文潜下世，乐府几绝，吾友郑虞任作《昭君曲》如'羊车春草空芊芊'及'重瞳光射搔头偏'之类，文潜殆不死也。"②陆游赞友人《昭君曲》有如张耒再世，也说明张耒乐府成就高，张耒之后乐府诗人少有能与之比肩者。

张耒自己就说乐府诗拟作张籍，如《仓前村民输麦行》诗下自注明确写道"此篇效张文昌"，序言："余过宋，见仓前村民输麦，止车槐阴下，其乐洋洋也。晚复过之，则扶车半醉，相招归矣。感之，因作《输麦行》，以补乐府之遗。"

---

① （元）脱脱：《宋史》卷四百四十四，北京：中华书局，1985 年，第 13114 页。
② （宋）陆游：《陆游集》，北京：中华书局，1976 年，第 2238 页。

场头雨干场地白，老稚相呼打新麦。半归仓廪半输官，免教县吏相催迫。羊头车子毛巾囊，浅泥易涉登前冈。仓头买券槐阴凉，清严官吏两平量。出仓掉臂呼同伴，旗亭酒美单衣换。半醉扶车归路凉，月出到家妻具饭。一年从此皆闲日，风雨闭门公事毕。射狐置兔岁蹉跎，百壶社酒相经过。

写农人收获之后输官仓的画面，"半输仓廪半输官"，接下来就可以安心享受一年的收获成果，粗酒疏食，也自得其乐，这首诗抓住了农人简朴而幸福的时刻，也说明对农民而言，他们对幸福的要求很简单，官家不催租税，仓中有粮即可。诗歌语言朴素，捕捉到了村民最真实的生活状态，描写细致，诗人与民同忧乐的情怀也卓然可见，这首诗如果窜入张籍的作品中，完全可以以假乱真，酷似张籍乐府诗风格，因为它体现了张籍乐府诗的特点：深衷浅貌。主题的切入点很小，描写对象也都是平常的俗事俗物，但主旨开掘得很深。

4.3.2.2 "二张"乐府诗的同中之异

宋人在诗歌创作中是努力有所突破的，在唐代一位位巨匠面前，宋人不断地尝试新的艺术风貌，形成自己的特色。张耒的乐府诗与张籍有趋同的地方，他在借鉴张籍乐府诗的同时，也贯彻了宋人求新求变的精神，形成自己独特的乐府诗风格。

首先，张耒乐府诗主旨的传达更为明白直露。

张籍乐府诗与同时代的元稹、白居易不同，他没有关于乐府诗的言论主张，其诗中的讽谕性也不像白居易《新乐府》那样明显直白，而是深藏在字里行间。如《野老歌》：

老农家贫在山住，耕种山田三四亩。苗疏税多不得食，输入官仓化为土。岁暮锄犁傍空室，呼儿登山收橡实。西江贾客珠百斛，

121

船中养犬长食肉。①

诗中运用强烈的对比，老农是"不得食""傍空屋""收橡实"，另一头却是"化为土""珠百斛""犬长食肉"，诗人没有加以任何说明、议论，而社会的不公、朝廷的横征暴敛、农人的苦难表露无遗。《牧童词》整首诗大部分笔墨都在写天真质朴的牧童放牛玩耍的情景，只是结尾牧童呵斥牛儿的一句话耐人寻味："牛牛食草莫相触，官家截尔头上角。"以官家吓唬牛儿，反过来说明官家对百姓的压榨掠夺已让百姓不寒而栗，全诗至此戛然而止，言有尽而意不尽。其他如《山头鹿》《筑城词》《猛虎行》《贾客乐》也是非常含蓄地表达讽谕之意。

再看张耒的《劳歌》：

> 暑天三月元无雨，云头不合惟飞土。深堂无人午睡余，欲动儿先汗如雨。忽怜长街负重民，筋骸长毂十石弩。半裆遮背是生涯，以力受金饱儿女。人家牛马系高木，惟恐牛躯犯炎酷。天工作民良久艰，谁知不如牛马福。②

这首诗深刻地写出劳工的生活和苦难，暑天苦热无雨，牛马尚且系高木以避暑，可怜长街负重民，不如牛马有福。诗中巧妙运用对比手法，不将富人与贫民比，而是将富人之牛马与贫民比，更显二者贫富差距之悬殊。与张籍不同的是，张耒这类乐府诗中会插入一两笔议论或抒发感慨，如《劳歌》的结尾感慨生命本来尊贵的人反而不如牲畜的境遇好，诗歌的主题相对表现得直露些。

张耒乐府诗中常常出现他的影子，诗人有时要跳出来说话，如《饥鸟词》写诗人经过陈宋时见到"田荒生茅不种麦"，田地荒芜，意味着民

---

① （唐）张籍撰，徐礼节、余恕诚校注：《张籍集系年校注》，北京：中华书局，2011 年，第 22 页。

② （宋）张耒撰，李逸安等点校：《张耒集》，北京：中华书局，1990 年，第 31 页。

不聊生，但是诗人没有写百姓如何饥饿，而是描写饥乌在田地里啄食不饱。"我行陈宋经大泽，田荒生茅不种麦。空肠待饱明年禾，鸦鸦尔饥独奈何。"诗人像是在对乌鸦说话，更是代饥民诉说不幸。"诗人心里惦念百姓，忧民之忧，面对自然灾害时，诗中会直接开解、宽慰百姓，如《旱谣》："努力踏车莫厌勤，但忧水势伤禾根。"《大雪歌》："老农占田得吉卜，一夜北风雪漫屋。屋压欲折君勿悲，陇头新麦一尺泥。泥深麦牢风莫吹，明年作饼大如箕。野人食饱官事少，莫畏瑟缩寒侵肌。"而张籍创作乐府诗时似乎只是如实客观地描写，不直接点明立意主旨，似乎未存讽谕之心，但诗人对田夫野老、戍妇征夫的怜悯之心已经显露无遗。

再以二人的同题诗为例：

> 江南人家多橘树，吴姬舟上织白纻。土地卑湿饶虫蛇，连木为牌入江住。江村亥日长为市，落帆渡桥来浦里。青莎覆城竹为屋，无井家家饮潮水。长江午日酤春酒，高高酒旗悬江口。倡楼两岸悬水栅，夜唱竹枝留北客。江南风土欢乐多，悠悠处处尽经过。（张籍《江南曲》）①

> 江蒲芽白江水绿，江头花开自幽淑。人家晨炊欲熟时，旋去网鱼惟所欲。往来送租只用船，未省泥沙曾污足。有钱买酒醉邻畔，终日数口常在目。不学长安贵公卿，每念离心寄朱毂。朝游岩廊暮海岛，谴人未归身自到。（张耒《江南曲》）②

唐人姚合曾以"妙绝江南曲，凄凉愍女诗"③来赞誉这首诗，诗中如

---

① （唐）张籍撰，徐礼节、余恕诚校注：《张籍集系年校注》，北京：中华书局，2011年，第113页。

② （宋）张耒撰，李逸安等点校：《张耒集》，北京：中华书局，1990年，第47页。

③ （唐）姚合著，吴河清校注：《姚合诗集校注》，上海：上海古籍出版社，2012年，第218页。

实描绘了江南民俗风情，各色人物的居处环境、日常生活，尽是不起眼的细碎事物，作者只是在如实地展现世俗事物，意境清深。张耒诗中也写到了江南风物、普通百姓的生活方式，但他的着眼点是在自身，作者非常享受这种自在悠闲的生活，通过对比公卿与船民两类人的生活、命运，作者寄寓了自己的身世感慨和人生信念。相比之下，张耒的乐府诗多抒发感慨，有意识地表露自己的观点。

同样是心怀百姓、同情百姓，张籍乐府诗表现的范围更为广泛一些，樵夫、牧童、征妇、节妇、商贾等都是其表现的对象，诗人的意图主旨十分含蓄地潜藏在文字背后。张耒在取法这些特点的同时，融入了自己的特色，面对种种不公的社会现象，诗人有时禁不住直接表露自己的情感，因而主旨表达得更为明白直露。

其次，张耒乐府诗的语言流易通俗。

张耒的乐府诗流易通俗，有张籍乐府诗的自然朴素的一面，但语言不及张籍凝练、精工。张籍乐府正如王安石所言"看似寻常最奇崛，成如容易却艰辛"，用平常语表现日常人事，却要达到不寻常的艺术效果，需要精深的艺术造诣，如《江村行》，初读时只看到田家在水田劳作，搭棚养蚕，并未觉出有何深意，但"水淹手足尽为疮，山蚭绕衣飞朴朴"的画面在眼前挥之不去，农民手脚长期在水里浸泡，长满疮，引来一群群好吸食人畜血液的山蚭，诗人细腻逼真地写出了农民的辛苦，读后让人心中充满了酸楚。在这方面，张耒略逊于张籍，张耒一些乐府诗叙事繁复，剪裁不够精当，一诗内用重字，显得有些草率，创作中似乎没有十分"艰辛"的过程。张耒与张籍有 6 首同题乐府诗，1 首为新题《寄衣曲》，5 首古题《远别离》《白纻歌》《少年行》《行路难》和《江南曲》，试以其中几首诗为例，分析各自的艺术风格。

织素缝衣独苦辛，远因回使寄征人。官家亦自寄衣去，贵从妾手着君身。高堂姑老无侍子，不得自到边城里。殷勤为看初着时，

征夫身上宜不宜。(张籍《寄衣曲》)①

　　秋风西来入庭树，攀条正念征人苦。空窗自织不敢任，鸣机愁寂如鸣橹。练成欲裁新丝香，抱持含愁叔姑堂。别来不见衣觉窄，试比小郎身更长。(张耒《寄衣曲》)②

　　《寄衣曲》为张籍自创的诗题，两首诗都是通过写戍妇裁剪衣服寄给远方的征夫，表达对丈夫的体贴和惦念。初唐采取府兵制，兵卒自备鞍马、兵器、衣物，因此会出现征妇寄衣的情况。中唐改为募兵制，官家发放衣物，但为戍卒寄衣的旧习仍存在，张籍诗中"官家亦自寄衣去"便说明这一点。妻子不辞辛劳赶制衣物，希望托边塞回来的使者捎给远在边关的丈夫，能让丈夫穿上亲手缝制的衣服，对心怀思念之情的妻子而言，也是一种安慰。她多希望能亲自到边城探望丈夫，无奈婆婆年老力衰，身边无子侍奉，此处委婉地指出战争留给后方的只有老弱妇孺，家中没有青壮劳力，生活辛苦不言而喻，借妇人之口流露出反战的情绪。因为丈夫戍边太久，妻子不知其身材变化与否，结尾处便是写妻子仔细忖度衣服的尺寸，恳求使者留意丈夫穿上新衣时合不合身，委婉地道出对丈夫的思念。整首诗就像是一个妻子的自白，丈夫戍边的时间越久，对他的挂念也愈加深厚，普通百姓对战争的憎恶情绪就在这朴实的家常絮语中流露出来。这首乐府诗的语意凝炼、质朴，言情曲折细密，含蓄深婉，给人的感觉是吐三分、含七分，这种婉而微讽的方式更加重了情感力度。清人沈德潜在《重订唐诗别裁集序》中便说："张王乐府，委折深婉，曲道人情。"③张耒拟作张籍的这首诗，除了主题一致外，谋篇构思也袭用张籍原作，如前六句都是讲如何细致地缝剪衣物，结尾处都是写因为许久未见丈夫，妻子想尽办法了解衣服是否合身，"别来不见衣

---

① (唐)张籍撰，徐礼节、余恕诚校注：《张籍集系年校注》，北京：中华书局，2011年，第24～25页。

② (宋)张耒撰，李逸安等点校：《张耒集》，北京：中华书局，1990年，第29页。

③ (清)沈德潜：《唐诗别裁集》，上海：上海古籍出版社，1979年，第3页。

觉窄，试比小郎身更长”，语言风格也是朴实的。与张籍不同的是，张耒诗中对戍妇的描写略多，重在表现妻子的愁寂，借织布机的声音衬托内心感受，“鸣机愁寂如鸣橹”，感觉声音像是大船发出的，见出房间之空荡、内心之烦闷。张耒诗歌语言用词显得随意，如一句中重复用字，“鸣机愁寂如鸣艫”，诗中两次出现“鸣”字，显得直露、不够精工，不及张籍乐府诗语言含蓄、精深，正如朱熹所言：“张文潜诗只一笔写去，重意重字皆不问，然好处亦是绝好。”①

再看二人拟作的另一首古题乐府《远别离》。这一诗题是古题《古别离》的变题，《古别离》一题则是由《楚辞》、古诗“行行重行行……”、李陵赠苏武诗等诗意而来。李白衍生出《远别离》，围绕潇湘妃子娥皇、女英与舜帝的离别传说展开想象。

> 莲叶团团荇叶折，长江鲤鱼鳍鬣赤。念君少年弃亲戚，千里万里独为客。谁言远别心不易，天星坠地能为石。几时断得城南陌，勿使居人有行役。（张籍《远别离》）②

> 远别离，明当入蜀去。酒酣日落客心惊，起与仆夫先议路。引车在庭牛在槽，桐枝袅袅秋风豪。别情惆怅气不下，酒觞翻污麒麟袍。缓缓清歌慰幽独，不惜更长更烧烛。赠君发上古搔头，莫易此心如此玉。平生每笑花飞片，东家吹落西家怨。但得归时似别时，相知何必长相见。（张耒《远别离》）③

张籍《远别离》写一江南女子盼远行的郎君能归来，非常传神地描写女子的心理活动。首句起兴，句内“团团”与“折”相对，莲叶的圆整与荇

---

① （宋）黎靖德编，黄珅、曹姗姗注评：《朱子语类》，南京：凤凰出版社，2013年，第227页。

② （唐）张籍撰，徐礼节、余恕诚校注：《张籍集系年校注》，北京：中华书局，2011年，第108页。

③ （宋）张耒撰，李逸安等点校：《张耒集》，北京：中华书局，1990年，第36页。

叶的折转不圆形成对照，暗示着人事不如意。女子惦念郎君长年独自奔波，以天星坠地尚且成石为喻，担心他变心，进而牵恨于道路之不断绝，恨不得把城南的路截断，这样郎君就不会出门了。寥寥几笔，就把女子深挚、质朴的相思情传达出来，诗歌的语言风格也是很朴实的。这些词句很平常，没有雕饰的痕迹，但诗人花费了很大的心力在构思造句上，无怪乎南宋张戒说张籍诗"专以道得人心中事为工""思深而语工"。胡应麟也说他"略去葩藻，求取情实"①。

张耒拟作以女子的口吻讲述离别情形，一方将赴蜀远行，另一方赠搔头以表坚心，希望君心不变，并以"相知何必长相见"来自我宽慰。主题没有变化，与张籍诗比较：情节内容发生变化，由别后变为离别时刻；女子身份更像是风尘女子而非妻子；变整齐的七古为杂言；在叙事剪裁上，张耒不避繁复，从离别前的准备工作到饮酒饯行都有所描述，而张籍诗歌的剪辑更为简洁利落；张籍诗语言更为凝练，富有张力，风格更为平实质朴，张耒诗风格是属于流易通俗。

再次，张耒古题乐府"寓意古题"而不"刺美见事"。

张籍创作古题乐府时是有意在题材内容方面寻求改变的，在这一点上，二人的创作观念是一致的，如二人所写的《行路难》：

> 湘东行人长叹息，十年离家归未得。弊裘羸马苦难行，僮仆饥寒少筋力。君不见床头黄金尽，壮士无颜色。龙蟠泥中未有云，不能生彼升天翼。(张籍《行路难》)②

> 人生动与衣食关，百年役役谁为闲。四时睡足鞍马上，去岁钱塘今长安。车愁羊肠夜险折，船畏人鲊晨惊湍。九州一身恨自惜，使我颜色常鲜欢。天地一气成万象，融即是江结是山。再愿洪垆泻

---

① (明)胡应麟：《诗薮》，上海：上海古籍出版社，1979年，第85页。
② (唐)张籍撰，徐礼节、余恕诚校注：《张籍集系年校注》，北京：中华书局，2011年，第13页。

融结，万世更无行路难。（张耒《行路难》）①

张籍创作该诗时离家漫游十年，诗中写年年奔波求仕的艰辛，苦于无人举荐，诗中抒发了有志难酬的愤懑。张耒同样也是写为衣食谋，仕宦奔波辛劳。张籍拟作古题乐府时做到了元稹所赞赏的"寓意古题，刺美见事"，如他的《猛虎行》以猛虎喻豪强恶霸，这些恶势力长期横行而朝廷不敢剪除，《伤歌行》讥讽不法高官终遭败亡的下场。张耒虽然也在拟古乐府中寓以新意，但内容基本无关乎国计民生，他把这类反映民生疾苦的乐府诗题材均放在了新题乐府里，可以说，张耒的拟古乐府诗只是"寓意古题"，却不"刺美见事"。

此外，张籍乐府诗常用齐言七古，且篇幅短小，因为篇幅短，所以必然要求语言精炼，而张耒乐府诗不拘形式，齐言、杂言，近体、古体皆有。

总之，张耒的乐府诗传承张籍乐府对普通民众的关注，在他笔下，农民、劳工、戍妇等都成为表现对象，但写得最多、最为人称道的还是他表现民瘼的新题乐府。张耒乐府诗多选取一些日常人事为题，如酷暑中的劳工、啄食的乌鸦、眼前的萤火虫、戍妇缝衣、村民输麦，这些都是对张籍乐府诗的借鉴与吸收。不同的是，张耒乐府诗的取材范围不及张籍广泛，其古题乐府没有反映时弊、民瘼的题材，这些内容是在他的新题乐府中体现的。张耒乐府诗风格倾向于平易舒坦，语言浅俗素朴，有时会出现语尽意尽的不足，有别于张籍的写实质朴、含蓄深婉、简洁凝练。

张耒的乐府诗能关注民生问题，这与他的政论和史论主张是一致的。《诗杂说》中有一篇谈礼，他论礼，却从百姓的衣食作为出发点，这与其他人谈等级、宗法等不同，这源于张耒心系百姓，与其乐府诗中表现民生疾苦的做法是一致的。他认为文章不应该只是雕琢字句，徒有外

---

① （宋）张耒撰，李逸安等点校：《张耒集》，北京：中华书局，1990 年，第 36 页。

表的华美，应该经世致用，所以他认为文学的作用是寓理，"自《六经》以下，至于诸子百氏、骚人辩士论述，大抵皆将以为寓理之具也。……故学文之端，急于明理。……如知文而不务理，求文之工，世未尝有是也"①。张耒所说的理并不偏狭，不拘于某家之说，是指客观事物的固有之理。而判断一篇文学作品的好坏与否，要看是否实现了"诚"，他曾言："夫诗之兴，出于人之情喜怒哀乐之际，皆一人之私意，而至大之天地，极幽之鬼神，而诗乃能感动之者，何也？盖天地虽大，鬼神虽幽，而惟至诚能动之。"②所以读他的乐府诗，能够感受到诗人发自内心地与民同哀乐的情怀，无论是哀悯民生，还是抒写个体生命体验，都是诗人亲身体验、深有感触之后才发之笔端，因为真实，所以动人。做诗要"诚"，这一点与杜甫相同，北宋僧惠洪所作《冷斋夜话》云："文章以气为主，气以诚为主。老杜诗过人，在诚实耳。"③所以张耒自己就说"平生极力模仿"④杜甫。张耒主张自然晓畅的文风，他在《贺方回乐府序》中说道："文章之于人，有满心而发，肆口而成，不待思虑而工，不待雕琢而丽者，皆天理之自然而情性之道也。"⑤所以读他的乐府诗，毫无做作的感觉，不过有时简单地直抒胸臆，会忽视文学创作需要精思、锤炼的要求，也削弱了乐府诗的思想深度和艺术成就，以至于遭到率意、重字的诟病。

4.4 小结

北宋乐府诗人对新题乐府和古题乐府各自的表现功能、题材内容有

---

① （宋）张耒撰，李逸安等点校：《答李推官书》，《张耒集》，北京：中华书局，1990 年，第 829 页。

② （宋）张耒撰，李逸安等点校：《上文潞公献所著诗书》，《张耒集》，北京：中华书局，1990 年，第 840 页。

③ （宋）胡仔：《苕溪渔隐丛话前集》卷三，北京：人民文学出版社，1962 年，第 17 页。

④ （宋）洪迈：《容斋随笔》，上海：上海古籍出版社，1978 年，第 189 页。

⑤ （宋）张耒撰，李逸安等点校：《答李推官书》，《张耒集》，北京：中华书局，1990 年，第 755 页。

了较为明确的分工。中唐诗人提倡古题乐府"寓意古题，刺美见事"，在北宋元祐时期的古题乐府中没有体现出这一点，他们将反映民生问题的内容全部寄寓在新题乐府中，即是说新题乐府承担了全部的针砭时弊的功能，古题乐府不再担负这一功能。如张耒反映民生疾苦的乐府诗均为新题，这一点非常符合杜甫新题乐府"即事名篇"的做法，而他的古题乐府没能做到"寓意古题，刺美见事"。北宋中期以后，文人用自创的乐府新题来表现讽谕题材的意识十分强烈，在诗中主动发表一些议论、感慨，这与"不觉其在讽谕而讽谕之义已见"的张籍乐府不同。元祐时期文人的乐府诗观与创作实践相吻合。从这个时期开始，新题乐府诗的数量超过同期古题乐府，其中宋人自创的新题居多，极少沿用唐人的乐府新题。这一时期的新题乐府不以表现现实题材为重，此类题材的新题乐府诗比重下降，而叙写人生哲理、个体情怀等内容的新题乐府诗的数量增多，这其实是乐府诗多重功能得以发挥的表现。

求新变的文学思想影响了古题乐府诗的创作。如苏轼以江河喻作文，秉持自然而富于变化的创作思想，而当时王安石推行新法时，对于学术思想也要求统一，进而要求统一的文风，苏轼不满这种单一僵化的文风，他批评道："文字之衰，未有如今日者也。其源实出于王氏。王氏之文，未必不善也，而患在于好使人同己。……地之美者，同于生物，不同于所生。"①黄庭坚《赠谢敞王博喻》中也说："文章最忌随人后。"②《以右军书数种赠丘十四》："随人作计终后人，自成一家是逼真。"③张耒和黄庭坚都是求新求变的，只是新变的途径不同，黄庭坚主要通过炼字、造句、谋篇等方面提高艺术经验，所以他推崇杜甫律诗。张耒则认为要通过理而非言语句读来表现，要表现理，需要诚，所以作诗务平淡，效仿白居易和张籍。吕南公为文重道而不轻文，主张"士必

---

① （宋）苏轼著，孔凡礼点校：《答张文潜县丞书》，《苏轼文集》，北京：中华书局，1986 年，第 1427 页。

② （宋）黄庭坚：《山谷外集》卷十四，清文渊阁四库全书本。

③ （宋）黄庭坚：《山谷外集》卷十二，清文渊阁四库全书本。

不得已于言，则文不可以不工"①；他不拘泥于古人，认为文章应"与时而变，不袭一体"②。这些文学思想与苏轼和黄庭坚有相通之处，但不像苏黄那样用太多典故。因此，元祐时期能够寓有新意的古题乐府的比例提升，高于仁宗时期，与仁宗时期一样，拟古乐府很少表现讽谕性质的内容，诗人创作乐府诗时更多关注如何创作古题乐府。通过反用法、比兴法、聚焦法和溯源法等创作方式，拟古乐府诗在主旨、题材、风格等方面发生新的变化，融入新的内涵，发掘出古题乐府的价值，避免了"沿袭古题，唱和重复"的自我限制式的创作模式。在具体创作中，当乐府诗不再入乐时，文人会直接借鉴古辞的句法结构产生形貌俱肖乐府诗的效果，如拟作中多使用"三三七""三七"句式，模仿古辞起首和结尾的固定套语等。

这一时期乐府诗创作成就较高的除了张耒，还有苏轼、黄庭坚、吕南公。他们的乐府诗有一些共同的特征，如拟古乐府都能有所新变，多在新题乐府中表现带有讽谕性质的题材。苏轼和黄庭坚的乐府诗中用典较多，吕南公和张耒的风格相对接近，平淡质朴，少典故。与苏轼乐府相比，张耒的乐府诗中时事题材较多，且风格上承张籍，语言更为平实。与黄庭坚乐府比较，张耒诗中用典、议论的成分较少。同时期诗人中，张耒乐府诗的语言风格较接近吕南公，二人都把批评现实作为乐府诗的重要主题，都倾向于质朴平淡的风格，不喜用典。

从宋初到仁宗时期，文人对乐府诗的关注度明显提高，但元祐时期文人并没有再接再厉，掀起一个乐府诗创作高潮。乐府诗创作相对多的诗人在诗坛影响却不大，艺术成就并不高，难以引起别人的效仿，如郭祥正在当时诗坛并不占有重要地位。元祐时期一流作家创作的乐府诗相对较少，反倒是二三流作家多作乐府诗，这也是宋乐府不如唐乐府的原因之一，如这个时期诗歌成就很高的苏轼、陈师道创作的乐府诗并不

---

① （宋）吕南公：《读李文饶集》，《灌园集》卷十七，清文渊阁四库全书本。
② （宋）吕南公：《与汪秘校论文书》，《灌园集》卷十七，清文渊阁四库全书本。

多。张耒虽然乐府诗成就较高，但其创作整体水平毕竟有限，难与苏轼比肩，如朱熹便曾说张耒作诗过于率意，难免意思或文字重复，"张文潜诗只一笔写去，重意重字皆不问，然好处亦是绝好"①。钱锺书先生也评价张耒诗歌创作："风格也写意随便得近乎不耐烦，流于草率。"②而郭祥正等人才力有限，乐府诗有固定的套路而便于模仿，所以一些才学不高的诗人会响应。

究其原因，与诗人对乐府诗的创作态度有关。如诗坛领袖苏轼写诗主张兼收并蓄，所以什么题材、风格的诗都写，不会只偏爱乐府诗，或只偏好某一类题材，而是各种题材风格并重。苏轼常以"一肚皮不合时宜"的态度去看待社会，所以其诗歌多表现现实问题。他的乐府作品以新题居多，但只有《吴中田妇叹》《荔枝叹》反映时事题材，古题乐府也不涉及时事内容。这似乎可以说明苏轼很少刻意去创作乐府诗，他写的一些乐府诗只是随性创作的结果，有感于当地人物旧事、民情风俗作《襄阳古乐府》《于潜女》，由眼前所见激发创作灵感，写作《续丽人行》。这与白居易本着"以诗为谏"的目的去写新乐府的态度不同。这也表明有一些诗人在写这些新题乐府诗时，潜意识中未必将其视作乐府诗，也没有刻意要用乐府的形式表情达意，读苏轼的新题乐府诗，便有这样的感觉。另一原因是北宋后期崇杜甫律诗，文人兴趣在近体诗，以古体为主的乐府诗受青睐的程度自然降低。

---

① (宋)黎靖德编，黄珅、曹姗姗注评：《朱子语类》，南京：凤凰出版社，2013 年，第227 页。

② 钱锺书：《宋诗选注》，北京：人民文学出版社，1989 年，第 80 页。

第5章　北宋末期乐府诗创作

本书所指的北宋末期是从徽宗政和元年（1111）至钦州靖康二年（1127）。具体创作情况如5-1表所示：

表5-1

拟作乐府类别	作品数量（首）
古题乐府	93
宋人衍变古题而作的乐府	8
唐代新题乐府	7
宋代新题乐府	171
合计	279

该期有乐府诗创作的诗人为42人，新题乐府178首，拟古乐府101首。表现时政民生题材的有67首乐府，绝大多数为新题，新题乐府诗占有极大的比重，这些特点都延续了元祐时期的创作风貌。北宋末期能寓以新意的拟古乐府有60首，约占古题乐府的三分之二，是整个北宋时期比例最高的阶段。

这一时期的乐府诗仍以新题乐府为主，在内容上以反映时弊民生、战乱的题材尤为突出。文人士子在拟古乐府时，也努力在题意上有所拓展创新，这种创变不是颠覆性地脱离古辞题意，而是在沿用古辞本事本义的基础上，继续开掘古题的蕴意，深化古辞的内涵，这一点与唐人是不同的。周紫芝的乐府诗创作数量最多，艺术成就也相对较高，唐庚、汪藻①、王庭珪②、吕本中等也是该期重要的乐府诗人。

5.1　深入挖掘古乐府题意内涵

　　宋末文人延续了元祐时期文人拟古乐府无讽谕性的做法。这个时期近三分之二的拟古乐府不沿袭古义，在内容、题意上能翻出新意，常见的做法是赋予古题新的主题，或以新的题材来重释古题，如周紫芝《日出东南隅行》《金错刀》，唐庚、吕本中等多人所写的昭君辞，基本上都能翻出新意。此外，还出现了一种情况，宋末文人努力在古辞原有的题意上有所拓展创新，这种创变不是颠覆性地脱离古辞题意，而是在沿用古辞本事本义的基础上，继续向深处开掘古题的蕴意，丰富、深化古辞的内涵，这一点与唐人是不同的。针对后者，试举几例。

　　唐庚共有 27 首乐府诗，新题乐府为主，6 首反映时事民生的乐府，都是新题。个别乐府有王建诗风，对仗精工，如《陌上桑曲》《白头吟》《结客少年场》《明妃曲》《舞马行》等，篇幅短小精炼，且多新意，不沿袭前人。唐庚曾述自己的创作体验："诗最难事也！吾于他文不至蹇涩，惟作诗甚苦，悲吟累日，然后成篇，初读诗，未见可羞处，姑置之，明日取读，瑕疵百出，辄复悲吟累日，返复改正，比之前时稍稍有加焉，复数日取出读之，病复出，凡如此数四。"③与其他诗歌重推敲锤炼、近于苦吟的作风不同，唐庚的乐府诗在苦吟这一点上表现得不明显，相对比较朴实流畅，少用典。他的《结客少年场》展现少年意气激昂、饮酒驰猎、从军封侯的形象，这与前人同题乐府诗中的少年形象基本无二，同

---

①　汪藻(1079—1154)，字彦章，号浮溪，又号龙溪，饶州德兴(今属江西)人。
②　王庭珪(1079—1171)，字民瞻，自号泸溪老人、泸溪真逸，吉州安福(今属江西)人。
③　(宋)唐庚：《自说》，《眉山唐先生文集》卷二十八，四部丛刊本。

样表达了"轻生重义，慷慨以立功名也"①的意思，在此基础上，诗中还多了一层意思："贫中知己慎勿忘"，即是说少年立功封侯之日，"苟富贵，勿相忘"，勿忘贫贱之交。

周紫芝拟古乐府围绕古辞本事本义展开，这与他的乐府诗观是一致的。他的乐府理论中虽然没有提及拟古乐府是否要新变，但实际创作中他的拟古乐府基本上都寓以新意。拟作古题或他人新题，题意有拓展。有的作品构思立意新奇，如《隋渠行》《金错刀》。乐府诗中用典不多，多七古，语言自然流利。风格多样，或清丽，或沉郁。他的多首拟古乐府诗能够深入挖掘古辞本义，补足古辞未尽之意。如《公无渡河》首先围绕古辞本事展开，劝公勿渡河，内容与古辞有关联，如"听媪语""公无渡河"等，但诗人有所引申，以渡河凶险为喻，写人心险恶、豺狼当道，"人心险过山嵯峨，豺狼当路君奈何""世间平地多风波"。《饮马长城窟行》写长城城下掘井，汉将饮马长城窟，长城窟见证了古来征人白骨、无休止的战争，这些内容在古辞及前人的拟作中都有所表现。诗人没有停留在此，继续深入挖掘主题，想要揭示出战争最终的结果是将军封侯，"斗死伍符无姓名"。《拟桃叶团扇歌三首》引："王徽之爱姬作《团扇歌》三首，词固佳绝而意若有未尽者，为再作三首以足其意"，王徽之为爱妾作《桃叶歌》，一首表达一方独相思的意思；另一首写将接受对方的殷切之意。裁纨作团扇，期望日日与君相见，恐秋至如团扇被弃捐。正如序中所称"足其意"，在古辞的基础上，扩充丰富原意。《湖阴行》咏晋明帝平王敦之乱时"遗鞭"典故，王敦谋逆之心久矣，君臣竟然不如石崇一婢早知其反心。

吕本中唱和张耒的《于湖曲》，作《晋大宁……张文潜有于湖曲广其意追和焉》，诗题中明确写明创作缘起，要"广其意"，吕作在铺叙王敦谋反，明帝微行，察其营垒之事后，引申出新的内涵：昔日战争无论谁胜谁负，都已荡然无存，空留苍苔暴骨。吕本中重视古诗，主张学诗者

---

① （宋）郭茂倩：《乐府诗集》卷六十六，北京：中华书局，1979 年，第 984 页。

应先读古诗及曹植诗，"读《古诗十九首》及曹子建诗……诗皆思深远而有余意，言有尽而意无穷。学者当以此等诗常自涵养，自然下笔不同"①。古诗和曹植诗多为乐府诗，写乐府诗可以练笔，学习古诗"思深""余意"的韵致，但他并不因此而蹈袭前人，认为作诗不应该因循旧言，只规模前人。

5.2　反映社会现实的题材凸显

北宋末期反映现实问题的乐府诗占总数的 24%，是北宋乐府诗创作的四个阶段中最高的。这与当时的社会形势密切相关。徽宗晚年耽于享乐，朝廷上下奢靡成风，终于导致国家的败亡，身逢末世、乱世，文人的责任心、爱国情通常会高涨，面对战乱中生灵涂炭，满目疮痍，诗人难以无动于衷。进而战后如何重建王朝、安抚百姓，成为文人极为关切的问题，所以这一时期的乐府诗中表现国亡战乱的题材内容最为突出。

靖康之难中的很多重大事件在乐府诗中都有所表现，如周紫芝的新题乐府。周紫芝所著《太仓稊米集》将诗歌分"乐府"和"诗"两类，"乐府"类中有 58 首乐府诗，"诗"类中有 27 首乐府诗。归入"乐府"类的乐府诗，其中 33 首是新题乐府，25 首为古题乐府，而少数收于"诗"类的乐府诗都是为时为事而作的新题乐府。周紫芝乐府诗总体成就不在张耒之下，表现战争乱离、时弊民生的作品较多。如果按照时间来分，他的乐府诗正好由三部分组成：徽宗时期针砭时弊；靖康时期表现战争乱离；南渡后稍稍安定，考虑如何让百姓获得安宁，过上正常生活。如《雍门行》作于宋钦宗靖康元年（1126），诗人时年 45 岁。靖康元年秋七月诛蔡攸，诗中自注曰："六贵人谓蔡攸等。"②与史书记载相吻合。诗中长安借指宋都城，回忆靖康之难中胡兵围城，二圣出城，蔡攸等人被斩

---

① （宋）胡仔：《苕溪渔隐丛话前集》卷一，北京：人民文学出版社，1962 年。
② 任群：《宋代诗人周紫芝研究》，南京师范大学硕士学位论文，2006 年，第 21 页。

杀，这些人当年是何等的气焰嚣张，终难逃悲惨的下场。"忆昔长安昼闭门，敌兵四面如云屯。嗣皇明圣日月出，尽划宿蠢清妖氛。利剑空膏六贵人，富贵回头信何有？"靖康之难中，金兵一路追击，南宋高宗曾逃至海上，吕本中《海上篇》便是写君臣落魄奔逃的情状。他在《海上篇》中诗人叹息一朝肘腋变，众作鸟兽散，所幸君子志士海上起兵，誓死报国。吕本中乐府写得较好，25 首乐府中有 13 首新题乐府。新题乐府反映时政民生的并不多，不少乐府写人生事理，构思新颖，流易轻快，语言朴实，少用典。邓肃《靖康迎驾行》《后迎驾行》描述靖康之难时具体过程、细节，宋人企盼迎驾归，最终未能实现。胡处晦《上元行》也是写二圣罹难之诗，当作于钦宗靖康二年(1127)，叙靖康元年至二年时事，君王不得归，倾城回首歌悲啼，胡人莫得意。

以古题来写时事，如李纲[①]的大型组诗《胡笳十八拍》。《胡笳十八拍》诗序言："昔蔡琰作《胡笳十八拍》，后多仿之者。至王介甫集古人诗句为之，辞尤丽缛凄婉……靖康之事，可为万世悲。暇日效其体集句，聊为写无穷之哀云。"这 18 首诗都是集句诗，宋人如王安石多集句诗，但乐府诗中几乎没有集句诗。这 18 首诗基本上按照时间顺序将靖康之难的前后事件——叙述，第一笳写朝廷不备，胡虏侵凌；第二笳写战争场景，城陷落；第三笳写皇帝被迫离京；第四笳至第六笳诗人想象京城陷落后的情形，宫人亡散，春草空生洛阳殿，抒情色彩浓厚；第七笳开始回忆往日帝京宫廷生活，感慨世事难测，悲二帝北掳，伤百姓苦于兵乱，自叹家人骨肉离散，胸中的愤然之情更加激烈，安得锐卒驱胡虏，群胡归来血洗箭。这 18 首诗可作为史诗，虽为集句诗，却能浑然一体。李纲乐府诗中最突出的是反映时政的作品，作者的爱国情、哀民心充斥于言语，但总体水平不及周紫芝。

时局动荡，一系列重大事件冲击着诗人的内心感受，一些细微的现

---

① 李纲(1083—1140)，字伯纪，号梁溪先生，常州无锡人。

象也能折射出天下板荡的状况，同样会震撼人心。如朱敦儒①《小尽行》
"小尽"与历法有关，哀朝廷官历不颁，伤丧乱。《竹坡诗话》云："顷岁
朝廷多事，郡县不颁历，所至晦朔不同。朱希真避地广中，作《小尽
行》。"②以小见大，从小小的日历上看出时代动荡。身处乱世，生活中点
点滴滴不由得让人想到战事，如周紫芝《夏热叹》由夏热难耐想到番兵入
侵，企盼秋禾不枯敌不来，"安得……尽泻天河作飞雨……"，明显套用
杜诗句法。

　　在战争的阴霾下，从农夫、士卒到士大夫，每个人的命运都是不同
的，但都因战争而发生改变。士卒处在战争的第一线，吕本中《守城士》
记录了金兵围攻汴京时守城兵卒奋勇抗敌的种种举动，他们斗志昂扬，
不畏严寒，不惧死伤，只愿报君保国。百姓虽不必冲锋陷阵，但他们承
担着数目巨大的军需供给，赋税倍加严苛。周紫芝《输粟行》写农家输粟
养兵。前部分写农民秋收时家家忙碌，老幼全部舂粟输官府，因为官府
期限紧，甚至忙到夜半，"夜半舂粟输官仓"，而且基本上是倾仓输官，
"扫廪倾困不须恶"。借路旁老人简单的几句话便道出战乱的实质和农民
辛劳却无衣食的根源："田家终岁负耕糜，十农养得一兵肥。一兵唱乱
千兵随，千家一炬无孑遗。莫养兵，养兵杀人人不知。"所以对百姓而
言，即使胡兵不来杀掠，也难逃一死，"胡骑不来自亡命"。不像张王乐
府那样含蓄、写实，诗人说得很直接，毫不掩藏愤怒的情感。语言很俚
俗，但问题揭露得很深刻，平平常常的大白话却极能刺痛人心。其他如
周紫芝《五谿道中见群牛蔽野问之容州来感其道里之远乃作短歌以补乐
府之阙》《双鹄飞行》《秋蝗叹》、郑刚中③《纪关陇》，这些乐府诗记录了
这个特殊的历史阶段国家与百姓的命运。一贯养尊处优的士大夫文人在
战乱中也变得落魄，四处避难，邓肃④《避贼引》写金兵入侵时，夜半与

---

①　朱敦儒（1081—1159），字希真，洛阳人。
②　（宋）何溪汶：《竹庄诗话》卷十八杂编八，清文渊阁四库全书本。
③　郑刚中（1088—1154），字亨仲，婺州金华人。
④　邓肃（1091—1132）字志宏，南剑沙县（今属福建永安）人。

他人仓皇避贼之事。汪藻的 6 首乐府诗都是新题，继承苏轼自然成文的文学观，多触及时事，如《次韵周圣举清溪行二首》回顾贼兵蜂起时，诗人仓皇奔走情状，"忍饥怖死头抢地"，如今喜见风尘安定，"慎勿忘忧耽酒圣"。

国家覆亡，诗人不仅仅是喟叹"君不见江南江北多战场，去年白骨无人藏"（周紫芝《寒食曲》），往日寒食节欢娱景象，如今兵卒满城战鼓响，子孙多亡，寒食萧瑟，更要反思北宋灭亡的原因，如周紫芝《菖蒲山子歌》将北宋衰亡的根源归结为皇帝的奢侈享乐所致。诗中以唐玄宗时事暗指宋廷，皇家权贵取太湖石作山，供皇家享乐之人气焰嚣张，"绣衣半是花鸟使，达官避路谁敢言"，以致国亡，"锦帆东下飞龙舟，咸阳苑籞空萧索"暗指宋廷南迁奔逃，"杜陵野老哀江头，菖蒲之山兮谁尔留"，揭露朝廷奢靡，朝廷爪牙跋扈，以至亡国殃民。

5.3　推崇张王乐府疏通平易之风

宋人喜将张籍和王建相提并论，如魏泰《临汉隐居诗话》言："唐人亦多为乐府，若张籍、王建、元稹、白居易以此得名。"[1]有时也借用唐人的话语来赞颂张籍，如《诗话总龟》后集卷十一载姚合、白居易对张籍的评价："至于乐府，则稍超矣。姚秘监尝称之曰：'妙绝《江南曲》，凄凉《怨女诗》。'白太傅尝称之曰：'尤工乐府词，举代少其伦。'由是论之，则人士所称者非以诗也。"[2]张籍乐府诗也成了宋人大力效仿、比照的对象。张耒"晚岁益务平淡，效白居易体，而乐府效张籍"[3]。"能为乐府胜张籍"[4]，说明宋人以张籍为乐府大家。

北宋文人推崇张籍、王建乐府诗，这种创作观念从北宋中期开始显

---

① 丁福保辑：《历代诗话续编》，北京：中华书局，2006 年，第 295 页。
② （清）何文焕辑：《历代诗话》，北京：中华书局，1981 年，第 497 页。
③ （元）脱脱：《宋史》卷四百四十四，北京：中华书局，1985 年，第 13114 页。
④ （宋）文同：《寄贠文饶屯田》，《丹渊集》卷十，清文渊阁四库全书本。

现，到了北宋后期尤为明显。如周紫芝《古今诸家乐府序》称赞张籍乐府诗"兼诸家之善，妙绝古今"①，认为"唐人作乐府者甚多，当以张文昌为第一"②。在创作实践中，唐庚、周紫芝、吕本中等人有时会明确标示效仿张王乐府。如唐庚《采藤曲效王建体》：

> 鲁人酒薄邯郸围，西河渡桥南越悲。岁调红藤百万计，此古一作无穷时。去年采藤藤已乏，今年采藤藤转竭。入山十日脱身归，新藤出土拳如蕨。淇园取竹况有年，越山采藤输不前。今年输藤指黄犊，明年输藤波及屋。吾皇养民如养儿，凿空为此谋者谁。③

诗题中明确标示效仿王建乐府诗。王建乐府诗叙述平直素朴，以平常语说平常事，诗歌结尾往往给人以出其不意的震撼，如："不愿入口复上身，且免向城卖黄犊。田家衣食无厚薄，不见县门身即乐。"(《田家行》)"当窗却羡青楼倡，十指不动衣盈箱。"(《当窗织》)"年年郡县送征人，将与辽东作丘坂。宁为草木乡中生，有身不向辽东行。"(《辽东行》)诗歌题意在不经意间凸显出来，意蕴深远。唐庚这首新题乐府讲述越民年年采藤作为岁调，官府需求无厌，导致藤源枯竭，逼迫百姓卖牛卖屋以输赋税，朴实的描述中揭露当权者对百姓的剥削压榨。这首诗采用张王乐府常用的短章七古，在通俗的语言中寄寓讽刺之意，语言简净，饱含悲怆之情，风格凝重。另一首《武兴谣》讲述山区连年黍稷不收，山民无粟米可食，而且只有有钱人才能吃上橡实，山民生活的艰难贫困与日俱增。结尾"今年都尽橡实贵，山中人作寒蝉枯"，用有如干枯寒蝉的惨象形容饿殍，令人触目惊心。诗人在"无动于衷"的描述中道出山民的困苦，富者尚且无粟米，何况贫者。语言俚俗朴实有王建乐府之

---

① (宋)周紫芝：《太仓稊米集》卷五十一，清文渊阁四库全书本。
② (清)何文焕辑：《历代诗话》，北京：中华书局，1981 年，第 354 页。
③ 傅璇琮等主编：《全宋诗》卷一三二零，北京：北京大学出版社，1991 年，第 14996～14997 页。

风。周紫芝《插秧歌》题下注明"和罗仲共效王建作":

> 田中水满风凄凄,青秧没陇村路迷。家家趁水秧稻畦,共唱俚
> 歌声调齐。树头幽鸟声剥啄,半雨半晴云漠漠。五白草斑谁敢闲,
> 农夫饷田翁自作。去年两经群盗来,妇儿垂泣翁更哀。蚕丛烧尽不
> 成茧,陵陂宿麦无根荄。今年插秧忧夏旱,旱得雨时兵复乱。官军
> 捕贼何时平,处处村村闻鼓声。

首先,题材内容上写农民趁水插秧的劳作生活,其不避辛劳,但忧
兵乱与夏旱,诗歌围绕农民的喜怒哀乐来写,这一点与王建一致,王建
不少新题乐府表现农民的日常生活,如《田家行》《簇蚕词》等。其次,叙
述剪裁上有层次变化,看到眼前令人欣喜的稻畦,不由得回忆起去年两
遭盗贼作乱,茧麦无收,进而担忧今年是否会再遭夏旱、兵乱,诗歌的
前半部分与后半部分气氛对比鲜明,由充满希望的轻松喜悦,突然变为
怨恨、哀伤、忧惧,企盼太平时日的到来。这种前后叙事谋求方式与王
建的《簇蚕词》非常相似:"神蚕急作莫悠扬,年来为尔祭神桑。但得青
天不下雨,上无苍蝇下无鼠。新妇拜簇愿茧稠,女洒桃浆男打鼓。"诗歌
前半部分极力渲染蚕农对丰收的期待和欢悦心情,后半篇陡转直下,道
出蚕农的无奈与愤怒:"三日开箔雪团团,先将新茧送县官。已闻乡里
催织作,去与谁人身上著。"

唐庚、周紫芝等人继承张王乐府的创作风格,表现民生艰难,风格
朴素,形式上采用三字题、七言古体,但这些新题乐府诗的艺术成就还
是逊于张王乐府。张王乐府更为真切、含蓄、惊警,真正做到了浅貌深
衷,如明人高棅所言:"独张籍、王建二家体制相似,稍复古意。或旧
曲新声,或新题古义,词旨通畅,悲欢穷泰,慨然有古歌谣之遗风。"①
与白居易新乐府比较,张王乐府一般篇幅短小,语言更为凝练。清人翁

---

① (明)高棅:《唐诗品汇》,上海:上海古籍出版社,1982年,第269页。

方纲评曰："张、王乐府，天然清削，不取声音之大，亦不求格调之高，此真善于绍古者。"①更重要的是他们乐府诗中的讽谕之意表现得很自然，没有刻意要以诗为谏的理念，在看似写实的描述中，托讽之意自然流露，所以其乐府诗并不限于新题抑或古题，二种形式皆可创出佳作。白居易则不然，因其以"为君、为臣、为民、为物、为事"的理念写乐府诗，所以有时会走向理胜于辞的另一个极端，对思想内容的关注胜过艺术性，难免出现类似口号式的语言，如"我闻古之良吏有善政，以政驱蝗蝗出境。又闻贞观之初道欲昌，文皇仰天吞一蝗"（《捕蝗》），"感人在近不在远，太平由实非由声。观身理国国可济，君如心兮民如体"（《骠国乐》）。这些新乐府的谏书意味过于浓厚，言辞直露，不及张王乐府更为隐曲，更富有蕴籍含蓄的诗意美。

　　北宋末期的乐府诗人之所以会选择张王乐府作为追崇的对象，除了张王乐府所体现出的思想性外，更多的是其语言风格与当时"强调作诗功力与自然天成相结合"②的诗学倾向一致有关。北宋末期至两宋之交，一些文人试图纠正江西诗风出现的弊病，"反对语意浅陋或用功太过"③，如"作诗浅易鄙陋之气不除，大可恶"④，"元轻白俗，郊寒岛瘦，皆其病也""篇章以含蓄天成为上"⑤。这种风气一直延续至南宋，南宋文人也师法张王乐府，如南宋范晞文称："古乐府当学王建，如《凉州行》《刺促词》《古钗行》《精卫词》《老妇叹镜》《短歌行》《渡辽水》等篇，反复致意，有古作者之风，一失于俗则俚矣。"⑥话中所提及的几首乐府诗题，除了《短歌行》属于古题外，其他几首其实都是新题，范晞文赞赏王建乐府诗有古风古意，主要意图其实是想说明好的拟古乐府也应如此。张戒《岁寒堂诗话》中说到："元白张籍王建乐府，专以道得人心中事为工，

---

①　（清）翁方纲：《石洲诗话》卷二，清粤雅堂丛书本。
②　张毅：《宋代文学思想史》，北京：中华书局，2006 年，第 138 页。
③　张毅：《宋代文学思想史》，北京：中华书局，2006 年，第 138 页。
④　（清）何文焕辑：《历代诗话》，北京：中华书局，1981 年，第 397 页。
⑤　（清）何文焕辑：《历代诗话》，北京：中华书局，1981 年，第 455 页。
⑥　丁福保：《历代诗话续编》，北京：中华书局，2006 年，第 422 页。

然其词浅近，其气卑弱。"①严羽《沧浪诗话》："大历后，刘梦得之绝句，张籍王建之乐府，我所深取耳。"②并且在论述"诗体"时提出"张籍王建体"，其后注有"谓乐府之体同也"③，说明是从乐府诗创作的角度这样命名的。王之望《次韵陈庭藻赴天申燕诗二首》："中兴盛事须记述，乐府宜得张文昌。"④刘克庄认为"乐府至张籍、王建诸公道尽人意中事"⑤。南宋许顗《彦周诗话》认为"张籍、王建，乐府、宫词皆杰出"。⑥ 负兴宗在《左奉议郎致仕负公墓志铭》一文中说到："文饶乐府高处当苗裔骚人抗衡张籍。"⑦魏庆之《诗人玉屑》中说到马古洲作品"辞意精深，不减张籍王建之乐府，惜世无知者"⑧，将张籍作为比照对象，也反衬出张籍乐府在时人眼中的地位之高。

北宋末年，乐府诗的语言俚俗化、口语化。如李若水⑨乐府诗喜用问答体，语言俚俗、口语化，如"村妇相将入城去，呵之不止问其故"（《村妇谣》），"村家爱桑如爱儿，问尔伐此将何为。……我独冻坐还歔欷，长官打人血流地"（《伐桑叹》）。风格质朴直白，类似张耒乐府，但更为直白，不追求含蓄，而他的其他诗歌的语言则没有这些特征。再如吕本中乐府诗构思新颖，流易轻快，语言朴实，少用典，如"东家西家蚕上簇，南村北村麦白熟。小儿腰镰日早归，大儿去就田间宿"（《田家乐》）。平淡之美可以说是宋代诗坛的整体性追求，表现在语言风格上，便是通俗朴实，是一种平淡而山高水深的艺术境界，这种平淡也是通过语言的锤炼得来的。北宋诗歌重学问与功力，用心于语言表现技巧方面的用典、炼字、句法等。乐府诗在语言风格方面与其他类别的宋诗有所

①　丁福保：《历代诗话续编》，北京：中华书局，2006 年，第 450 页。
②　（清）何文焕辑：《历代诗话》，北京：中华书局，1981 年，第 697 页。
③　（清）何文焕辑：《历代诗话》，北京：中华书局，1981 年，第 689 页。
④　（宋）王之望：《汉滨集》卷一，清文渊阁四库全书本。
⑤　（宋）刘克庄：《后村集》卷一百八十三，四部丛刊景旧抄本。
⑥　（清）何文焕辑：《历代诗话》，北京：中华书局，1981 年，第 385 页。
⑦　（宋）负兴宗：《九华集》卷二十一，清文渊阁四库全书本。
⑧　（宋）魏庆之：《诗人玉屑》卷十九，清文渊阁四库全书本。
⑨　李若水（1093—1127），字清卿，洺州曲周县（今河北曲周县）人。

区别，语言疏通平易，明白晓畅，更为俚俗化、口语化，用典相对较少，这一点应该更多继承了乐府诗的传统，当然也与大量的乐府诗采用古体的形式有关。虽然北宋不同阶段的乐府诗创作呈现出的语言风格各异，作家的诗风也是异彩纷呈，但疏通平易是这一时期也是北宋乐府诗总体呈现出的语言风格。

5.4 小结

反映国亡战乱是北宋末期新题乐府中最突出的一类题材，该期反映社会现实问题的乐府诗几乎都是即事名篇之作，如唐庚、王庭珪、周紫芝、李若水具有讽谕性质的乐府诗都是新题。推崇中唐张籍、王建乐府诗，关注民生，风格趋于含蓄朴实，多用古体。在创作拟古乐府时文人的乐府诗观与其创作实践不相吻合。宋末文人在观念上不赞同拟古乐府脱离古辞题意，提出要回归古题本意的改进途径，但在实际的创作中拟古乐府往往在题意上能翻出新意。复古的观念与创新的实践，在二者的合力下，似乎可以解释北宋末期拟古乐府中一种创作现象，即在古辞原有的题意上有所拓展创新，向深处挖掘古题的蕴意。

这个时期的文人在谈及乐府诗时认为拟古乐府应该与古辞题意相符，"后人之作，其不与古乐府题意相协者十八九，此盖不可得而考者，余不复论。独恨其历世既久，事失本真，至其弊也，则变为淫言，流为亵语，大抵以艳丽之词，更相祖述，致使父子兄弟不可同席而闻，无复有补于世教"①。周紫芝指出后世大多数拟古乐府的题意与古辞不相吻合，对此，他是持否定态度的。后人拟作乐府的两个弊端：一是脱离古题本事、本意，二是作艳丽之词，失去教化的功能，所以抨击徐陵《玉台新咏》选录艳丽之词。他反对六朝乐府，认为古题本事、本意是保证乐府诗教化功能的关键，因而极其赞同吴兢重视乐府古题本事、本义的

---

① （宋）周紫芝：《太仓稊米集》卷五十一，清文渊阁四库全书本。

做法，也肯定《乐府古题要解》的结论，"至于事之本源，时之废兴，有不同者，吴兢言之详矣，此不复考焉"。这种观点的出发点其实是强调乐府诗的内容应具有教化功能，主要针对乐府诗拟作过程中出现的"淫言""亵语"的弊端而言，要求恢复古辞本事、本义，其实是要恢复古乐府的创作精神，并没有反对古题新意的创作方式。那种认为拟古乐府应恢复本义的观念在南宋初年曹勋的乐府诗中表现得极为明显，也与曹勋的乐府诗观相一致。

北宋末期各种社会矛盾更加激化，诗人为了实践以诗干预时政的目的，创作乐府诗时，更加重视它的教化功能，认为后世拟乐府脱离古题之意，流为流言亵语，"无复有补于世教"，要求拟古乐府回归古题本义，与新题乐府一样，做到题意相互吻合。而创作实践中表现出的新变面貌，一方面是由于延续了元祐时期拟古乐府的创作特点，另一方面也与北宋文人文学创作中一贯的求新求变心理有关。诗歌的艺术技巧已经非常成熟，诗人能够熟练运用各种表现技法，他们的创作才情也是拘束不住的，尤其是同题拟作时，有一层竞技意思在内。

第6章　北宋乐府诗的创作特征

乐府诗的创作是有着巨大的稳定性的，无论是叙述模式、取题方式，还是题目、意象，都有着很强的传承性，它们的改变是缓慢的，而且有时又是人为地保持种种传统，所以北宋文人想要在乐府诗创作上自铸新词、创出新意，就显得非常困难了，但是宋人在其创作实践中，又努力尝试将新的元素融入拟乐府。

6.1　古题乐府创作与理论的合与分

古乐府，通常指汉至南北朝的乐府诗，包括这一时期乐府机关所采录的民间作品和文人拟作。古乐府中所出现的诗题就被认作是乐府古题，相对于乐府新题而言。胡震亨在《唐音癸签》中明确区分了乐府古题和新题："乐府内又有往题、新题之别。往题者，汉、魏以下，陈、隋以上，乐府古题唐人所拟作也。新题者，古乐府所无，唐人新制为乐府题者也。"①在唐宋乐府中还出现了一些在古题、古辞基础上衍生出的诗题，如杜甫、李白根据曹操的《苦寒行》而作《前苦寒行》《后苦寒行》《北上行》，郭茂倩便将这些乐府诗编在曹操原作之后，而未归入"新乐府辞"中，由此可见，郭茂倩认为这些衍变自古题、古辞的乐府诗与古辞

① （清）胡震亨：《唐音癸签》卷一，上海：上海古籍出版社，1981年，第2页。

关系紧密，也应归入古题乐府。判断宋代这类乐府诗时也应遵循这一传统，所以本书也借用郭茂倩的做法，将宋人衍变古题而作的乐府统称为古题乐府。

从魏晋开始乐府机关所使用的曲辞全部由文人创制，因汉末乐章至魏时多散佚，所以他们多依据旧曲作新辞，如曹植《鼙舞歌序》中称："兼古曲多谬误，异代之文，未必相袭，故依前曲，改作新歌五篇。"[1]魏时文人虽然较少创制新的曲调，但他们不肯亦步亦趋地仿照他人，而是另辟蹊径，开创自己独特的风貌，至此形成了文人拟作乐府诗的风气。文人在拟作旧的乐府曲题时融入新的题材、改变古辞本义，这些做法始于且定型于曹魏时期。文人拟古题乐府通常有两种情况，一类属于依旧曲作新辞，这些拟作完全脱离古辞的拘束，不蹈武前贤或效法同辈，除了用古的曲题名外，内容与古辞没有任何关联；另一类是拟作与本事、古辞、古曲名总有或多或少的联系，或感情基调相似，或主旨比较接近，或形式体制借鉴古辞，或由古意生发。前者体现了创作主体的创新精神，后者流露出一种复古倾向，表现为对旧义、旧体的摹拟与借鉴。

从曹魏开始，拟古题乐府脱离古辞本义的创作逐渐成为一种常态，也符合文人的审美习惯，但到了北宋，却出现了拟古题乐府力图恢复古辞旧义的"倒退"现象，文人不赞同拟古乐府脱离古辞题意、提出要回归古题本义的观点，这似乎有悖于文学发展的规律，下文试对这一现象予以分析。

6.1.1 古题乐府追溯古辞旧义

据《全宋诗》《宋文鉴》及宋人别集检录，北宋拟古题乐府共计428首，汉魏六朝不同时期产生的古题都有拟作，题材丰富，民生、闺情、民风、游仙等内容都有所展现，表现对象有文士、游子、戍妇、民夫

---

① （魏）曹植著，赵幼文校注：《曹植集校注》，北京：人民文学出版社，1984年，第323页。

等，其中 246 首袭用古辞旧义，其余 182 首则融入了新题材主旨。由此可见在北宋拟古题乐府创作中以因袭古义的作品居多，诗人的创作有时甚至刻板地尊崇古辞本事、本义。下文主要分析这近 250 首因袭古辞旧义的乐府诗。在具体的创作中，根据拟作所借鉴的旧义的范围，这 246 首古题乐府诗可以分为两种情况。

第一种情况是拟作在内容上模拟最原初的古辞，跨越前代拟作，直追古辞本事、本义。这类作品从宋初到北宋末年一直持续不断，共 73 首作品，涵盖了从汉魏至南朝梁的 43 个曲题，其中拟作汉代古题最多，有 15 题 28 首。相思离别和咏史类是表现最多的主题，如《有所思》《古别离》《王昭君》《于湖曲》等。兹举几例。

《乐府解题》解释《野田黄雀行》一题："晋乐奏东阿王'置酒高殿上'，始言丰膳乐饮，盛宾主之献酬。中言欢极而悲，嗟盛时不再。终言归于知命而无忧也。"[1]曹植作有三首《野田黄雀行》，其中两首内容及谋篇构思完全符合《乐府解题》中的表述，有明显入乐的痕迹，第三首则发生了明显改变，借野田黄雀被网罗，比喻诗人自身及友人遭遇迫害的现实，此后隋唐文人拟作也多围绕黄雀被网罗来写，主题都发生了改变。再看文同拟作：

> 搥鼍铿鲸宴瑶台，红鸦弄翼春徘徊。和风入坐宾主乐，金觥玉豆天中来。劝君剧饮莫自诉，暗中光景能相催。试看庭前好花谢，枝下落多枝上开。人生不厌苦行乐，勿用蹙促相惊猜。贤愚贵贱各有命，此理悟者真贤哉。

该诗描写宾主享受美宴丰膳，忽而乐极生悲，感慨生命短促、盛世不再，题材主旨与最初的古辞相同。通常情况下，古辞的本事与本义密切相关，有时古曲、古辞会散亡，只留下本事，一些拟古题乐府诗便直

---

① （宋）郭茂倩：《乐府诗集》卷三十九，北京：中华书局，1979 年，第 570 页。

接围绕本事来写，如古题《走马引》，崔豹《古今注》曰："《走马引》，樗里牧恭所作也。为父报怨，杀人而亡，匿于山之下。有天马夜降，围其室而鸣，觉闻其声，以为追吏，奔而亡去。明旦视之，乃天马迹也。因惕然大悟曰：'岂吾所处之将危乎？'遂荷粮而逃，入于沂泽中，援琴而鼓之，为天马之声，故曰《走马引》也。"最初的古曲已散亡，古曲是否有相应的辞已不可知，现存最早的拟作是南朝梁张率的作品，张率诗从本事中的天马展开想象，主要的笔墨用来形容马之神骏，"倏忽而千里，光景不及移"[1]，李贺拟作无关乎本事，描写一持剑走马客，徒有剑术而不知自省。文同拟作能够围绕本事来写，而且情节内容几乎可以说是照搬古辞本事："群蹄踏空山，半夜若风雨。平明即其地，已复天上去。惟予追大义，盍免以名捕。蟠蜗入寒壳，此岂谓安处。脱身入浩渺，固有神物护。礼谓不戴天，天知天亦许。"文同乐府诗几乎都为古题，如《苦寒行》《巫山高》《秦王卷衣》《东门行》等数诗，内容直追古辞，主题与古辞本义接近，《东门行》甚至直接重复古乐府的情节内容。其他如田锡《短歌行》、张耒《于湖曲》、蔡襄《铜雀妓》、黄庭坚《古乐府白纻四时歌》等亦其例。这些诗人拟作汉魏古题时，特别跨越了古辞之后、宋代以前的历代文人拟作，在题意上直追曲题的本事本义。一个乐府曲题在流传过程中，逐渐形成由本事、本义、拟辞等组成的系统，其中本事、本义是尤为拟作者关注的，所以对古辞本事、本义的借鉴最能凸显拟作与原作的关联性。这类创作最能体现北宋文人对古乐府的推崇，从中也可看出文人对拟古乐府的创作态度，这种创作方式的弊端在于会导致拟古乐府诗缺乏新意，只是诗人对前人亦步亦趋地模仿而已。

另外一种情况是北宋文人不局限于模仿最原初的古辞本事、本义，古辞之后、北宋之前的拟作都成为他们效仿、参考的对象。这类乐府诗涉及汉魏至南朝梁近40个曲题，170多首，其中拟作汉乐府古题也是最多的，有12个曲题48首作品。作品表现的主题多样，有诸如《侠少行》

---

[1] （宋）郭茂倩：《乐府诗集》卷五十八，北京：中华书局，1979年，第847页。

《邯郸少年》《洛阳少年行》这样的游侠主题，也有《古别离》《远别离》这样的怨别话题。这种类似"杂糅"的拟作方法前代已有，如李白的古题乐府便将汉魏以来的全部乐府古辞纳入拟作视野，而且对魏晋以来文人拟乐府的各种创作方式都予以借鉴、融合，从而奠定了他乐府诗创作集大成者的地位，但李白在"杂糅"之后走向了新变，没有把归结点落在旧义上。再看北宋文人是如何兼收并蓄前代拟作的。如《巫山高》古辞"言临水远望思归之意"，南朝和唐人拟作多从题面意思生发，围绕巫山之高、高唐神女的传说展开想象。文彦博的拟作亦如此，先言"巫山高不极，高与碧穹齐"，紧接着将山中烟雨的描写与高唐神女的传说融合一处，"朝云常蔼蔼，暮雨复凄凄。仿佛闻珠佩，依稀认绣袿。无能留彼美，徒使梦魂迷"。再如《关山月》本是"伤离别"①的曲题，南朝及唐人拟作进一步丰富古题的内涵，引申出边关孤月、厌战思南的内容，"相思在万里，明月正孤悬"（卢照邻），"戍客望边邑，思归多苦颜"（李白）。文彦博同样写"宕子久行役，辽西戍未还"，闺人因"相思不相见"而"清泪浥朱颜"，融合了南朝以后该古题所积淀的全部情感内涵。

　　从以上的论述可以看出，北宋多数拟古题乐府诗缺乏新意，诗人直接借用古辞原作与其拟作的题材主旨，而没有融入作者本人的思想情感，也没能就古辞题意生发出新的内容，可以说是对古辞旧义的一种复归，这种复归源于文人的崇古意识，表现为乐府诗创作中便是尊崇汉魏古乐府。以作品数量来看，北宋有 428 首古题乐府，其中拟汉乐府古题的作品有 137 首，汉乐府是被北宋文人拟作最多的一个阶段。汉乐府因其"感于哀乐，缘事而发"，所以"亦可以观风俗，知厚薄"，体现出一定的教化功能。而在宋代，文以载道观居统治地位，文者道之用、道者教之本的观念影响着文学创作。文人拟古题乐府对旧义尤其是本事、本义的复归是缘于认为古义更接近于道、更利于教化的认识。如上文提到周紫芝认为古题本事、本义是保证乐府诗教化功能的关键，因而极其赞同

---

① （宋）郭茂倩：《乐府诗集》，北京：中华书局，1979 年，第 334 页。

吴兢重视乐府古题本事的做法。北宋文人认为古乐府内容符合儒家伦理道德，有补于教化，拟作如果失去本义，去作那些淫言亵语，就失去了这种教化功能，所以回归古辞本事本义，是为了"补于世教"。

6.1.2 理论与实践的相合与背离

尚古辞旧义的特征贯穿于整个北宋古题乐府诗的创作实践中，但呈现出越来越衰微的趋势，即是说文人不满足于因袭古辞旧义的模式，借古题寓以新意的创作方式相对越来越频繁，表现真实的个体情怀、人生哲理、政治观念等内容的作品数量呈上升趋势。如宋太祖至真宗朝，57首古题乐府中45首承袭了前代乐府诗的题旨辞意，约占80%，仁宗至英宗年间这一比例为70%，神宗至哲宗年间降到了50%，到了徽宗大观年间至北宋亡，101首古题乐府中只有三分之一沿用前代乐府诗的题意内容。在创作实践中尚古辞旧义的特征呈递减趋势，而相关的理论主张却越来越强化对古辞旧义的复归。拟古题乐府诗的创作与实践在北宋呈现了由基本相合到逐步分离的发展趋势。

北宋拟作最多的古题是有关王昭君的故事内容，如《王昭君》《明妃曲》等乐府题目，尤其以仁宗嘉祐四年（1059）王安石、欧阳修、司马光等人的唱和为一大盛事，这些人的拟作各具面貌，异于古辞，所以可以此作为粗略的时间分界点，此前拟古题乐府诗的创作与理论基本相合，此后二者的关系开始背离，理论和创作的发展趋势是相反的。以某一古题在北宋的拟作情况为例，如《湖阴曲》本事讲晋王敦谋反，晋明帝微行至其营，王敦终败绩的故事，古辞已经散亡。张耒认为该曲题中的"湖阴"当作"于湖"，因此为正古曲之名而拟作，更名为《于湖曲》，此后宋人拟作中两种题名说法都有。张耒和苏辙拟作的内容基本上重述这一历史故事。到了北宋末年，吕本中拟作时，题目中已经明确表明唱和张耒拟作："张文潜有于湖曲广其意追和焉"，但诗歌的主题已经引申为吊古伤今，感慨昔人已去，空留苍苔暴骨。从这一个曲题主题内容的变化，

151

再次印证了北宋拟古题乐府在复归古辞旧义的同时，一种新变的态势在慢慢显露、扩张，与其理论主张背道而驰。由此可见，北宋乐府诗发展过程中理论主张与实际创作在不同阶段是有分有合的。

那么再以张载、唐庚等有明确相关主张的诗人作品为例，看他们在实际创作中是否也践行了其主张。张载生活于仁宗至哲宗年间，其作品上文已提及，张载乐府诗留存的有 9 首，《日重光》等 5 首作品是重述古辞本义的，其余几首为了体现他的雅正思想而在内容上发生了变化，这种理论与实践开始分离的趋势在张载作品中已经显现。唐庚和周紫芝二人的乐府诗创作在北宋末期十分突出，数量多，且新题乐府多，乐府诗成就相对较高。唐庚有 6 首古题乐府诗，《陌上桑曲》《白头吟》《结客少年场》等古题乐府有王建诗风，篇幅短小精炼，且多新意，不蹈袭前人。如《结客少年场》重在表达"贫中知己慎勿忘"之意，希望少年立功封侯之日，勿忘贫贱之交，不再是描写少年驰骋游猎、纵酒豪饮。周紫芝的 23 首古题乐府中有 17 首能寓以新意，如《公无渡河》以渡河凶险为喻，写人心险恶、豺狼当道，"人心险过山嵯峨，豺狼当路君奈何""世间平地多风波"，虽是由古辞题材引申而来，但主旨改变。毋庸置疑，唐庚与周紫芝的乐府诗创作与其理论主张之间的分离已经呈现十分明显的态势。

北宋拟古题乐府总体呈现出复归古辞旧义的特征，并且有明确的理论表述，但在实际创作中越来越多的古题乐府诗脱离古辞旧义，出现了对这种主张的背离。究其原因，首先是这种创作思想不符合文学的发展规律。宋前的乐府文学史，可以说是一部创新发展史，曹魏诸子俊爽才丽，敢于革新开创，齐梁文人以时体拟写古题，绮丽华美，虽屡遭后世斥责，但这正表明齐梁乐府的与众不同之处。初盛唐文人打着复古的幌子，骨子里却是为了革新，中唐乐府的讽谕性已成为它的标志性特征。重构古题乐府的题旨，在古题乐府中寄寓新的题材和情感内容，其实是拟古乐府创新的一种途径，与创作主体的文学审美取向相吻合，使得古题乐府诗能处在发展的状态中，也才能保持乐府诗的创作不出现断裂。所以说，乐府古辞一旦丢失了它的实用价值后，若它的文学性不能凸显出来，很容易衰亡。乐府诗系统能够独立存在并不断发展，必须时时吸纳新鲜元素。古人常言"诗言志"，诗歌中充实的情感内容是最打动人心之处，要求复归古辞旧义的理论主张恰恰在一定程度上抑制了拟古题乐府的生长点，影响了作品的文学性，自然不被文人所喜欢，不具有实践品格。其次，北宋文人反对拟古乐府诗脱离本事、本义，是唯恐这样做失去乐府诗的教化功能，而且他们也认为前代的齐梁乐府已经是一例证。他们关心的是乐府诗能否起到教化作用，如果古题中寄寓的新思想内容不属于"淫言"，是没有否定的理由的。再次，北宋诗坛文人有着求新变的创作精神，在乐府旧题中融入新的色彩，这与当时诗坛"以故为新"的诗风也是一致的。不论是乐府诗，还是其他类诗歌，都是他们要继承的，也是他们想超越的，所以本着这种态度拟作乐府诗，在内容、体制、风格等方面都会尝试突破。总之，北宋文人古题乐府诗在复归中会出现部分新变的作品，这种变化是一种文学进步。

6.2 新题乐府诗真正确立

北宋文人对新题乐府的理解更为成熟，新题乐府诗体真正建立。他们在观念上将新题乐府并入乐府传统中，使其成为乐府诗系统中一类，把新题乐府创作看作是古乐府在宋代的一种延续。北宋文人以古乐府的特质来理解新题乐府，具体表现在新题乐府诗的题目、题材、体制、功能等方面均向古乐府靠拢。

6.2.1 取法古乐府的命题方式

乐府脱离了音乐，要想保持乐府的特性，只能通过总结、模仿歌辞性乐府题目和乐府诗的文本特征来实现，这种文本特征首先可以从题目中辨识。古乐府因曾入乐，题目中常常带有音乐标志，如歌、行、谣、曲、词等，文人拟作乐府诗时，为了保留乐府诗的乐歌传统，仍会刻意增加或保留这些文字，如晋陆机、南朝梁萧子范由古辞《陌上桑》衍生出《日出东南隅行》和《罗敷行》两个题目，便增加"行"字。

由汉至唐，乐府诗积累了丰富的创作经验，唐人从文体学角度总结不同乐府类型的创作特点，既可以指导实践，又体现时人对乐府的认识。元稹在《乐府古题序》中提到乐府题名类别与内容之间的关联，并根据题名分类、归纳特点。

> 诗之流为二十四名：赋、颂、铭、赞、文、诔、箴、诗、行、咏、吟题、怨、叹、章、篇、操、引、谣、讴、歌、曲、词、调，皆诗人六义之余，而作者之旨。由操而下八名，皆起于郊祭、军宾、吉凶、苦乐之际。在音声者，因声以度词，审调以节唱，句度短长之数，声韵平上之差，莫不由之准度。而又别其在琴瑟者为操引，采民氓者为讴谣，备曲度者，总得谓之歌曲词调，皆斯由乐以定词，非选调以配乐也。由诗而下九名，皆属事而作，虽题号不同，而悉谓之为诗可也。后之审乐者，往往采取其词，度为歌曲，盖选词以配乐，非由乐以定词也。①

首先，根据乐与词的关系将诗歌分为两大类，操以下 8 个题名属于由乐以定词，诗以下 9 个题名为选词以配乐。其次，比较这两大类的起源、特点，前者源于郊祭、军宾等仪式场合，词是为音乐服务的，故词句长短取决于声调，同时不同的题名意味着演奏乐器、音乐属性的差异；后者"属事而作"，最初只是诗而已。

元稹追溯了乐府的最初形态，以及词与乐的关系，是想说明"后之

---

① （唐）元稹著，冀勤点校：《乐府古题序》，《元稹集》，北京：中华书局，2010 年，第291 页。

文人，达乐者少，不复如是配别"。后世文人已经无法做到词、乐、题名的准确匹配，说明中唐时期乐府诗人已经在有意识地辨识不同乐府题名所包含的内容、形式等特点，持有一种从创作的角度来研究乐府的态度。从初唐至中唐，文人拟古乐府时逐渐形成了一些固定的创作习惯，不同题目类别的乐府诗有着特定的内容范畴、语言风格、体裁特征等，如以歌、行、篇、引等为题的乐府诗有了大致明确的分工。这种现象是在创作实践中自发形成的，元稹是首次自觉地作了理论总结，但元稹在新题乐府诗的创作实践中大部分却并非采用歌辞性题目。同样，白居易《新乐府》50首也是如此，他们对诗题的关注点在"即事名篇"上。

　　北宋关于新题乐府诗的界定最具代表性且主张明确的莫过于郭茂倩及其《乐府诗集》。"新乐府辞"是郭茂倩《乐府诗集》中首创的一类，与相和歌辞、清商曲辞等古乐府类别并列，承认新乐府也是乐府诗中的一类。他在《乐府诗集·新乐府辞》序中表明："新乐府者，皆唐世之新歌也。以其辞实乐府，而未常被于声，故曰新乐府也。""唐世之新歌"，包含时代和题目两个要求，即新时期产生的新题，并且诗题并非由古乐府衍变而来。郭茂倩编排时特别注意乐府的源流关系，对此清人有评论："每题以古辞居前，拟作居后，使同一曲调而诸格毕备，不相沿袭，可以药剿窃形似之失。"①对于那些古题拟作或在古乐府基础上生发的乐府题，郭茂倩都不视为"近代曲辞"或"新乐府"，换言之，它们属于古乐府的范畴，后世选录乐府诗的典籍如元代左克明《古乐府》、明代梅鼎祚《古乐苑》，所录乐府诗止于南北朝，也是以此作为古乐府的分界点。《乐府诗集》所选录的新题乐府诗以三字题居多，题目多包含歌、行、曲、篇等字眼，这些都是乐府古题中最明显的标志，也是一首诗歌具有乐府诗"身份"的第一个标志。郭茂倩与元白都强调新题乐府诗是自拟新题之作，但中唐文人侧重点在"即事名篇，无复依傍"，郭茂倩意识到这类诗还应具备入乐可歌的可能性，就如他在《新乐府辞序》中所言："倘

---

①　（清）永瑢撰：《四库全书总目》卷一百八十七，清乾隆武英殿刻本。

采歌谣以被声乐，则新乐府其庶几焉。"①题目上若想产生对音乐的一种联想，就应该如古乐府那样以歌、曲、行、吟命题，所以郭茂倩选录大量如《公子行》《采葛行》《捣衣曲》《织妇词》之类的新题。从诗题的角度来看，郭茂倩认为新题乐府诗命题时应模仿古乐府，多用三字题、歌辞性题目。编纂于北宋初年的总集《唐文粹》也同样能证明这一结论。《唐文粹》中"乐府辞"共 152 首，涉及 112 个题目，这些诗题中古题、新题兼具，其中新题乐府 28 首。除了元稹的《苦乐相倚曲》外，其余都是三字题，而像刘希夷《将军行》、王维《老将行》、张籍《筑城词》、王昌龄《青楼曲》、张说《邺都引》这类采用歌辞性题目的新题乐府诗就有 18 首。张耒《柯山集》中就有"古乐府歌辞"三卷，实际也包含了新题乐府诗，如《春雨谣》《大雪歌》《笼鹰词》等，从命题方式到艺术风格都是典型的新题乐府诗。

　　北宋文人还从理论的角度总结了不同类型乐府诗的表现功能、创作法则，加强了乐府诗文体学意味。北宋李之仪解释歌辞性乐府诗题的情感内容、写作模式时，对歌、行、叹、曲、谣、篇、章几种常见类型进行了分析归纳："皆出于作者一时之所寓，比方四诗，而强名之耳，方其意有所可，浩然发于句之长短，声之高下，则为歌。欲有所达，而意未能见，必遵而引之，以致其所欲达，则为行。事有所感，形于嗟叹之不足，则为叹。千岐万辙，非诘屈折旋则不可尽，则为曲。未知其实，而遽欲骤见，始仿佛传闻之得，而会于必至，则为谣。篇者，举其全也。章者，次第陈之，至见而相明也。"②与元稹在《乐府古题序》中的论述相比，李之仪的解读更为详尽。

　　总之，北宋文人对乐府"新题"的认定，除了时间上指唐宋产生的新题，还特别注重借鉴古乐府的命题方式，在这点上比唐人更为自觉。

---

　　① （宋）郭茂倩：《乐府诗集》卷九十，北京：中华书局，1979 年，第 1262~1263 页。
　　② （宋）李之仪：《谢人寄诗并问诗中格目小纸》，《姑溪居士全集》卷十六，丛书集成初编本，第 129 页。

6.2.2　借用古乐府题材或展现多面的社会人生

北宋新题乐府诗与中唐元白新乐府最为明显的区别是作品表现的题材范围扩大。北宋文人并没有主张新题乐府诗的题材内容必须是新鲜的，所以在创作中他们的新题乐府可以写当下事，也可以用新题、新辞重现古乐府中常见的题材内容，或者展现社会人生的方方面面，而不必拘于单一的时政题材。

古乐府表现的题材内容十分广泛，既然是"感于哀乐，缘事而发"之作，社会各色人物的喜怒哀乐皆可借之表达，像《孤儿行》《妇病行》等令人动容的汉乐府诗歌唱出了底层百姓的疾苦，这也是乐府诗创作中非常重要的一部分内容，也是乐府诗不断被后世文人赋予教化功能的缘由所在，但这不是古乐府的全部。游仙、闺怨、游侠、征戍、情爱等题材内容都出现在了古乐府中，全方位地展示了当时的社会生活。新题乐府诗应该表现什么内容，唐宋文人作出了不同的选择。

元稹、白居易等人首次明确标榜所作为新乐府，并要求新题乐府要"惟歌生民病"，题材内容局限在社会民生上。北宋文人对新题乐府的理解有所改变，他们赞许白居易新乐府"句句归劝诫，首首成规箴""謇謇贺雨诗，激切秦中吟。乐府五十章，谲谏何幽深"①，所以也写下了如《感流亡》等反映时事问题的新题乐府，但同时认为新题乐府也可以用新题、新辞重现古乐府中常见的题材内容，或者展现现实社会的方方面面。

北宋文人将新题乐府诗的题材范围扩大，这与他们对新题乐府诗的界定是密切相关的。新题乐府诗由唐人提出并加以创作，所以需要深入辨析唐宋文人对新题乐府内涵的理解有何异同。

郭茂倩在《新乐府辞序》中称新乐府"辞实乐府"，通过分析整篇序言及新乐府辞的编录特点，可以推断这四个字是说新题乐府诗要具备乐府

---

① 傅璇琮等主编：《全宋诗》，北京：北京大学出版社，1991年，第1559页。

诗的体制、内容特点。郭茂倩"新乐府辞"十卷，共 425 首诗歌，其中元稹、白居易、皮日休等人所作讽谕性质的乐府诗为 105 首，其余则为闺怨、哲理、民俗、艳情等题材。如果按照白居易的标准，这些表现闺怨、民俗的题材内容并不符合新乐府的要求，但郭茂倩认定为"新乐府"，而且他认为这种创作方式自初唐便已出现，至晚唐仍未消歇。因而收录的新乐府的诗人囊括唐代各个时期，题材丰富多样，在艺术表现方面又遗留有古乐府的痕迹。以崔颢《邯郸宫人怨》为例，"怨"是古乐府常见的一种命题方式，如《长门怨》《楚妃怨》等，预示着题旨风格多倾向于闺怨题材、哀怨之情。崔颢之作便写尽了古今宫廷女子的不幸，这类主题在古乐府中并不鲜见。同时，诗人采用古乐府中常见的叙述模式，如代言体、以数字排序的方式讲述人物的身世等，"五岁名为阿娇女，七岁丰茸好颜色，八岁黠慧能言语……"

由此可以理解为什么郭茂倩认为新题乐府诗也可以表现古乐府中已经出现的题材、主题。元稹曾和刘猛、李余《梦上天》等 19 首乐府诗，在他的诗文集中，这 19 首乐府诗依次排列，且与序中内容相对应，"昨梁州见进士刘猛、李余各赋古乐府诗数十首，其中一二十章，咸有新意，予因选而和之"①。元稹、刘猛、李余都认为这些诗题为古题，郭茂倩却将其中的《梦上天》等 11 首归入新乐府辞。二人的分歧在《田家词》②《捉捕歌》等"古义新词"类上。元稹认为有古义者应归属古乐府，郭茂倩则不以有无古义作为区分标准，他把"古义新词"类诗认定为新乐府。因此可以推断元稹和白居易对新乐府的界定要比郭茂倩更狭小，即包含新题、新义、新词三项要求。《新乐府辞序》中提到中唐乐府诗人有"古义新词"的创作方式。其中"古义新词"具体讲是"颇同古义，全创新词"，并以王建、元稹的《田家行》、元稹的《捉捕歌》为例，认为"如此之类，皆名乐府"。两首《田家行》述军输问题，田家虽苦于军输，却是

---

① （唐）元稹著，冀勤校点：《元稹集》，北京：中华书局，2010 年，第 292 页。
② 郭茂倩《乐府诗集》作《田家行》。

怨而不怒，重点没有放在斥责战争、朝政方面，而是盼官军早胜，"不遣官军粮不足"。《捉捕歌》有哲理的意味，这些就是郭茂倩所说的古义。郭茂倩把"古义新词"类诗认定为新乐府，紧接着又说"由是观之，自风雅之作，以至于今，莫非讽兴当时之事，以贻后世之审音者"。因此，可以说，郭茂倩编录的新乐府辞中包括有古义、讽兴时事的作品，白居易的新乐府只是其中一部分，二人对新乐府的界定并不完全相同。

"未常被于声"可以理解为是不入乐的乐府诗，郭茂倩没有具体展开阐述，与之相对，那么何为入乐的乐府诗？《乐府诗集》中所录的相和歌辞、清商曲辞之类是也，这些乐府诗通常有着固定的曲调曲风、演奏乐器、使用场合，甚至表演队伍的人数都有一定的要求，而这些都是新乐府辞不具备的。郭茂倩所说的"被于声"不是指简单的配乐歌唱，"凡乐府歌辞，有因声而作歌者，若魏之三调歌诗，因弦管金石，造歌以被之是也"①。"魏之三调"就是"声"，三调即平调、清调、瑟调，是有着较为固定的演奏器乐和表演程式的曲调。郭茂倩在《新乐府辞序》中总结了乐府诗声、歌、辞的四种组合关系，"因声而作歌""因歌而造声""有声有辞""有辞无声"，新乐府属于"有有辞无声者，若后人之所述作，未必尽被于金石是也"。其中声字出现四次，说明声乐与乐府的关系最为紧密。

因此，郭茂倩所谓的"新乐府"具有以下特点：唐代产生的新题，题目不是由古辞派生出来的；有辞无声；具备乐府诗的体制、内容特点。郭茂倩没有对新题乐府诗的内容作过多要求，界定相对较为宽泛。他对新题乐府概念的理解与元白不同，特别表现在题材方面，不局限于反映时事的题材。元白要求新题乐府的题材内容须是"病时"，所以元白新乐府中没有游仙、咏史、人生哲理等题材，这必然导致题材表现范围狭小，功能单一。而郭茂倩对新乐府题材的要求更为宽泛，古乐府的传统题材和现实生活题材皆可。《乐府诗集》中除"新乐府辞"之外的十一大类

---

① （宋）郭茂倩：《乐府诗集》，北京：中华书局，1979 年，第 1262 页。

所包含的题材丰富多样，这些都是他所认可的乐府诗，既然新乐府也是乐府诗，当然也可以表现这些题材类型。看其"新乐府辞"所录，的确题材较为多样，不局限于中唐的时事类新乐府，初盛唐、晚唐的闺情题材等都囊括在内。郭茂倩也是按照这个标准择录新乐府的，只要题目、题材和体制上"像"古乐府，就是乐府诗。可以假设，按照郭茂倩的标准，如果把一首新乐府放进古乐府当中，它们的总体风格是一致的。其实从宋初姚铉编纂《唐文粹》时已经流露出这一倾向。《唐文粹》中"乐府"类中收录部分唐代新乐府，将新乐府纳入了乐府诗系统，收录新乐府的题材范围也较元白宽泛，可见姚铉与郭茂倩对新乐府的理解是一致的。

　　虽然在中唐新题乐府的创作和理论都已经成熟，在宋人逐步认可中唐新题乐府的同时，他们所理解的新题乐府概念的外延却在慢慢扩大，《乐府诗集》对新乐府的编录便表明了这一点。《乐府诗集·新乐府辞》中收录的一些乐府诗明显不符合中唐元白对新乐府的界定，如李白《笑歌行》、王维《洛阳女儿行》等，从中也可看出郭茂倩认为早在中唐之前就已经出现了新乐府。这个"概念扩大化"的过程不是一蹴而就的，早在北宋初期，田锡等人的新题乐府的题材内容就已经不局限于"惟歌生民病"了。需要区别的是，盛唐文人所写的新题乐府是"无意为之"，没有理论主张；而中唐文人是"有意为之"，有明确的规定性；北宋文人兼而统之，全部接受这两个阶段的新乐府。这种新乐府"概念扩大化"的现象，其实是宋人寻求乐府创作新突破的一种方式。古乐府表现的是当下现世的生活，对题材的择取是宽泛的，北宋文人在观念上也突破了元白"狭隘"的讽谕观，接受多种题材类型的新题乐府诗，可以表现宋人的哀乐疾苦，也不妨重述古乐府题材。

　　北宋文人以古乐府的特质来理解和认同新题乐府，他们将新题乐府诗看作古乐府的延续，所以对新题乐府内涵的种种规定都趋近于古乐府。甚至有时将新题乐府与古乐府"混为一谈"，如张耒的诗文集中单列"古乐府歌辞"一类，其中又有大量新题乐府，一些新题乐府的诗序中有时也会自称"古乐府",如王炎《冬雪行》。这说明宋人认为这些新题乐府延续了古乐府的传统,具有古乐府的品格,所以除了题目新之外,文本的风格如同古乐府。

北宋文人乐府诗中会出现表现时政民生的新题乐府,既受汉乐府"感于哀乐,缘事而发"、中唐新乐府"惟歌生民病"的乐府诗传统影响,也与北宋文人强烈的时代使命感有关。宋代崇文抑武,文人的社会责任感和政治热情加强,以天下为己任,表现于文学创作,便是"文以载道"观念深入人心,重视诗文的政治教化功能,道德教化为根本,要以诗文干预时政,所以会采用新题乐府的方式反映现实生活。

6.2.3 时事题材倾向以新题来表现

北宋文人对乐府新题和古题有自身独特的理解,对两类乐府题目的创作形成一些特有的创作规范,就题材而言,表现为时政民生题材几乎全部通过自拟新题的乐府诗来写,不再借乐府古题来抒写。

有数据为证,北宋古题乐府诗有 428 首,新题乐府共 609 首。唐代的新题乐府诗共有 465 首,相较之下,北宋新题乐府诗创作的数量不仅高于全唐,也高于同期的古题乐府数量。再看北宋乐府诗中那些具有讽谕意味的时政民生题材,以乐府新题表现的有 194 首,占北宋新题乐府的 1/3,而用古题乐府来写的仅有 28 首。由此可见,北宋文人对乐府新题和古题的表现功能有了相对明确的分工,针砭时弊、讽兴时政的功能要由新题乐府来承担,在这点上,北宋文人延续了中唐新乐府的创作精神。用新题乐府来表现时政民生题材,题目与内容高度契合,主题明确,效果立竿见影,可以更好地发挥这类乐府诗歌的讽谕功能。

乐府诗因其"感于哀乐,缘事而发"的传统,非常适合承担观世风、刺时政的功能,表现现实民生题材。与北宋其他诗歌比较,会发现文人更倾向于用乐府诗表现时政民生题材,而其他诗歌一般表现酬唱赠答、思亲怀友、感时抒怀、题咏字画、描写山水等内容。这个时期的乐府包括两大类，一类沿用前代乐府诗中常见的少年游侠、思妇戍卒、边塞行役等题材，另一类是传承汉乐府表现现实问题的传统，反映社会民生的内容。在题材选择上，北宋文人更倾向于用乐府诗表现民生时政题材。如黄庭坚抨击时弊的《流民叹》《和谢定公征南谣》都是新题乐府，那些表现书斋生活、抒写人生感慨的内容较少出现在乐府诗中。尤其是他开掘的一些新题材如写动物的《演雅》、写茶的《双井茶送子瞻》一般不会写入乐府诗。再如田锡诗歌中有关哲理、时政内容的多用乐府诗来表达，寄友怀人、写景抒怀、家居即事的内容则用其他诗歌。张咏诗中表现登临、赠别、游赏、述怀、寄人等内容一般也不出现在乐府诗中。这一点在北宋末年表现得最为显著，如李若水涉及民生问题的题材相对集中地表现在乐府诗中。当然并非所有的现实题材内容只会出现在乐府诗中，其他诗歌中也会有所表现。

同样是涉及时事题材的诗歌，乐府诗与其他诗歌的创作动机、宗旨不同。如王禹偁贬于商州所作《七夕》《对雪》《秋霖二首》《乌啄疮驴歌》，滁州所作《和杨遂贺雨》，第三次贬谪作《十月二十日作》等，虽然这些诗中部分内容涉及一些现实问题，体现了诗人真挚、诚恳的关切之情，但诗歌的重心却不在这里，或者遣怀（《七夕》）、自愧尸位素餐（《对雪》），或者倾诉自己的不幸遭遇（《乌啄疮驴歌》），要么表明尽职守、不贪功的心愿（《和杨遂贺雨》），要么纠结于自己的出仕与归隐（《十月二十日作》）。宋初文人心态内敛、追求平淡清远的诗风，王禹偁与之不同，其写乐府诗的动机是陈诗观讽，而非用于提高写作技巧、用于献诗或行卷、唱和、应酬、感怀等。乐府诗的教化、刺美时政的功能更为明显。如《畲田词》序言中表明了教化目的，《感流亡》《战城南》的现实意义极强。

综上所述，可以说新题乐府的创作在北宋变得更为自觉、成熟。唐宋文人创作新题乐府的主观意图不尽相同。元白要以诗为谏的目的性太强，诗歌的艺术性为思想性服务，所以风格与古乐府不同。如白居易新乐府有固定的表述模式，先说问题的现状，这恰是作者所否定的，再由"吾闻"或"我"这样句式结构引出前代好的榜样，这才是作者所肯定的。北宋文人没有那么急切的政治功利目的，所以会多从诗歌创作的角度来思考，取材方面不拘于时政民生题材，表现人生哲理、个人情怀的内容增多，增加了作品的文人色彩。

北宋文人对拟古题乐府的态度严格，极力模仿、复古，力图保留古乐府的样貌。对新题乐府的态度更随意一些，不强化它的思想内容，所以新题乐府的题材比唐代新乐府更为宽泛。诗人只是将乐府诗作为诗歌的一类来欣赏、创作，以艺术水准来评价其优劣，当然思想内容也是其中一方面。北宋文人把唐人贴在新题乐府头上的"讽谕"标签揭了下来，那种强烈的时代和个人色彩淡化了，不再成为某一时期、某些诗歌的代名词，对新题乐府创作的态度变得更为平实、成熟。新题乐府诗在北宋文人笔下彻底成熟、定型，这也有利于新题乐府的推广，为更多的诗人所接受。

6.3 哲理性题材涌现

从汉魏至唐乐府，乐府诗的题材范围已经非常广泛了，社会百态、民俗民生都有所表现。这些题材内容也被北宋文人充分利用，因而北宋乐府诗的表现对象是十分丰富的。这也导致北宋乐府诗在题材方面很难再超越前人，富有开创性的题材并不多，但北宋文人也努力有所突破，最为显著的是哲理性题材的大量涌现。北宋乐府诗中出现了不少以物、人、事为譬喻的作品，将深刻的道理或对现实社会的批评寄寓其中，如宋祁《古来吟》、陈洎《雉媒》等。宋前乐府诗中也偶尔出现过此类作品，而北宋这类题材的乐府诗出现的频率很高。

宋初最有代表性的是田锡，他的新题乐府倾向于表现哲理性题材。田锡留存的乐府共20首，其中7首是宋代出现的新题，除了《琢玉歌》

之外，其他 6 首都是哲理诗，即《结交篇》《投杼词》《千金答漂母行》《雉媒》《鹙冰咏》和《辨惑篇》。如《结交篇》：

> 为簪莫用玉，玉脆长忧折。连环须以金，金坚永无缺。陈余尚倜傥，张耳重交结。事势俄参商，干戈自屠灭。意断如玦离，情忘若弦绝。始志何绸缪，终雠何勇决。我愿然诺心，不得轻相悦。①

诗歌以日常事理和历史典故喻与人结交之状，讥讽世人难以守信，劝世人与人结交应重然诺、坚若金。宋人常喜欢讨论交友问题，如释智圆《慎交歌》以比兴手法言交友不容易，借用陈余与张耳的典故，告诫世人择友要谨慎，以免"年发未及衰，交情已消歇"②。郑侠③《古交行》、饶节④《慎交行赠王立之》等也都是写交友问题。田锡《投杼词》借曾参杀人、其母投杼的典故，比喻君臣如何才能相知不疑。"道德难结固，恩情有合离。毁誉苟不入，谗间无以施"⑤，诗中可能还寄托了作者自身的遭际。这些诗歌多用比兴手法在俗世俗物中寄寓哲理，叙议结合，语言明易俗快，这些乐府诗的题材、旨意在前人乐府中没有出现。总之，田锡所写的题材内容不都是忧国忧民的，可以说没有中唐新乐府诗人那么强烈的时事精神，但另一方面也扩展了新题乐府的范围，不仅仅局限于针砭时政、关心民瘼等内容。

北宋这些富有哲理性的乐府诗表现了多种多样的人情世态，如以地形干湿高低变迁喻人情世态，"地形天事无久长，何况人情足驰骋"（刘

---

　　① （宋）田锡，罗国威校点：《结交篇》，《咸平集》卷十七，成都：巴蜀书社，2008 年，第 167 页。

　　② 傅璇琮等主编：《全宋诗》卷一二九，北京：北京大学出版社，1991 年，第 1502 页。

　　③ 郑侠（1041—1119），字介夫，福州福清（今属福建）人。

　　④ 饶节（1065—1129），宋代诗僧。字德操，一字次守，自号倚松道人、倚松老人，江西临川人。

　　⑤ （宋）田锡，罗国威校点：《投杼词》，《咸平集》卷十七，成都：巴蜀书社，2008 年，第 167 页。

敞《大雨行》），人世间也无长久不变的事情；叹惜世人欲求长生而服石，结果却是"欲久而速反所图"（陈师道《嗟哉行》），欲求长生反而致速死；劝诫世人"勿望仙，望仙目眩徒茫然"，仙人仙事杳不可寻，真假难辨，不如"陶陶与物任浮沉，肯顾霞衣与组缨"①（张商英《望仙曲》）；嗟叹世人奔逐"常役役"，不悟"丈夫穷达皆有命，万事得失非由人"（毕仲游《古冢行》）；见古冢思汉家故事，慨叹位高金多者也不过如此下场："残基断垅趁风雨，狭径小树行风雨"（吕本中《陵城歌》）。还有一些乐府诗在咏怀古人古事中表达政治见解，如李廌《骊山歌》感慨往日富丽堂皇的吴宫隋殿残毁，不见君王贵妃嬉游，但有麋鹿游，因而发出深刻的议论："由来流连多丧德，宴安鸩毒因奢惑。三风十愆古所戒，不必骊山可亡国。"不是骊山亡国，而是耽于享乐、生活奢靡导致亡国。

以拟人化的动植物或其他非生物为主人公的寓言诗也频繁出现在北宋乐府诗中。以小喻大，借此喻彼，将深奥的道理用简单的故事表现出来。早在汉乐府中便出现了寓言诗，一种情况如《乌生》《雉子斑》《豫章行》，假托动植物之口进行言说；另一种情况是动植物被拟人化，与人类进行对话，如《董娇娆》。

以动物为譬喻，古乐府中并不多，《乌生八九子》是一例。鲍照《代别鹤操》《代鸣雁行》《代雄朝飞》《代空城雀》等禽鸟寓言乐府中寄寓个体的生命体验。白居易的新乐府《涧底松》《秦吉了》就是以动物为喻。

宋初梅尧臣新题乐府多以动物为喻，用寓言的形式表达对政治问题的评判。如《彼鴷吟》：

> 断木啄虽长，不啄柏与松。松柏本坚直，中心无蠹虫。广庭木云美，不与松柏比。臃肿质性虚，圬蝎招猛觜。主人赫然怒，我爱尔何毁。弹射出穷山，群鸟亦相喜。啁呼弄好音，自谓得天理。哀哉彼鴷禽，吻血徒为尔。鹰鹯不搏击，狐兔纵横起。况兹树腹怠，

---

① 傅璇琮等主编：《全宋诗》卷九三四，北京：北京大学出版社，1991年，第11006页。

力去宜滨死。

这首诗的创作背景为景祐三年（1036）因废郭皇后事，范仲淹、尹洙、余靖、欧阳修遭贬斥，梅尧臣支持范仲淹的立场，以啄木鸟喻范仲淹，为国家啄去蠹虫，不幸却被园主人所摧毁。"吻血徒为尔"，指出彼鸷的死是为了林木，彼鸷死后，林木也逃脱不了死亡的结局，"力去宜滨死"。诗人以寓言的形式讥讽邪恶势力，抨击吕夷简。《猛虎行》古辞中有时是以猛虎来起兴，然而猛虎并非表现重点，如陆机的诗"言从远役，犹耿介，不以艰险改节也"①。梅尧臣拟作围绕题面意思展开，以猛虎的口吻来言说，叙述角度新颖。以寓言的形式讥讽邪恶势力，抨击吕夷简。除了以动物为譬喻，讥刺时政，也可以巧借动物来评判、捍卫伦理道德价值。张咏的《师凤谣》以凰之仁义讥刺人事，世间小人还不如凤鸟知仁义廉耻，"吾疾夫世之小人兮，曾不知仁义之所为，故卷耳蹙颈，背而疾走兮，吾凤之师"。② 诗人情绪激烈，言辞随情绪而发，故而诗句长短不一。张方平③《沧州白鸟歌》讲述白鸟为"媒子"所骗，误入渔翁罗网，以此揭示人世间险恶的机心。欧阳修《鸣鸠诗》同样以鸠习性喻人心巧态，临危利害则相斗。吕本中《两鹤行》描述两鹤不能长相伴，一鹤飞天，一鹤不能飞而悲伤，以此比喻世人恩情浅薄。郑獬《慈乌行》非常细腻地描写动物之间的亲情，以此喻世间普遍的慈爱行为。或者以物为喻，再由物情到人情，如韩维的《哀传马》中，诗人哀叹传马④得不到抚恤，力尽而死，接着谈到朝臣官吏对待百姓亦如马，不加体恤，"付与有失宜"，诗人认为是由于官员管理不善，导致王泽没有广被。或者如贺铸《烹鸡叹》由杀鸡联想到人事，"鼓舌为祸萌"，多言招祸端。周紫芝

---

① （宋）郭茂倩：《乐府诗集》，北京：中华书局，1979 年，第 463 页。

② （宋）张咏著，张其凡整理：《师凤谣》，《张乖崖集》卷二，北京：中华书局，2000 年，第 12 页。

③ 张方平（1007—1091），字安道，号"乐全居士"，应天府南京（今河南商丘）人。

④ 指驿站用马。

《乌飞曲》由乌鸦联及人事，揭示人世间福祸难料，须远谋避祸。

再看以植物为喻的乐府诗。《豫章行》古辞以拟人手法代白杨倾诉根株相离的不幸，后人拟作或写亲朋远行，伤离别，"言寿短景驰，容华不久"；或写女子自言"尽力于人，终以华落见弃"。谢逸的拟作中豫章本为栋梁之材，因难以运输而弃之河畔，"根虽埋土中，叶已随风飘。惟余蘖下柯，那得复相依"。写豫章树被遗弃后，枝叶相离，这一点模仿古辞，"人生类如此，才难圣所叹"，以树木的命运比喻人才埋没。诗人能由题目生发出新意，但又不局限于题目。新题乐府如冯山《路傍柏》写古柏不择贵与贱，皆与之清凉，"往还不择贵与贱，借与清凉解炎酷"，以古柏讽刺世人过于势力，趋从显贵者以攀附荣耀。王周《金盘草》以草喻为政，天生此草，"意欲生民安""今之为政者，何不反此观。知彼奇且猛，慎勿虐而残。"[1]诗人指斥为政者，应使百姓各有所安。

以非生物体为表现对象，借以引出诗歌主旨。如郭祥正的《白玉笙》写玉笙历经朝代兴亡，李煜日日听笙歌而致亡国，今日用其吹奏太平歌，"兴亡不系白玉笙，但看君王政若何"，乐器不是国家治乱的根源。既有对李煜耽于享乐的批评，也有对当今盛世的歌颂。与白居易《华原磬》比较，同样是写乐器，白居易的目的是借玄宗时期弃雅正的古乐器，而改用华原石制成的新磬，玄宗爱此新乐，从此雅正之乐不闻，新乐邪声惑君心，再没有雅正之乐来警醒君王，以至于战乱爆发。二人的诗作都是借乐器来表达政治观念。《白玉笙》以首句为题，开首是三七句式，七言为主，使用蝉联手法，类似白居易新乐府的制题方式和创作体制，如《胡旋女》《七德舞》《华原磬》等。虽然以物为题，但不以咏物为旨归，也不是托物譬喻的寓言诗，在这些诗里，物只是一个由头，借此表达对社会问题的看法。

宋人或借古题表达这种人生感悟，或即事即理名篇，将理性思考借助感性的文字传达出来。如吕南公《勿愿寿》：

---

① 傅璇琮等主编：《全宋诗》卷六一五四，北京：北京大学出版社，1991 年，第 1760 页。

勿愿寿，寿不利贫只利富。君不见生平醒酲南邻翁，绮纨合杂歌鼓雄，子孙奢华百事便，死后祭葬如王公；西家老人晓稼穑，白发空多缺衣食，儿孱妻病盆甑干，静卧藜床冷无席。

在形象的对比描写中说理抒情。诗中以"南邻翁"与"西家老人"的生活状况为对比，揭示富者与贫者之间的人生差距。"勿愿寿"是从穷人的角度去思考的，长寿只能是长受罪，"寿不利贫只利富"，反讽中透露着辛酸。世人多轻视便宜易得之物，《卖帚翁》借竹帚讽刺人世，便宜易得之物，虽不被世人看重，其用处反而很大，"价卑徒易售，用贵安可得？"他在《延陵行》中告诫世人莫爱才名富贵，不如像延陵"赁春人"那样，"无色无才贫且乐"。

北宋印刷业兴盛，皇帝重视经籍的刊刻，真宗景德二年（1005），书库书板存量大增，"国初不及四千，今十余万"。雕版印刷的推广，极大地普及了书籍。"臣少时业儒，观学徒能具经疏者百无一二，盖传写不给。今版本大备，士庶家皆有之。""馆阁博聚群书，精加校雠，经史未有印板者，悉令刊刻。"①同时各地学校增多，宋人学习和阅读的机会增加，学术修养随之提高，文化性格趋于理智、冷静，善于理性思考，故此乐府诗中出现大量的哲理性题材。文人对历史、人生乃至人性都有反省思考，如思考物理兴废，"台虽平方冢虽秃，物理废兴有往复"（孔武仲《高台歌》）；写古今递变，"古人去远何可追，后人视今如古时"（杨傑《古行路》）；清贫守志胜过功名富贵，"百年虽长要有终，富死未必输生穷。但恐珠玉留君容，千载不朽遭樊崇"（苏轼《薄薄酒》）；劝世人莫嫌弃贫妇，"憎贫爱富多心肠""贫妇慈孝富妇骄"（冯山《邻家妇》）；论人心险恶，"我疑人酷蝎所羞，何暇区区论蝎罪"（张耒《有所叹》）。在乐府诗中寄寓人生哲理、生活感悟，是乐府诗趋于文人化的表现之一。

---

① （宋）李焘：《续资治通鉴长编》六十，北京：中华书局，2004年，第1333页。

这些乐府诗讥讽世间丑态、贬斥当权者、规箴劝导世人，体现了注重理性思考的宋人形象。

6.4 议论色彩增强

北宋乐府诗中的议论成分增加，诗人在作品中剖析时政，提出对策建议，见解深刻。这些议论不是泛泛而谈，也非单纯的大声疾呼、号召声讨，而是对现实问题有了深刻认识之后的言谈，这与创作者本人的思想水平、政治意识有关，在这一点上北宋乐府诗超越了同类型的乐府诗，也有别于唐代乐府诗。

议论便于表达创作主体的思想见解，在北宋乐府诗中议论成分增多，对时事问题的剖析极为深刻，对于一些乐府诗传统题材和话题，也能翻出新意，立论精辟。如王禹偁《战城南》：

> 边城草树春无花，秦骸汉骨埋黄沙。阵云凝着不肯散，胡雏夜夜空吹笳。我闻秦筑万里城，叠尸垒土愁云平。又闻汉发五道兵，祁连泽北夸横行。破除玺绶因胡亥，始知祸起萧墙内。耗蠹中原过太半，黄金买酎诸侯叛。直饶侵到木叶山，争似垂衣施庙算。大漠由来生丑虏，见日设拜尊中土。自古控御全在仁，何必穷兵兼黩武。战城南，年来春草何纤纤。穷荒近日恩信沾，寒岩冻岫青如蓝。方知中国有圣人，塞垣自尔除妖氛。河湟父老何忻忻，受降城外重耕耘。

这首拟古乐府泛泛地写边塞征战，与古辞不同，没有具体的情节事件，叙事在这里并不是最重要的，只是为作者的抒情议论作铺垫，议论抒情在诗中占了很大的笔墨。

与前代诗人相比，北宋许多文人的身份兼政治家、文学家、思想家于一身，比如欧阳修、王安石、苏轼等人，苏辙就曾说："人生逐日，胸次须出一好议论，若饱食煖衣，惟利欲是念，何以自别于禽兽？"①所以诗中的议论深刻，且不妨碍诗歌的文学性。欧阳修的《答朱寀捕蝗诗》一诗深入讨论蝗灾问题，"蝗灾食苗民自苦，吏虐民苗皆被之"。对于捕蝗问题诗人提出自己的看法，"驱虽不尽胜养患""祸当早绝防其微。蝇头出土不急捕，羽翼已就功难施"。他认为捕蝗应究其根本，防微杜渐，当今立法过于严峻，官吏畏惩罚而隐瞒，"不如宽法择良令，告蝗不隐捕以时"。孔平仲忧心西北边防，在《青州作》中归纳了当时边备的实际情况："兵防最寡少，主帅失铨择。蒿莱蔽城隍，绣涩满戈戟。"城池守备不修，主帅将非其人，朝廷上下对边事缺乏防备意识，只知歌功颂德，陶醉于天下承平的假象中。

一些新题乐府表现社会问题，通过议论，提出具体的解决办法、举措。黄庭坚《流民叹》写河朔地震，洪水成灾，州郡一空，河北边民南徙，流离失所。这首诗写于熙宁二年（1069），黄庭坚任叶县县尉，亲眼目睹灾民南逃求生的悲惨境遇。他希望朝臣能出良策，从根本上救济民生，而不是仅仅发放粮食，这样不能彻底解决问题。诗歌前半篇铺叙河北边民多年的不幸遭遇，连年歉收，又遇地震洪灾，边民挣扎在生死线上。"倾墙摧栋压老弱，冤声未定随洪流。地文划劙水霶沸，十户八九生鱼头。"②即使侥幸从天灾中逃命，流民奔逐南下，面临的又是"问舍无所耕无牛"的困境，衣食无着。后半篇的重点在于诗人针对朝廷救济措施的议论和建言。"祸灾流行固无时，尧汤水旱人不知。桓侯之疾初无证，扁鹊入秦始治病。投胶盈掬俟河清，一箪岂能续民命。"③诗中以正反例证说明治国为政当有远谋，不能事到临头才去补救，并且朝廷举措

---

① （明）方弘静撰：《千一录》卷十六，明万历刻本。
② （宋）黄庭坚著，任渊、史容、史季温注，刘尚荣校点：《黄庭坚诗集注》，《山谷外集诗注卷第一》，北京：中华书局，2003 年，第 765 页。
③ （宋）黄庭坚著，任渊、史容、史季温注，刘尚荣校点：《黄庭坚诗集注》，《山谷外集诗注卷第一》，北京：中华书局，2003 年，第 766 页。

当从根本入手，简单地发放灾粮如同杯水车薪，根本解决不了问题，对此，诗人谏言采用"周公十二政"来治国。在抒发忧国忧民的感叹中，寄以委婉的讽谏，讽刺当政者缺乏深谋远虑。叙事、抒情、议论相结合，由情入理，七古长篇，诗人不局限于抒发感叹，重在讽刺和谏言，这一点不同于他人的流民诗。他人的流民诗重在哀流民，写流离苦难之状，黄诗体现出宋诗好议论的特点。《和谢定公征南谣》作于熙宁十年（1077），这首诗是他四十岁之前，任国子监教授时所写，这一时期内的作品都比较关注现实。整首诗以汉事言宋事，历数汉朝对南方少数民族的多次战争，既有要以史为鉴的意味，又是隐射本朝对交趾的战事，批评王安石等人轻开边衅。诗中深刻揭露了北宋对交趾的战事带给普通百姓的灾难，批评朝中大臣好大喜功，轻启边衅，"谋臣异时坐致寇，守臣今日愧包桑"①"庙谟尤计病中原，岂知一朝更屠灭。天道从来不争胜，功臣好为可喜说"②，造成劳民伤财的恶果，"江南食麦如食玉，湖南驱人如驱养。营平请谷三百万，祁连引兵九千里。少府私钱不敢知，大农计岁今余几？"③该诗揭露"王师"在平叛中杀戮平民的事实，指出朝廷存在边境地带"州郡择人"不当的巨大忧患，"至今民歌尹杀我，州郡择人诚见功"④。对此，诗人主张效仿汉文帝的仁德来安抚周边少数民族，互通友好，"孝文亲遣劳苦书，稽首请去黄屋车。得一亡十终不忍，太宗之仁千古无"⑤，诗人以大量的论据来表明立场。再如郑獬《汴河曲》写漕运的诸多弊端，不如古时"秦汉都关中"，无漕运之苦，诗人建议在关

---

① （宋）黄庭坚著，任渊、史容、史季温注，刘尚荣校点：《黄庭坚诗集注》，《山谷外集诗注卷第四》，北京：中华书局，2003 年，第 871 页。

② （宋）黄庭坚著，任渊、史容、史季温注，刘尚荣校点：《黄庭坚诗集注》，《山谷外集诗注卷第四》，北京：中华书局，2003 年，第 872 页。

③ （宋）黄庭坚著，任渊、史容、史季温注，刘尚荣校点：《黄庭坚诗集注》，《山谷外集诗注卷第四》，北京：中华书局，2003 年，第 871 页。

④ （宋）黄庭坚著，任渊、史容、史季温注，刘尚荣校点：《黄庭坚诗集注》，《山谷外集诗注卷第四》，北京：中华书局，2003 年，第 872 页。

⑤ （宋）黄庭坚著，任渊、史容、史季温注，刘尚荣校点：《黄庭坚诗集注》，《山谷外集诗注卷第四》，北京：中华书局，2003 年，第 873 页。

中旧地上"或能寻旧源，鸠工凿其陆"，以此来"少缓东南民"。《戍邕州》中建议招募岭南当地土人，让其习武护家，以免除北方戍兵转战岭南，因不服水土而亡。

有时作者不会在诗中掺入大量的议论文字，只是以一两句议论句作为全诗的点睛之笔，撑起全诗，翻出新意，如梅尧臣、欧阳修、王安石的几首昭君辞，其中的议论精辟。王安石《桃源行》中"虽有父子无君臣""天下纷纷经几秦"，这两句精警过人，前所未道。《开元行》中反思安史之乱："由来犬羊著冠坐庙堂，安得四鄙无豺狼。"陈师道《呜呼行》①中有大量的文字叙述元祐二年（1087）至三年各地遭遇的自然灾害，以及朝廷如何赈灾。诗人指责朝廷赈灾举措不当，意在表明朝廷当采取可以持久的举措，既惠及百姓，又不劳民伤财，做到"惠而不费"。"为政不为费""两不相伤两相济"②，仅此两句便体现了诗人对时局的看法，表露了他的政治理念。

另有一些作品能够做到不是就题论题，而是批古论今同时兼具。如苏轼《荔枝叹》，诗人从古时荔枝进贡之事谈起，讽刺汉唐贡荔之害，接着转入议论感慨，抨击当政者的荒淫奢靡，结尾又写到眼前时事，同情百姓的不幸遭际。相较白居易的新乐府，作者突破了就题论题的思维模式，议论精辟，剖析深刻。

北宋乐府诗汲取了宋诗以议论为诗的特点，增加了乐府诗的理性色彩和批判力度，开辟了新的美学境界。

6.5　唱和乐府诗盛行

6.5.1　唱和乐府诗的盛况及成因

在北宋，诗歌酬唱成为一种文人间的群体活动，选择乐府题目作为

---

① 一作《追呼行》。
② （宋）陈师道撰，任渊注，冒广生补笺，冒怀辛整理：《后山诗注补笺》，北京：中华书局，1995 年，第 56 页。

唱和的对象，在整个北宋乐府诗坛上都是十分突出的，不仅颇具规模，且成绩斐然，这对于乐府诗本身的发展有着重要的影响。

汉唐乐府中，拟古题乐府诗较多，有时同一乐府古题会出现在多位同时期的诗人作品中，但明确以唱和方式写作乐府诗的情况并不多见，仅见的如齐梁时沈约、王融、谢朓、刘绘等人，取汉铙歌中《临高台》《芳树》《钓竿》等曲名，共同赋题唱和，这些作品的内容风格都凸显了当时的诗风。萧纲、萧绎也有赋汉横吹曲的唱和之作，如萧纲的《和湘东王横吹曲三首》。唐代出现了隔代唱和乐府诗的现象，如李贺的《追和何谢铜雀妓》，"何谢"乃是指何逊和谢朓，二人都曾写过乐府诗《铜雀妓》。中唐元白唱和新乐府的举动更是有着明确的主张和创作目的。

虽然宋前有唱和乐府诗的现象，但并未形成一定规模，参与的诗人和留存的作品并不多，相比之下，这种创作方式在北宋较为盛行，此类乐府诗也较多，所唱和的诗题既有古题，也含自拟新题，如刘敞《和永叔鸣鸠诗》、陈舜俞《和刘道原骑牛歌》、徐积《和杨掾月蚀篇》、王庭珪《和胡子敦实少年行》、颜发《和陈尉春日行山》、贺铸《行路难和鲜于大夫子骏》、孔平仲《和人子夜四时歌》。北宋文人常唱和的诗题有《王昭君》《湖阴行》《桃源行》《薄薄酒》等。此外，宋人唱和乐府诗的方式多样，除了常见的单篇唱和，也不乏多人唱和。如宋仁宗嘉祐四年（1059）王安石作《明妃曲》，梅尧臣、司马光、韩维、欧阳修等人纷纷唱和，成为当时文坛盛事。

那么，北宋文人为何喜欢以《王昭君》等乐府题目来唱和呢？首先，这与当时诗坛唱和之风盛行有直接的联系，也受求新变的诗风影响。北宋诗人生活优裕，又有着较高的文学修养，闲暇之余喜欢和诗，所以很多次韵、依韵乐府诗出现也不奇怪。白居易《与元九书》中提及诗歌唱和的功能说："小通则以诗相戒，小穷则以诗相勉，索居则以诗相慰，同处则以诗相娱。"宋人在诗歌创作技术上有意争胜，缪钺言："唐诗技术，已甚精美，宋人则欲百尺竿头，更进一步。盖唐人尚天人相半，在有意无意之间，宋人则纯出于有意，欲以人巧夺天工矣。"①这些诗属于诗朋酒侣间的唱和之作，这时的唱和成为一种文字游戏，诗人们互相争奇斗妍，这种方式也促进了乐府诗的创作。松浦友久在谈到这种创作体验时说："写乐府诗时……又因为每个诗题一般都已经存在于一系列以'古辞'为源泉的作品之中，所以按照某个'乐府题'写出的乐府诗，其好坏如何，很容易判断。因此，年轻的诗人若想要显示自己的才能，乐府诗是个最合适不过的诗歌形式了。例如中唐的李贺，呈现给诗坛的大家韩愈的诗，就是乐府诗《雁门太守行》。"②诗人们同台竞技的过程中，若能在那些旧题古义中翻陈出新，方才显出诗艺高超，而乐府古题为人熟知，非常适合共同唱和，因此出现大量的唱和乐府诗便不足为奇了。唱和乐府诗在宋代相对较为突出，这也成为北宋文人乐府诗一种重要的拟作方式。

其次，乐府诗题所指向的思想情感内容如果与创作者所要抒发的情怀相互契合，也容易引发诗人的创作欲望。以王安石等人共同唱和《明妃曲》为例，在数量繁多的乐府诗题中，因何偏偏选择《明妃曲》这一古题来创作？这就要挖掘诗题本身积淀的历史文化意蕴。《乐府诗集》共有两处收录与王昭君相关的曲题，相和歌辞录有《王明君》《王昭君》《明君词》《昭君叹》，《唐书·乐志》曰："《明君》，汉曲也。"③琴曲歌辞收录《昭君怨》《明妃怨》。这两类曲题所涉及的本事相同，主题都是表现昭君出塞这一话题。历代的昭君诗歌大部分以悲哀怨思为主题，代昭君言内心的愤懑愁郁、思归不得归之情，如石崇的《王明君》，庾信、崔国辅、卢照邻、李白所作《王昭君》，沈约、戴叔伦的《明君辞》。还有一部分是在感慨昭君的遭际之外，思索造成这一悲剧的原因，如"薄命由骄虏，无情是画师"(沈佺期《王明君》)，"自是君恩薄如纸，不须一向恨丹青"

----

① 缪钺：《论宋诗》，《诗词散论》，上海：上海古籍出版社，1982 年，第 38 页。

② 松浦友久著，加藤阿幸、陆庆和译：《日中诗歌比较丛稿：从〈万叶集〉的书名谈起》，北京：民族出版社，2002 年版，第 37~38 页。

③ （宋）郭茂倩：《乐府诗集》卷二十九，北京：中华书局，1979 年，第 424 页。

（白居易《昭君怨》），道出了无可奈何的悲剧根源，发人深思。经过了历代拟作，《王明君》这一题目已经形成了特定的情感内容指向，而这些情感内容恰恰容易激发王安石这些身居高位者的共鸣。北宋重文抑武，军事方面受到压制，对外用兵时便暴露出这方面的弊端，王安石、司马光、欧阳修这些北宋重要诗人同时在政坛上身居高位，对于国家的内忧外患感受深切，而《王明君》这一乐府古题所蕴含的思想情感与他们内心的情志恰好契合，故借古题以达意。

此外，梅尧臣、司马光等人之所以主动唱和王安石之作，抛开私交，这与首倡者本人在诗坛、政坛的影响力也有一定关系。首倡者及周围的唱和者在诗坛具有影响力，他们的作品易为人传诵，也容易激发他人唱和的兴致。

6.5.2 唱和乐府诗的创作模式

北宋唱和乐府诗的现象以仁政至哲宗时期较为密集，乐府诗唱和者之间的关系较为紧密，唱和的诗题多、数量多，所唱和的诗题既有古题，也有新题，并且有依韵、次韵等不同的唱和方式。和诗的内容围绕原诗展开，或赋题、或内容与原诗相关，但却是和诗而非拟作，和而不同。

根据所唱和乐府诗的题材、主旨、言辞的变化情况，可以分为三种模式。

第一类是和诗与原作的题材相同，但能翻出新意。如苏轼和苏辙的《吴中田妇叹》：

> 今年粳稻熟苦迟，庶见霜风来几时。霜风来时雨如泻，把头出菌镰生衣。眼枯泪尽雨不尽，忍见黄穗卧青泥！茅苫一月垅上宿，天晴获稻随车归。汗流肩赪载入市，价贱乞与如糠粃。卖牛纳税拆屋炊，虑浅不及明年饥。官今要钱不要米，西北万里招羌儿。龚黄

满朝人更苦,不如却作河伯妇!(苏轼《吴中田妇叹》)

久雨得晴唯恐迟,既晴求雨来何时。今年舟楫委平地,去年蓑笠为裳衣。不知天公谁怨怒,弃置下土尘与泥。丈夫强健四方走,妇女龌龊将安归。塌然四壁倚机杼,收拾遗粒吹糠粞。东邻十日营一炊,西邻谁使救汝饥。海边唯有盐不旱,卖盐连坐收婴儿。传闻四方同此苦,不关东海诛孝妇。(苏辙《次韵子瞻吴中田妇叹》)

《吴中田妇叹》①作于熙宁五年(1072),苏轼在杭州任上。诗中描写当时赋税沉重、谷贱伤农的现状,农人难以应付各种征敛,遭受天灾与虐政的双重苦难。秋熟之际偏逢大雨,诗歌借一位江南农妇的口吻,倾诉淫雨不断的灾害,“眼枯泪尽雨不尽”,这句诗可与杜甫《新安吏》中“莫自使眼枯,收汝泪纵横;眼枯即见骨,天地终无情”相媲美。“忍见黄穗卧青泥”,真切地刻画出农人此时痛惜稻谷的心情。前半部分对于天灾和农事辛劳的描写是为了突出后面对“钱荒”问题的指责。王安石推行的新法造成流通货币不足的弊端,如青苗法以货币收支,免役法征收免役钱、助役钱、免役宽剩钱,西北招抚诸羌也用钱,诸多赋税需要以货币支付,正如老妇所言:“官今要钱不要米”,百姓只有卖粮食换钱,而米价贱如糠,造成钱荒米贱的现象。结果是钱和米都落空了,逼迫农人“卖牛纳税拆屋炊”,将所有的生活资产变卖以换钱,今后的日子更加难熬,真是生不如死,“龚黄满朝人更苦,不如却作河伯妇”。这首诗写尽了新法的流弊,极大地伤害了民生。整首诗可以算作是农妇的语录,诗人未发表任何言论意见,但是他的态度、情感倾向已通过人物的言辞表露无遗。

苏辙依韵唱和苏轼这首诗,写农人常年遭受自然灾害,旱涝不均,田地颗粒无收,“东邻十日营一炊,西邻谁使救汝饥”,百姓流徙,“丈夫强健四方走,妇女龌蹉将安归”,官家又不允许百姓寻求其他出路,

---

① 该诗题目下有注:和贾收韵。

"海边唯有盐不旱，卖盐连坐收婴儿"。与苏轼稍有不同的是，诗人的视野不局限在一家一人身上，也不光是吴中百姓，而是写出了"传闻四方同此苦"的普遍现象。

苏轼的《薄薄酒》是这一时期唱和最多的乐府新题，李之仪、黄庭坚都有唱和，后来的王炎、敖陶孙、陈造、张侃、于石也有拟作。

熙宁九年（1076），苏轼在密州时作《薄薄酒二首》，序中称："胶西先生赵明叔，家贫好饮，不择酒而醉。常云：'薄薄酒，胜茶汤，丑丑妇，胜空房。'其言虽俚，而近乎达，故推而广之，以补东州之乐府。"

> 薄薄酒，胜茶汤；粗粗布，胜无裳；丑妻恶妾胜空房。五更待漏靴满霜，不如三伏日高睡足北窗凉。珠襦玉柙万人相送归北邙，不如悬鹑百结独坐负朝阳。生前富贵，死后文章，百年瞬息万世忙。夷齐盗跖俱亡羊，不如眼前一醉是非忧乐都两忘。（其一）

> 薄薄酒，饮两钟；粗粗布，著两重；美恶虽异醉暖同，丑妻恶妾寿乃公。隐居求志义之从，本不计较东华尘土北窗风。百年虽长要有终，富死未必输生穷。但恐珠玉留君容，千载不朽遭樊崇。文章自足欺盲聋，谁使一朝富贵面发红。达人自达酒何功，世间是非忧乐本来空。（其二）

赵明叔的话很俚俗，却不乏至理，旨在表达安分守己、知足常乐的意思。苏轼在此基础上，由薄酒茶汤之比，引发功名富贵与闲居清贫之比，能从更宽广的视野去审视世界，从中挖掘出更深的意蕴，将简单的生活感悟提升到人生哲理的层次。诗人能以旷达的心态看待是非忧乐，也表达了唯义是从的心志。因为诗人将要表达的哲理与具体的物象和比喻联系起来，并用优美的诗歌语言传达出这种诗歌意境，所以这些理并不显得生硬、刻板，而是鲜明生动的。两首诗前几句的文字大体相同，在反复抒写中，强化了诗人旷达的情怀。

黄庭坚于元丰元年(1078)唱和苏轼该作:

> 薄酒可与忘忧,丑妇可与白头。徐行不必驷马,称身不必狐裘。无祸不必受福,甘餐不必食肉。富贵于我如浮云,小者谴诃大戮辱。一身畏首复畏尾,门多宾客饱僮仆。美物必甚恶,厚味生五兵。匹夫怀璧死,百鬼瞰高明。丑妇千秋万岁同室,万金良药不如无疾。薄酒一谈一笑胜茶,万里封侯不如还家。(其一)

> 薄酒终胜饮茶,丑妇不是无家。醇醪养牛等刀锯,深山大泽生龙蛇。秦时东陵千户食,何如青门五色瓜。传呼鼓吹拥部曲,何如春雨池蛙。性刚太傅促和药,何如羊裘钓烟沙。绮席象床雕玉枕,重门夜鼓不停挝。何如一身无四壁,满船明月卧芦花。吾闻食人之肉,可随以鞭朴之戮;乘人之车,可加以鈇钺之诛。不如薄酒醉眠牛背上,丑妇自能搔背痒。(其二)

唱和苏诗之余,又有意区别于苏轼。黄诗更多谈的是一种生活态度,诗歌序中称:“苏密州为赵明叔作《薄薄酒》二章,愤世嫉俗,其言甚高。以予观赵君之言,近乎知足不辱,有马少游之余风。故代作二章,以终其意。”[1]第一首铺叙各种事例,讲美物厚味的害处,薄酒丑妇的好处,是想表明知足不辱的人生态度,“薄酒一谈一笑胜茶,万里封侯不如还家”[2]。第二首中诗人将拥有声色、权力、富贵的人生与淡泊、率性、贫乏的生活相比较,表明后者胜过前者,赞赏志向淡泊、知足求安、无意功名的人生。

李之仪《苏子瞻因胶西赵明叔赋薄薄酒杜孝锡晁尧民黄鲁直从而有作孝锡复以属予意则同也聊以广之》,在诗题中便说明唱和的缘由及成

---

① (宋)黄庭坚著,任渊、史容、史季温注,刘尚荣校点:《黄庭坚诗集注》,北京:中华书局,2003 年,第 890 页。

② (宋)黄庭坚著,任渊、史容、史季温注,刘尚荣校点,《黄庭坚诗集注》,北京:中华书局,2003 年,第 891 页。

员，诗中说到俊美、强硬之物都不长久，"直木先伐甘井竭""高唐笙歌午夜饮，明日哭声喧正寝"，高堂笙歌难保长久，富贵功名最终都化为虚无，不如饮薄酒，"莫厌薄酒薄，到头一醉亦足乐"。

第二类是原创与和作只是题目相同，题材的择取、主旨立意都不同。代表性作品有苏轼、苏辙唱和的《荔枝叹》《竹枝歌》。

十里一置飞尘灰，五里一堠兵火催。颠坑仆谷相枕藉，知是荔枝龙眼来。飞车跨山鹘横海，风枝露叶如新采。宫中美人一破颜，惊尘溅血流千载。永元荔枝来交州，天宝岁贡取之涪。至今欲食林甫肉，无人举觞酹伯游。我愿天公怜赤子，莫生尤物为疮痏。雨顺风调百谷登，民不饥寒为上瑞。君不见，武夷溪边粟粒芽，前丁后蔡相笼加。争新买宠各出意，今年斗品充官茶。吾君所乏岂此物？致养口体何陋耶！洛阳相君忠孝家，可怜亦进姚黄花！（苏轼《荔枝叹》）

蜀中荔枝止嘉州，余波及眉半有不。稻糠宿火却霜霰，结子仅与黄金侔。近闻闽尹传种法。移种成都出巴峡。名园竞擷绛纱苞，蜜渍琼肤甘且滑。北游京洛堕红尘，箬笼白晒称最珍。思归不复为莼菜，欲及炎风朝露匀。平居着鞭苦不早，东坡南窜岭南道。海边百物非平生，独数山前荔枝好。荔枝色味巧留人，不管年来白发新。得归便拟寻乡路，枣栗园林不须顾。青枝丹实须十株，丁宁附书老农圃。（苏辙《奉同子瞻荔枝叹》）

《荔枝叹》作于绍圣二年（1095），是苏轼晚年在惠州时作，诗中关注的焦点对准各地贡物，地方进贡朝廷的行为有伤民生。诗歌前半部分讲述历史上进贡荔枝、龙眼等事件，是为了指斥当今朝廷上下风行的贡茶、贡花。"十里一置飞尘灰，五里一堠兵火催。颠坑仆谷相枕藉，知是荔枝龙眼来。"开篇描写尘土飞扬、人马颠仆枕藉的场面，并非国事紧急，只为"宫中美人一破颜，惊尘溅血流千载"，这个场面不禁让人想到杜牧的"一骑红尘妃子笑，无人知是荔枝来"（《过华清宫绝句三首》之一）。杜牧的诗作含有委婉的讽刺，苏轼该诗则表现出更为强烈的愤慨情绪，直接谴责统治者："吾君所乏岂此物？致养口体何陋邪！"并且指名道姓地批评当时的名臣丁谓、蔡襄、钱惟演，竟然也扮演李林甫的角色，进贡名茶、名花以买宠，毫不留情地讽刺官员诡媚买宠、帝王骄奢淫逸。"我愿天公怜赤子，莫生尤物为疮痏"，诗人怜惜百姓，警示执政者"雨顺风调百谷登，民不饥寒为上瑞"。这首诗有着苏轼一贯的敢怒敢骂的作风，在历经宦海波折的晚年，诗人仍敢于指斥朝政，抨击社会陋习，对于权势者无所畏惧。这首诗构思谋篇不落俗套，有奇趣，前半部分近似咏史诗，讽刺汉唐时期进贡荔枝之事，至此所欲表达的内容似乎已经完结，但中间笔锋一转，同类联想，牵出本朝进贡各种稀奇物品的做法。诗歌本为荔枝发叹，忽然转到茶叶、牡丹，诗人胸中欲发之言不可抑制。这首诗继承了杜甫新题乐府的批评精神，"貌不袭杜，而神似之。出没开合，纯乎杜法"[1]。杜甫《病橘》："忆昔南海使，奔腾献荔枝。百马死山谷，到今耆旧悲。"与苏轼这首诗开篇四句的隐射之意非常相似。诗人在自注中专门提到贡茶、贡花的始作俑者，"大小龙茶始于丁晋公，而成于蔡君谟""今年闽中监司乞进斗茶，许之""洛阳贡花，自钱惟演始"。此诗不是就题论题，批古论今，同时兼具，较白居易等人新题乐府有创变。

苏辙《奉同子瞻荔枝叹》前半部分写荔枝味美却难种，后"移种成都出巴峡"。念及兄长身居蛮荒的岭南之地，唯有美味的荔枝可以慰藉，盼他日若得归旧乡，定植荔枝十数株。二苏后期唱和诗在思想上的差异越来越大，和诗已经磨掉了原作的锋芒棱角，不再关注现实问题，已经没有了《次韵子瞻吴中田妇叹》中干预社会的积极热情。

---

① （清）王文诰辑注、孔凡礼点校：《苏轼诗集》卷三十九，北京：中华书局，1982 年，第 2126 页。

近代曲辞有《竹枝》，"《竹枝》本出于巴渝"①。唐人拟作歌辞有写相思、乡愁及巴蜀风俗等。苏轼诗序："《竹枝歌》本楚声，幽怨恻怛，若有所深悲者。……夫伤二妃而哀屈原，思怀王而怜项羽，此亦楚人之意相传而然者。且其山川风俗鄙野勤苦之态，固已见于前人之作与今子由之诗。故特缘楚人畴昔之意，为一篇九章，以补其所未道者。"②苏诗一方面围绕竹枝歌本身积淀的传统内容，"伤二妃而哀屈原，思怀王而怜项羽"，情绪哀怨惆怅；另一方面，慨叹楚地古往今来有多少悲情人物，沧海桑田，都化作悲歌，功名富贵都是虚妄，"富贵荣华岂足多，至今惟有冢嵯峨"。诗中多用蝉联句式，有回环往复之感，强化了诗歌凄迷哀怨的情思。苏辙《竹枝歌》则写楚人生活艰辛悲苦，楚地女子不嫁人，一生长苦辛，"双鬟垂顶发已白，负水采薪长苦艰"。竹枝歌声哀怨，闻之伤楚人。

这两种唱和乐府诗的方式，体现出诗人求新求变的意识，有利于开拓诗题表现内容，深入开掘主题，丰富乐府诗的艺术风貌。

第三类，和诗与原作在题材主题上是一致的。

苏轼和苏辙之间的诗作唱和是最为集中的，二人唱和的乐府诗有多首，通常都是兄唱弟和，从中可以看出兄弟间不同的个性、志向与才情，以及深厚的兄弟情。

苏轼于嘉祐二年(1057)进士及第，嘉祐四年(1059)十月，父子三人再度赴京，走水路，途中苏轼写下了《襄阳古乐府三首》，具体是《野鹰来》《上堵吟》和《襄阳乐》。关于曲题《野鹰来》的来历，《水经注》中记载刘表筑台于襄阳，表喜鹰，尝登台歌《野鹰来曲》。③ 苏轼诗前半篇写野鹰饥苦力弱，后半篇集中写公子刘表登台东望，基本上是依刘表故事展开叙写。《南史·刘道产传》："道产初为无锡令，后为雍州刺史，领宁

---

① （宋）郭茂倩：《乐府诗集》卷八十一，北京：中华书局，1979 年，第 1140 页。
② 傅璇琮等主编：《全宋诗》，北京：北京大学出版社，1991 年，第 9089 页。
③ （清）王文诰辑注、孔凡礼点校：《苏轼诗集》，北京：中华书局，1982 年，第 72 页。

蛮校尉，加都督兼襄阳太守。善于临职，在雍部政绩尤著，蛮夷前后不受化者皆顺服。百姓乐业，由此有《襄阳乐歌》。"①苏轼依据史传中有关刘道产的故事而写，描写襄阳百姓安居，将太守比作羊祜、杜预。苏辙唱和了其中的《野鹰来》《襄阳乐》，与苏轼原作在内容上是桴鼓相应如出一辙的。再如李之仪《四时词拟徐陵用今体次东坡旧韵》，以春夏秋冬为背景写女子四季生活，内容与苏轼同题诗接近。

6.5.3　唱和乐府诗对北宋乐府诗创作的影响

从诗歌艺术来看，唱和乐府诗有利于深度开掘作品主题内涵，提高创作技巧。从乐府诗题的角度看，很多乐府古题是在时人和后人的反复拟作中，这些曲题才被文人确立为真正的乐府诗题，有着相对固定的内涵，同样，唐宋文人的乐府新题只有通过不断地唱和、拟作，才有可能成为传统题目，所以文人唱和乐府诗有利于丰富、确立乐府诗题。唱和乐府诗中出现了依韵、次韵等唱和方式，突破了前代只和意而不刻意和韵的做法，这种新的创作方式，进一步强化了北宋乐府诗的文人色彩。

诗人在进行同题唱和时，要有别于他人之作，会在思想情感、艺术构思、语言技巧等方面下功夫，无疑会提高这些乐府诗的创作水平。如仁宗时期关于昭君诗歌的唱和，王安石先后写下三首《明妃曲》，其他人的唱和之作如下：梅尧臣《依韵和原甫昭君辞》《再依韵》《和介甫明妃曲》，欧阳修《明妃曲和王介甫作》《再和明妃曲》，韩维《和王昭君》，曾巩《明妃曲二首》，司马光《和王介甫明妃曲》。

　　　　明妃初出汉宫时，泪湿春风鬓脚垂。低徊顾影无颜色，尚得君王不自持。归来却怪丹青手，入眼平生几曾有；意态由来画不成，当时枉杀毛延寿。一去心知更不归，可怜着尽汉宫衣；寄声欲问塞南事，只有年年鸿雁飞。家人万里传消息，好在毡城莫相忆；君不

---

①　（清）王文诰辑注、孔凡礼点校：《苏轼诗集》，北京：中华书局，1982 年，第 74 页。

见咫尺长门闭阿娇，人生失意无南北。（王安石《明妃曲》其一）

明妃初嫁与胡儿，毡车百辆皆胡姬。含情欲语独无处，传与琵琶心自知。黄金杆拨春风手，弹看飞鸿劝胡酒。汉宫侍女暗垂泪，沙上行人却回首。汉恩自浅胡恩深，人生乐在相知心。可怜青冢已芜没，尚有哀弦留至今。（王安石《明妃曲》其二）

汉宫有佳人，天子初未识。一朝随汉使，远嫁单于国。绝色天下无，一失难再得。虽能杀画工，于事竟何益。耳目所及尚如此，万里安能制夷狄。汉计诚已拙，女色难自夸。明妃去时泪，洒向枝上花。狂风日暮起，飘泊落谁家。红颜胜人多薄命，莫怨春风当自嗟。（欧阳修《再和明妃曲》）

唐人多指责毛延寿，而王安石在《明妃曲》中却说昭君之美态不是画工所能描摹的，"意态由来画不成，当时枉杀毛延寿""君不见咫尺长门闭阿娇，人生失意无南北"，即使她不流落胡地，也免不了终老冷宫的悲剧命运，这是古今宫人的共同结局。诗人能超越前人，翻出新意，敢于指明君恩浅薄、不可倚恃。另一首《明妃曲》再次诉说了昭君颜色如花命如叶的凄苦命运。梅尧臣的三首唱和诗中并未一味指责画师，更多的是叹胡笳声哀，昭君命薄，"丹青不足恨，谋虑少徘徊"（《依韵和原甫昭君辞》）。其中《依韵和原甫昭君辞》和《再依韵》两首诗的韵、字、次序一致。韩维与梅尧臣交往甚多，他在《和王昭君》序中明确说"原甫唱，依韵"，所用韵、字、次序与梅尧臣的唱和诗如出一辙。诗中以第三者视角叙述昭君的悲剧命运，琵琶怨曲。在《明妃曲和王介甫作》中，欧阳修开始以旁观者的视角审视流落塞外的昭君，她思归作曲，人不得归曲却流传汉朝，宫人只当新曲来弹奏，曲中断肠声又有谁识得。"玉颜流落死天涯，琵琶却传来汉家。汉宫争按新声谱，遗恨已深声更苦。"虽语气平和，却催人泪下。《再和明妃曲》围绕历史故事展开，议论中充满愤慨，"虽能杀画工，于事竟何益？""耳目所及尚如此，万里安能制夷狄！"

诗人由一宫嫔的命运联系到国政，直接批评汉君的昏庸无能。曾巩《明妃曲二首》中"延寿尔能私好恶，令人不自保妍媸。丹青有迹尚如此，何况无形论是非。""长安美人夸富贵"，如今却都已烟消云散，"独有明妃传至今"，叹其不幸遭际中有赞赏。《乐府解题》载："昭君恨帝始不见遇，乃作怨思之歌。"①前代昭君诗中常提到昭君弹琵琶怨曲，司马光《和王介甫明妃曲》便挖掘诗题"明妃曲"本身的含义，以"曲"为中心展开。"愁坐泠泠调四弦，曲终掩面向胡天。侍儿不解汉家语，指下哀声犹可传。""传遍胡人到中土，万一佗年流乐府。妾身生死知不归，妾意终期寤人主。目前美丑良易知，咫尺掖庭犹可欺。君不见白头萧太傅，被谗仰药更无疑。"诗人将昭君塑造成一个忠君者形象，她对君王还有所希冀，仍眷恋君王，想以自己的经历让君王有所醒悟，故而想以怨曲诉说自己被陷害的不幸，并未将矛头指向帝王，思想深度逊于王安石，内容也异于王安石。"自嗟不若住巫山，布袖蒿簪嫁乡县"，又从另一角度表现明妃怨恨。王安石等人唱和乐府诗的举动，并非有意为乐府诗的表现，也无法等同于元白之间的唱和新乐府。原因在于《王昭君》这个乐府古题只是他们日常唱和活动中的一次题目而已，王安石是有所感发而写，其他唱和者有的是出于朋友的邀约，或是折服于王作的精彩而技痒，因为这些诗人具有深厚的文学修养，所以即便是多人唱和拟作，仍能翻新出奇，绝不雷同。

　　"即事名篇"的乐府新题，如果"后继无人"，只是作者本人有作品留存，它的影响力有限，该新题也无法成为传统的乐府题目，而诗人们相互唱和同一乐府新题，不断丰富它的内涵，扩大其影响力，从而使这些新题成为传统的乐府诗题，进而丰富乐府诗题。如苏轼首创《薄薄酒》是北宋唱和较多的乐府新题之一，李之仪、黄庭坚都有唱和之作，后来的王炎、敖陶孙、陈造、张侃、于石也有拟作。这些和诗与原作虽然题材相同，但在主旨方面都能翻出新意，抒发个性情怀，语言风格亦是多姿

---

① （宋）郭茂倩：《乐府诗集》卷二十八，北京：中华书局，1979 年，第 853 页。

多样。《薄薄酒》这一乐府新题经过了苏轼及其周围诗人的唱和之后，到了南宋仍被多人拟作，可见这一新题在宋代诗人笔下已经成为一个固定的乐府题目了。再如苏轼、黄庭坚、秦观同作《虚飘飘》，后来周紫芝、曹勋、王阮也有继作。周紫芝在《虚飘飘》诗序中提及："元祐间，山谷作《虚飘飘》，盖乐府之余，当时诸公皆有和篇。"既谈及元祐年间苏轼等人同题唱和之事，又表明后人接受了该乐府新题，它在诗人的不断唱和、拟作中，逐渐成为一个乐府题目。北宋诗人自创新题的唱和之作，也是围绕原作展开又能别出新意。如梅尧臣《依韵答李晋卿结交篇》写与人结交的原则。欧阳修《鸣鸠》以鸠的习性喻人心巧态，临危利害则相斗。刘敞《和永叔鸣鸠诗》则讽刺鸣鸠，晴则求雌之欢，雨则驱逐鸠妇。

宋代之前为数不多的唱和乐府诗多数只是和意，不刻意和韵，随着格律的成熟，诗人能够娴熟掌握韵律技巧，到了北宋初期便出现了依韵、次韵等唱和方式。唱和诗需用原韵或者韵、字、次序皆须与原诗一一对应，对声律的要求越来越严格，如梅尧臣《依韵答李晋卿结交篇》《依韵和原甫昭君辞》，强至《次韵元恕苦寒之什》。这也是北宋乐府诗创作中出现的新现象，是一种新的创作方式，这种文人之间的游戏赠答之作，使得这类乐府诗的文人气息更为浓厚。在文人拟乐府的发展进程中，除了对乐府诗题、义、辞的考量，又增加了对文字韵律的关注，这也是北宋文人的一个贡献。

北宋文人群体意识觉醒，常有雅集等文人活动，而乐府诗非常适合群体唱和，在集会背景下，北宋诗人们相互唱和乐府诗，有时是有感而发，因文而生情，有时是受人之邀，如邹浩、张耒的《有所叹》，黄庭坚《和谢定公征南谣》，吕南公和宋敏求《和次道村田歌》等。这些唱和乐府诗的活动多发生在亲友故旧间，以诗歌的形式实现交往、切磋诗艺的目的。在创作中，为了求新取奇，同时也带有逞才的潜在心理，诗人们会精心构思，别出心裁，仔细打磨语言艺术，这无疑会提升诗人的整体创作水平。宋人在唱和乐府诗时采用歌行、古体、近体等诗体，同时语言丰富多变，四言、五言、七言、杂言皆备，甚至融合楚辞句式。北宋文人唱和乐府诗的风气不同于唐代元白的新乐府创作，他们只是以某个乐府诗题为牵引力来创作，没有出现中唐新乐府那样着眼于乐府现实功用的创作风潮，更多关注的是诗歌的艺术水平如何，这有利于提高北宋乐府诗的创作水平。

6.6　小结

北宋乐府诗在继承前代乐府诗创作传统的基础上，在诗体、题材内容、语言风格、创作风气几方面也表现出自身的特色，体现了北宋文人在乐府诗创作上的努力与尝试。

北宋拟古题乐府以因袭古义的作品居多，诗人在创作中有时甚至刻板地尊崇古辞本事、本义。诗人直接借用古辞原作与历代拟作的题材主旨，没有融入本人的思想情感，也没能就古辞题意生发出新的内容，这可以说是对古辞旧义的一种复归。这种复归源于文人的崇古意识，表现在乐府诗创作中便是尊崇汉魏古乐府。北宋文人认为古乐府内容符合儒家伦理道德，有补于教化，拟作如果失去本义，去做那些淫言亵语，就失去了这种教化功能，所以回归古辞本事本义，是为了"补于世教"。北宋拟古题乐府总体呈现出复归古辞旧义的特征，并有明确的理论表述，但在实际创作中越来越多的古题乐府诗脱离古辞旧义，出现了对这种主张的背离。究其原因，首先是这种创作思想不符合文学的发展规律。其次，北宋文人反对拟古乐府诗脱离本事、本义，是唯恐这样做会失去乐府诗的教化功能，而且他们也认为前代的齐梁乐府已经是一例证，他们关心的是乐府诗能否起到教化作用，如果古题中寄寓的新思想内容不属于"淫言"，是没有否定的理由的。再次，北宋诗坛文人有着求新变的创作精神，在乐府旧题中融入新的色彩，这与当时诗坛"以故为新"的诗风也是一致的。

与拟古乐府不同，北宋文人对新题乐府的理论主张与创作实践是一致的。北宋文人对新题乐府的理解更为成熟，新题乐府诗体真正建立。他们在观念上将新题乐府并入乐府传统，使其成为乐府诗系统中一类，把新题乐府创作看作古乐府在宋代的一种延续。北宋文人以古乐府的特质来理解新题乐府，具体表现在新题乐府诗的题目、题材、体制、功能等方面均向古乐府靠拢。北宋文人对乐府"新题"的认定，除了时间上指唐宋产生的新题，还特别注重借鉴古乐府的命题方式，且在这点上比唐人更为自觉。北宋新题乐府诗与中唐元白新乐府最为明显的区别是表现题材范围扩大。北宋文人并没有主张新题乐府诗的题材内容必须是新鲜的，所以在创作中他们的新题乐府可以写当下事，也可以用新题、新辞重现古乐府中常见的题材内容，或者如古乐府那样展现社会人生的方方面面，而不必拘于单一的时政题材。北宋文人对乐府新题和古题有着自身独特的理解，对两类乐府题目的创作形成一些特有的创作规范，表现为时政民生题材几乎全部通过自拟新题的乐府诗来写，不再借乐府古题讽谕时政。因此，可以说新题乐府的创作在北宋变得更为自觉、成熟。

与中唐元白不同，北宋文人没有那么急切的政治功利目的，不刻意强化乐府诗的思想内容，新题乐府的题材比唐代新乐府更为宽泛。诗人只是将乐府诗看作诗歌的一类来欣赏、创作，以艺术水准来评价其优劣，当然思想内容也是其中重要的方面。他们将唐人贴在新题乐府头上的"讽谕"标签揭了下来，那种强烈的时代和个人色彩淡化了，不再成为某一时期、某些诗歌的代名词，新题乐府变得更为平实、成熟。新题乐府诗在北宋文人笔下彻底成熟、定型，这有利于新题乐府的推广，使其被更多的诗人所接受。

北宋乐府诗在题材方面很难再超越前人，富有开创性的题材并不多，但北宋文人也努力有所突破，最为显著的是哲理性题材的大量涌现。北宋乐府诗中出现了不少以物、人、事为譬喻的作品，将深刻的道理或对现实社会的批评寄寓其中。

北宋乐府诗中的议论成分增加，诗人在作品中剖析时政，提出对策建议，见解深刻。这些议论不是泛泛而谈，也非单纯地大声疾呼、号召声讨，而是对现实问题有了深刻认识之后的言谈，这与创作者本人的思想水平、政治意识有关。在这一点上宋人超越了同类型的乐府诗，也别于唐代乐府诗。北宋印刷业兴盛，各地学校增多，宋人学习和阅读的机会增加，学术修养随之提高，文化性格趋于理智、冷静，善于理性思考，而议论便于表达见解，乐府诗中的议论成分也随之增多。在乐府诗中，对时事问题的剖析极为深刻，对于一些乐府诗传统题材和话题，也能翻出新意，立论精辟。

受北宋诗坛唱和之风盛行和求新变的诗风影响，乐府诗人常以唱和乐府诗的形式抒情达意。一些乐府诗题所指向的思想情感内容如果与创作者所要抒发的情怀相互契合，也容易引发诗人的创作欲望。乐府古题所蕴含的思想情感与他们内心的情志恰好契合，故借古题以达意。此外，首倡者及周围的唱和者在诗坛具有影响力，他的作品易为人传诵，也容易激发他人唱和的兴致。乐府诗唱和者的关系较为紧密，唱和的诗题多、数量多，所唱和的诗题既有古题，也有新题，并且有依韵、次韵等不同的唱和方式。和诗的内容围绕原诗展开，或赋题、或内容与原诗相关，但却是和诗而非拟作，和而不同。在这些唱和乐府诗中，有时和诗与原作的题材相同，但能翻出新意；有时原作与和诗只是题目相同，题材的择取、主旨立意都不同；也有的和诗与原作如出一辙。

从诗歌艺术来看，唱和乐府诗有利于深度开掘作品主题内涵，提高创作技巧。从乐府诗题的角度看，很多乐府古题是在时人和后人的反复拟作中，才渐渐被确立为真正的乐府诗题，它们有着相对固定的内涵。同样，唐宋文人的乐府新题只有通过不断地唱和、拟作，才有可能成为传统题目，所以文人唱和乐府诗有利于丰富、确立乐府诗题。唱和乐府诗中出现了依韵、次韵等唱和方式，突破了前代只和意而不刻意和韵的做法，这种新的创作方式，进一步强化了北宋乐府诗的文人色彩。在创作中，为了求新取奇，同时也带有逞才的潜在心理，诗人们会精心构思，仔细打磨语言艺术，这无疑会提升诗人的整体创作水平。

总　结

　　乐府诗发展到宋代，各种题材内容、艺术技巧都已有了相当数量的积累之后，北宋诗人们要想"一空依傍"地自创新意、自铸新词，就非常困难了。与数量庞大的宋诗比较，北宋的 1119 首乐府诗（不含入乐之作）就显得有些寂寥了。

　　北宋文人并不热衷于创作乐府诗，词的兴起，使得乐府诗失去吸引力，乐府诗没有了兴盛的土壤。初盛唐文人拟古乐府，与当时诗坛的复古思潮有关，汲取汉魏诗歌的兴寄、风骨以革正南朝诗歌的流弊，而汉魏诗歌多为乐府诗，所以初盛唐文人拟古乐府非常突出。到了宋代，面对唐诗这样巨大的诗歌宝库，唐诗营养已经足够宋人汲取了，无须上溯汉魏古乐府，所以在宋人的诗论及创作中，所推崇的几乎都是如白居易、李商隐、杜甫等唐代诗人，即使是写乐府诗，他们所模仿的对象也多是唐人。宋代乐府诗处在乐府诗的又一个全盛时期——唐代乐府诗刚刚过去的时段，从汉魏至唐代，随着乐府诗创作体制的多样化和乐府诗歌意象、写作方式的定型化，这给宋代文人提供了一个巨大的资源库，使他们在创作乐府时能够随手拈取现成的题旨、模式敷衍成篇。同时也给他们带来了巨大的挑战，使他们一时难以挣脱来自前代乐府诗的影响，创建自己的独特风格。

　　北宋很少有一流的诗人来大力创作乐府诗，没有出现如中唐新乐府那样有明确理论指导的群体创作，也缺乏白居易这样的标志性诗人，这在一定程度上削减了宋乐府的魅力。诗人们只是将乐府诗当作一类诗体来写，并未有意宣扬乐府诗，对乐府诗的态度略显平淡，这也导致乐府诗在整个宋代并不凸显。如苏轼很少刻意去创作乐府诗，对新题或古题没有特别偏好，虽然作品以新题居多，但只有《吴中田妇叹》《荔枝叹》反映时事内容，古题乐府也不涉及时政内容。这说明诗人在创作时，只是将新题乐府当作一般的诗歌来创作。对于苏轼这样的一流诗人而言，写乐府诗只是随性创作的结果，如有感于当地人物旧事、民情风俗而作《襄阳古乐府》《于潜女》，由眼前所见激发创作灵感而写作《续丽人行》。像苏轼这样一位大家，有较多的诗歌创作，却很少写乐府诗，也在一定程度上证明乐府诗在宋代并不受特别关注。

北宋乐府诗人在追摹前人之外，他们试图有所新变，开拓宋代乐府诗独有的面貌。

北宋乐府诗的理性意识增强。在庆历年间的政治改革和诗文革新的背景下，北宋文人的理性意识觉醒，诗人们关注社会问题，仁宗时期表现时政题材的新题乐府较为突出。此外，哲理性题材大量出现在乐府诗中，也是这种理性意识觉醒的表现。诗人们用拟乐府的方式反省思考人生和人性等问题，赋予了北宋乐府诗超越前代的理性色彩。具体到创作中，除了主旨、题材体现出理性意识，以议论入诗的语言风格也体现出这一点。

北宋乐府诗的文人色彩增强。新题乐府诗在取材方面不拘于时政民生题材，展现诗人们的人生哲理、个人情怀的内容增多。他们在评价别人的乐府诗作品上，在相互酬唱乐府诗时，更多着眼于作品本身的艺术技巧方面。唱和乐府诗中出现了依韵、次韵等唱和方式，突破了前代只和意而不刻意和韵的做法，这种新的创作方式，进一步强化了北宋乐府诗的文人色彩。

北宋乐府诗的讽谕功能减弱。宋代文人乐府诗继承了乐府诗表现现实的传统，无论古题抑或新题，都有创作实践。与元白新乐府诗相比较，北宋文人没有强烈地要以乐府诗为谏书的政治目的，并不一味地强调它的讽谕性。他们有时会在诗序或诗中直接表明希望"播于乐府"的态度，这体现出要以诗为谏的意图，但这类表现民生时政的乐府诗占全部北宋乐府诗的比例还是有限的。缺少了中唐元白新乐府那样强烈的讽谏目的，诗人在创作乐府时出现了以下变化：首先，缺乏对某种乐府创作理论的群体性认同，也没有在某种理论指导下的大规模创作实践；其次，没有强烈的创作意识，多数诗人不会刻意地大量创作乐府诗。乐府诗讽谕性减弱，而其他功能如表现个体生命情怀、人生哲理的功能却扩大了。在宋人手里，乐府诗的功能扩大了，不再一味地强调它的讽谕性，减弱的仅仅是乐府诗的社会功能、政治功能，对于乐府诗来说，这未必不是一种进步。乐府诗功能的扩展，不强求乐府诗必须具有讽谕性，正可以用来解释北宋文人对新题乐府的理解逐渐泛化的现象，二者是相一致的。

北宋乐府诗受同时期其他诗歌的影响，借鉴其长题、诗序、自注等形式特点。北宋乐府诗题目中的文字增多，可以起到解释说明创作缘起、呈送对象、诗歌体制、创作用途等多重功用，如李之仪《苏子瞻因胶西赵明叔赋薄薄酒杜孝锡晁尧民黄鲁直从而有作孝锡复以属予意则同也聊以广之》、王洋《和张文潜输麦行寄滁守魏彦成》。前代乐府诗下少有诗序，中晚唐出现了不少带有序言的新乐府。宋诗多序，甚至长序，这种风气也影响到乐府诗，如王禹偁《畲田词》的诗序如同一篇小短文，交代创作目的、艺术风貌、诗歌主旨等。作序可以说明诗歌的内容、独特之处和作者的心意所在。有了诗序，乐府诗题与诗歌内容结合得更加紧密了。宋人诗歌中会补充插入"自注"的内容，这些文字带有注释性，有时用来标明某字的读音，有时会解释、补充诗歌内容。乐府诗也借用这种方式，如欧阳修《南獠》自注中解释当时寇乱的细节、事实，可补史书之阙，同时也避免影响行文的流畅，又能补充诗歌的写作背景信息，有助于读者更好地理解诗歌内容，了解作者的情感，产生"心有戚戚焉"的审美感受。这些自注本身也具有独立的价值，如间接反映民俗、时事、作者的经历和交游等情况。

参 考 文 献

一、作品集

1.（魏）曹植著，赵幼文校注：《曹植集校注》，北京：人民文学出版社，1984 年。

2.（梁）萧统编，海荣、秦克标校：《文选》，上海：上海古籍出版社，1998 年。

3.（南北朝）江淹著，胡之骥注：《江文通集汇注》，北京：中华书局，1984 年。

4.（南北朝）鲍照著，丁福林、丛玲玲校注：《鲍照集校注》，北京：中华书局，2012 年。

5.（唐）元结：《元次山集》，北京：中华书局，1960 年。

6.（唐）白居易著，朱金城笺校：《白居易集笺校》，上海：上海古籍出版社，1988 年。

7.（唐）白居易著，谢思炜校注：《白居易文集校注》，北京：中华书局，2011 年。

8.（唐）卢照邻著，李云逸校注：《卢照邻集校注》，北京：中华书局，1998 年。

9.（唐）元稹著，冀勤点校：《元稹集》，北京：中华书局，2010 年。

10. （唐）张籍撰，徐礼节、余恕诚校注：《张籍集系年校注》，北京：中华书局，2011 年。

11. （唐）皮日休：《皮子文薮》，上海：上海古籍出版社，1981 年。

12. （唐）王建著，尹占华校注：《王建诗集校注》，成都：巴蜀书社，2006 年。

13. （唐）李白著，瞿蜕园、朱金城校注：《李白集校注》，上海：上海古籍出版社，1980 年。

14. （唐）姚合著，吴河清校注：《姚合诗集校注》，上海：上海古籍出版社，2012 年。

15. （宋）郭茂倩：《乐府诗集》，北京：中华书局，1979 年。

16. （宋）李昉等编：《文苑英华》，北京：中华书局，1982 年。

17. （宋）姚铉：《唐文粹》，清文渊阁四库全书本。

18. （宋）吕祖谦编，齐治平点校：《宋文鉴》，北京：中华书局，1992 年。

19. （宋）吕祖谦：《宋文鉴》，清文渊阁四库全书本。

20. （宋）吕祖谦：《吕祖谦全集》，杭州：浙江古籍出版社，2008 年。

21. （宋）陈师道撰，任渊注，冒广生补笺，冒怀辛整理：《后山诗注补笺》，北京：中华书局，1995 年。

22. （宋）黄庭坚著，任渊、史容、史季温注，刘尚荣校点：《黄庭坚诗集注》，北京：中华书局，2003 年。

23. （宋）黄庭坚著，郑永晓整理：《黄庭坚全集辑校编年》，南昌：江西人民出版社，2011 年。

24. （宋）黄庭坚：《山谷外集》，清文渊阁四库全书本。

25. （宋）贺铸著，王梦隐、张家顺校注：《庆湖遗老诗集校注》，郑州：河南大学出版社，2008 年。

26. （宋）梅尧臣著，朱东润校注：《梅尧臣集编年校注》，上海：上海古籍出版社，1980 年。

27. （宋）欧阳修著，洪本健校笺：《欧阳修诗文集校笺》，上海：上海古籍出版社，2009 年。

28. （宋）田锡著，罗国威校点：《咸平集》，成都：巴蜀书社，2008 年。

29. （宋）王安石：《临川先生文集》，北京：中华书局，1959 年。

30. （宋）王禹偁：《小畜集》，四部丛刊本。

31. （宋）徐铉：《徐骑省集》，上海：商务印书馆，1937 年。

32. （宋）杨亿：《武夷新集》，福州：福建人民出版社，2007 年。

33. （宋）张耒撰，李逸安等点校：《张耒集》，北京：中华书局，1990 年。

34. （宋）张舜民著，李之亮校笺：《张舜民诗集校笺》，哈尔滨：黑龙江人民出版社，1989 年。

35. （宋）张咏著，张其凡整理：《张乖崖集》，北京：中华书局，2000 年。

36. （宋）周紫芝：《太仓稊米集》，清文渊阁四库全书本。

37. （宋）林光朝：《艾轩集》，清文渊阁四库全书本。

38. （宋）释契嵩著，林仲湘、邱小毛校注：《镡津文集校注》，成都：巴蜀书社，2014 年。

39. （宋）朱熹著，郭齐、尹波点校：《朱熹集》，成都：四川教育出版社，1996 年。

40. （宋）苏轼著，孔凡礼点校：《苏轼文集》，北京：中华书局，1986 年。

41. （宋）郭祥正：《青山集》，清文渊阁四库全书本。

42. （宋）贠兴宗：《九华集》，清文渊阁四库全书本。

43. （宋）陆游：《陆游集》，北京：中华书局，1976 年。

44. （宋）吕南公：《灌园集》，清文渊阁四库全书本。

45. （宋）唐庚：《眉山唐先生文集》，四部丛刊本。

46. （宋）文同：《丹渊集》卷十，清文渊阁四库全书本。

47. (宋)王之望：《汉滨集》，清文渊阁四库全书本。

48. (宋)刘克庄：《后村集》，四部丛刊景旧抄本。

49. (宋)李之仪：《姑溪居士全集》，丛书集成初编本。

50. (元)左克明：《古乐府》，清文渊阁四库全书本。

51. (明)吴之振编：《宋诗钞》，北京：中华书局，1986 年。

52. (明)高棅：《唐诗品汇》，上海：上海古籍出版社，1982 年。

53. (清)仇兆鳌详注：《杜诗详注》，北京：中华书局，1979 年。

54. (清)王文诰辑注、孔凡礼点校：《苏轼诗集》，北京：中华书局，1982 年。

55. (清)赵执信撰：《声调谱》，清文渊阁四库全书本。

56. (清)沈德潜选：《古诗源》，北京：中华书局，2006 年。

57. (清)沈德潜：《唐诗别裁集》，上海：上海古籍出版社，1979 年。

58. (清)张景星等编：《宋诗别裁集》，上海：上海古籍出版社，2013 年。

59. (清)蒋士铨著，邵海清校、李梦生笺：《忠雅堂集校笺》，上海：上海古籍出版社，1993 年。

60. 傅璇琮等主编：《全宋诗》，北京：北京大学出版社，1991 年。

61. 陈新等补正：《全宋诗订补》，郑州：大象出版社，2005 年。

62. 彭黎明、彭勃：《全乐府》，上海：上海交通大学出版社，2011 年。

63. 李春祥：《乐府诗鉴赏辞典》，郑州：中州古籍出版社，1990 年。

64. 程千帆：《宋诗精选》，南京：江苏古籍出版社，2002 年。

65. 张鸣：《宋诗选》，北京：人民文学出版社，2004 年。

66. 雷梦水等编：《中华竹枝词》，北京：北京出版社，1997 年。

67. 丘良任等辑：《中华竹枝词全编》，北京：北京古籍出版社，2007 年。

68. 王利器等辑：《历代竹枝词》，西安：陕西人民出版社，2003 年。

二、史料与笔记等

69. （南朝）刘勰著，黄叔琳等注：《文心雕龙校注》，北京：中华书局，2012 年。

70. （宋）李焘：《续资治通鉴长编》，北京：中华书局，2004 年。

71. （宋）胡仔：《苕溪渔隐丛话》，北京：人民文学出版社，1962 年。

72. （宋）何溪汶：《竹庄诗话》，清文渊阁四库全书本。

73. （宋）王灼著，岳珍校正：《碧鸡漫志》，北京：人民文学出版社，2015 年。

74. （宋）欧阳修、释惠洪著，黄进德批注：《六一诗话·冷斋夜话》，南京：凤凰出版社，2009 年。

75. （宋）刘克庄撰，王秀梅点校：《后村诗话》，北京：中华书局，1983 年。

76. （宋）魏庆之：《诗人玉屑》，清文渊阁四库全书本。

77. （宋）洪迈：《容斋随笔》，上海：上海古籍出版社，1978 年。

78. （宋）郑樵：《通志》，北京：中华书局，1987 年。

79. （宋）郑樵著，王树民点校：《通志二十略》，北京：中华书局，1995 年。

80. （宋）王楙著，郑明、王义耀校点：《野客丛书》，上海：上海古籍出版社，1991 年。

81. （宋）叶适：《习学记言序目》，北京：中华书局，1977 年。

82. （宋）陈振孙撰，徐小蛮、顾美华点校：《真斋书录解题》，上海：上海古籍出版社，1987 年。

83. （宋）黎靖德编，黄珅、曹姗姗注评：《朱子语类》，南京：凤凰出版社，2013 年。

84. （元）脱脱：《宋史》，北京：中华书局，1985 年。

85. （明）陈邦瞻：《宋史纪事本末》，北京：中华书局，1977 年。

86.（明）胡应麟：《诗薮》，上海：上海古籍出版社，1979 年。

87.（明）许学夷：《诗源辨体》，北京：人民文学出版社，1987 年。

88.（清）何文焕：《历代诗话》，北京：中华书局，1981 年。

89.（清）赵翼著，江守义、李成玉校注：《瓯北诗话校注》，北京：人民文学出版社，2013 年。

90.（清）翁方纲：《石洲诗话》，清粤雅堂丛书本。

91.（清）胡震亨：《唐音癸签》，上海：上海古籍出版社，1981 年。

92.（清）刘熙载：《艺概》，上海：上海古籍出版社，1978 年。

93.（清）王士禛：《香祖笔记》，上海：上海古籍出版社，1982 年。

94.（清）王夫之著，刘韶军译注：《宋论》，北京：中华书局，2013 年。

95.（清）厉鹗辑撰：《宋诗纪事》，上海：上海古籍出版社，1983 年。

96.（清）赵翼著，曹光甫校点：《廿二史札记》，上海：上海古籍出版社，2011 年。

97.（清）黄以周等辑注，顾吉辰点校：《续资治通鉴长编拾补》，北京：中华书局，2004 年。

98.（清）永瑢撰：《四库全书总目》，清乾隆武英殿刻本。

99. 丁福保：《历代诗话续编》，北京：中华书局，2006 年。

100. 郭绍虞：《宋诗话辑佚》，北京：中华书局，1980 年。

101. 傅璇琮主编：《唐才子传校笺》，北京：中华书局，1987—1995 年。

102. 傅璇琮主编：《宋才子传笺证》，沈阳：辽海出版社，2011 年。

三、今人著作

103. 胡适：《白话文学史》，天津：百花文艺出版社，2002 年。

104. 罗根泽：《乐府文学史》，北京：东方出版社，1996 年。

105. 梁启超：《中国之美文及其历史》，北京：东方出版社，2012 年。

106. 倪其心：《汉代的乐府诗》，郑州：大象出版社，1997 年。

107. 钱志熙：《汉魏乐府的音乐与诗》，郑州：大象出版社，2000 年。

108. 钱志熙：《汉魏乐府艺术研究》，北京：学苑出版社，2011 年。

109. 王运熙、王国安：《汉魏六朝乐府诗》，上海：上海古籍出版社，1986 年。

110. 王运熙：《乐府诗述论》，上海：上海古籍出版社，1996 年。

111. 萧涤非：《汉魏六朝乐府文学史》，北京：人民文学出版社，1984 年。

112. 钟优民：《新乐府诗派研究》，沈阳：辽宁出版社，1997 年。

113. 王辉斌：《唐后乐府诗史》，合肥：黄山书社，2010 年。

114. 袁行霈：《中国文学史》，北京：高等教育出版社，1999 年。

115. 郑振铎：《中国俗文学史》，北京：商务印书馆，1998 年。

116. 陈寅恪：《元白诗笺证稿》，北京：生活・读书・新知三联书店，2009 年。

117. 孙尚勇：《乐府文学文献研究》，北京：人民文学出版社，2007 年。

118. 吴相洲：《唐诗创作与歌诗传唱关系研究》，北京：北京大学出版社，2004 年。

119. 吴相洲主编：《乐府学》，北京：学苑出版社，2006—2016 年。

120. 余冠英：《乐府诗选》，北京：人民文学出版社，1954 年。

121. 钱锺书：《宋诗选注》，北京：人民文学出版社，1989 年。

122. 周汝昌：《范成大诗选》，北京：人民文学出版社，1959 年。

123. 祝尚书：《宋人别集叙录》，北京：中华书局，1999 年。

124. 祝尚书：《宋人总集叙录》，北京：中华书局，2004 年。

125. 罗宗强：《隋唐五代文学思想史》，北京：中华书局，1999 年。

126. 张毅：《宋代文学思想史》，北京：中华书局，2006 年。

127. 邱美琼：《20 世纪以来日本学者的宋诗研究》，南昌：江西人民出版社，2010 年。

128. 蔡上翔：《王荆公年谱考略》，上海：上海人民出版社，1973 年。

129. 潘守皎：《王禹偁评传》，济南：齐鲁书社，2009 年。

130. 缪钺：《诗词散论》，上海：上海古籍出版社，1982 年。

四、外文译著

131. 内山精也著，朱刚等译：《传媒与真相——苏轼及其周围士大夫的文学》，上海：上海古籍出版社，2005 年。

132. 松浦友久著，孙昌武、郑天刚译：《中国诗歌原理》，沈阳：辽宁教育出版社，1990 年。

133. 松浦友久著，加藤阿幸、陆庆和译：《日中诗歌比较丛稿·从〈万叶集〉的书名谈起》，北京：民族出版社，2002 年。

五、期刊论文与学位论文

134. 邓广铭：《为王安石的〈明妃曲〉辨诬》，载《文学遗产》1996 年第 3 期。

135. 葛晓音：《论李白乐府的复与变》，载《文学遗产》1994 年第 1 期。

136. 葛晓音：《新乐府的缘起和界定》，载《中国社会科学》1995 年第 3 期。

137. 钱志熙：《齐梁拟乐府诗赋题法初探——兼论乐府诗写作方法之流变》，载《北京大学学报》1995 年第 4 期。

138. 钱志熙：《乐府古辞的经典价值》，载《文学评论》1998 年第 2 期。

139. 钱志熙：《元白诗体理论探析》，载《中国文化研究》2003 年第 1 期。

140. 钱志熙：《唐人乐府学述要》，载《中国社会科学》2013 年第 8 期。

141. 薛天纬：《李杜歌行论》，载《文学遗产》1999 年第 6 期。

142. 任群：《论周紫芝的乐府诗》，载《南京师范大学文学院学报》2007 年第 3 期。

143. 徐礼节：《论张耒晚年"乐府效张籍"》，载《安徽大学学报》(哲学社会科学版)2007 年第 4 期。

144. 谢思炜：《从张王乐府诗体看元白的"新乐府"概念》，载《北京师范大学学报》(社科版)1999 年第 5 期。

145. 王辉斌:《宋人的乐府观与乐府诗创作——前者以宋人三部总集为例》,载《南都学坛》(人文社会科学学报)2010 年第 5 期。

146. 王锡九:《"张王乐府"与宋诗》,载《唐代文学研究》,2000 年。

147. 罗旻:《宋代乐府诗研究》,北京大学博士学位论文,2013 年。

148. 韩文奇:《张耒及其诗歌创作研究》,西北师范大学博士学位论文,2006 年。

149. 喻意志:《〈乐府诗集〉成书研究》,上海师范大学博士学位论文,2002 年。

150. 罗琼:《宋代郊庙歌辞研究》,首都师范大学硕士学位论文,2011 年。

151. 吴彤英:《宋代乐府题边塞诗研究》,河北师范大学硕士学位论文,2008 年。

152. 孟静:《宋代古题乐府研究》,河北师范大学硕士学位论文,2009 年。

153. 刘丽丹:《北宋徽宗朝唐庚诗歌研究》,河南大学硕士学位论文,2012 年。

154. 任群:《宋代诗人周紫芝研究》,南京师范大学硕士学位论文,2006 年。

附 录

附1　　　　　　　　　《文苑英华》中乐府诗分布情况

朝代	建安	宋	齐	梁	陈	北齐	北周	隋	唐	合计
诗人（位）	1①	3	4	41	30	6	5	18	180	288
乐府诗（首）	1	6	4	219	129	7	31	42	648	1087

附2　《文苑英华》选录唐代乐府诗创作成就较高的几位诗人的作品情况

诗人	选录诗歌数量（首）	乐府诗数量（首）	备注
白居易	254	9（入乐府）	
		21（入歌行，均为新题乐府②）	
李白	228	60（其中2首入歌行③）	李白被选录的各类题材的诗中，乐府数量居第一
杜甫	194	16（入乐府）	杜甫被选录的各类题材的诗中，乐府数量居第二，仅次于天部类
		8（入歌行，其中新题乐府7首④）	

① 建安时期徐干的《自君之出矣》。

② 具体为：《七德舞》《新丰折臂翁》《华原磬》《琵琶引》《五弦弹》《牡丹芳》《涧底松》《隋堤柳》《八骏图》《太行路》《阴山道》《青石》《司天台》《骊宫高》《两朱阁》《官牛》《驯犀》《秦吉了》《百炼镜》《鸦九剑》《西凉伎》。

③ 具体为：《春日行》《襄阳歌》（乐府类也收《襄阳歌》）。

④ 具体为：《秋雨叹三首》《兵车行》《负薪行》《白丝行》《最能行》。

续表

诗人	选录诗歌数量(首)	乐府诗数量(首)	备注
王维	155	6(入乐府)	
		2(入歌行，均为新题乐府①)	
张籍	120	3(入乐府)	
王建	53	1(入乐府)	

附3　　　　　　**《宋文鉴》"乐府歌行"类收录作品情况**

诗人	乐府诗		歌行	其他
	新题乐府	古题乐府		
李至			《桃花犬歌呈修史钱侍郎》七言	
寇准	《江南春》三七杂言			
钱易	《西游曲》七言			
路振	《伐棘篇》七言，刺时政			
王琪			《吴中晓寒曲》、《清辉殿观唐明皇山水石字歌应制》七言	
欧阳修	《明妃曲》五言		《鹎鵊词》七言、《庐山高赠同年刘中允归南康》杂言、《紫石屏歌寄苏子美》	
梅尧臣			《送抚州通判袁世弼寺丞》七言	《山鸟》杂言
苏舜钦			《永叔月石砚屏歌》七言	
刘敞	《荒田行》七言，刺时政			
王安石	《桃源行》②七言		《食黍行》七言	《杜甫画像》杂言

---

① 具体为：《桃源行》《老将行》。

② 唐人新题。

续表

诗人	乐府诗		歌行	其他
	新题乐府	古题乐府		
陈烈	《题灯》时事题材，杂言			
张载		《鞠歌行》杂言、《君子行》五言		
刘攽	《熙州行》七言，刺时政		《上书行》杂言、《茂陵徐生歌》七言	
沈括		《江南曲》七言		
文同	《五原行》七言，刺时政；《织妇怨》①七言	《自君之出矣》五言		
苏轼	《荔枝叹》、《河复》七言反映时政		《书王定国所藏烟江叠嶂图》、《鹤叹》七言	《法慧寺横翠阁》、《于潜僧绿筠轩》、《禽言二首》、《书晁说之考牧图后》杂言
苏辙			《东方书生行》七言	
黄庭坚	《和谢定征南谣》七言，刺时政		《以团茶洮州绿石砚赠无咎文潜》杂言	《赠送张叔和》七言
杨蟠	《平南谣》杂言，刺时政			
张舜民	《打麦》杂言，悯农人			
杨傑			《勿去草》杂言	

---

①　唐人新题。

续表

诗人	乐府诗		歌行	其他
	新题乐府	古题乐府		
陈师道		《妾薄命》五言	《古墨行》七言	
张耒	《劳歌》七言，悯百姓	《江南曲》、《于湖曲》七言	《牧牛儿》杂言、《孙彦古画风雨山水歌》七言	
许彦国①	《秋雨叹》七言，写时事			
秦观			《观易元吉獐猿图歌》七言	
晁补之	《豆叶黄》杂言			《渔家傲》②五言
郭祥正	《莲根有长丝》杂言		《金山行》七言	
李廌			《骊山歌》七言	
田昼	《筑长堤》杂言，刺时政			
贺铸			《丛台歌》杂言	
合计	20首	7首	23首	9首

附4

总集名	新题、古题收录情况	乐府诗编排情况	乐府诗采用的诗体
《文苑英华》	大部分是古题	入"乐府"类	古体、近体皆备
	新题极少	少数入"乐府"类；大部分表现民生时政者入"歌行"类	

①　另有一首《紫骝马》归入七言古体。

②　晁补之《鸡肋集》卷八中明确说《豆叶黄》《渔家傲》《御街行》这三首诗为"补乐府三首"，应归入乐府。

总集名	新题、古题收录情况	乐府诗编排情况	乐府诗采用的诗体
《唐文粹》	多数是古题	大部分入"乐府"类；极个别入"古调歌篇"	古体
	新题偏少（出现表现民生时政的作品，但在新题乐府中比例小。）	多数入"乐府"类；少数入"古调歌篇"	
《宋文鉴》	古题少（"乐府歌行"类中只有一个汉魏古题）	只有一首未收	古体
	新题多（表现民生时政的作品在新题乐府中比例大）	全部入"乐府歌行"类	

材料 1

《唐文粹》收录乐府诗情况如下：

李白（29 首），张籍（16 首），李贺、孟郊（均为 8 首），白居易（7 首），元稹（6 首），王维、王昌龄（均为 5 首），崔国辅（4 首），刘长卿、崔颢（均为 3 首），卢照邻、高适、李颀、王毂、释贯休（均为 2 首），常楚老、张说、李益、陈羽、李端、释子兰、王翰、鲍溶、陆龟蒙、吴筠、高骈、郑谷、郑锡、李百药、贾岛、权德舆、郎士元、王季友、刘湾、杜、孟迟、欧阳詹、刘希夷、戎昱（均为 1 首）。